Sophie Reyer

1431

Roman

GEGRÜNDET
1999

Sophie Reyer

1431

Roman

Czernin Verlag, Wien

Gedruckt mit Unterstützung der Stadt Wien, Kultur

Reyer, Sophie: 1431 / Sophie Reyer
Wien: Czernin Verlag 2021
ISBN: 978-3-7076-0726-0

Lektorat: Evelyn Bubich
Autorinnenfoto: Konstantin Reyer
Umschlaggestaltung und Satz: Mirjam Riepl
Druck: Florjančič tisk
ISBN Print: 978-3-7076-0726-0
ISBN E-Book: 978-3-7076-0727-7

Prolog

Am Ende und am Anfang, da ist immer eines: Brennen. So auch jetzt. An diesem 30. Mai 1431. Ketzerin, sagen sie, als man sie aufrichtet. Die, die man Jungfrau nennt. Die mit dem heiligen Augenaufschlag. Die im Körper einer einfachen Bauernmagd steckt. Früher rotwangig, jetzt blass, auf dem Place du Vieux-Marché in Rouen. Und überall: Brennen. Ja, Flammen auch in den Mündern der Menschen. Lauffeuer, von Lippe zu Lippe springt der Funke über: »Die Jungfrau! Sie wird hingerichtet!«

So viele Zuschauer wie möglich sollen Zeugen ihres Todes sein, oder? So zumindest will es die Regierung, ja? Eben noch krank in einem Gefängnis weggesperrt, diese Frau, munkelt man im Dorf. Und weiter: dass der König keinesfalls sehen wolle, dass sie einfach so sterben würde. Eines natürlichen Todes. Darum ordnete man noch schnell diese Hinrichtung an! Sie muss inszeniert werden, auch, wenn sogar die Richter weinen. Auch, wenn die Mehrzahl der Zuschauer schaudert und sich tief bewegt zeigt. Jetzt hat es einfach zu sein, es führt kein Weg daran vorbei! Ja, der Earl von Warwick selbst soll gesagt haben: »Sie darf nicht eines natürlichen Todes sterben. Unser Herrscher schätzt sie zu sehr, jetzt, nachdem er sie doch so teuer erkauft hat!«

Grausig ist der Beruf des Henkers, meint man. Aber dieser hier, der jetzt vor dem Mädchen steht, das Johanna heißt, es an den Pfeiler kettet, er schaudert. Im Wissen, dass er verdammt ist, als er die Jungfrau vor sich sieht. Im Wissen, er würde schon bald eine Heilige hingerichtet haben. Aber was hilft es: Pflicht ist Pflicht! Man beobachtet ihn, beobachtet sie, die Jungfrau, von außen: ihren Lidschlag, ihr Zittern.

Wer liebt, tanzt mit dem Tod. Er lernt nach und nach alle Schritte Gottes, sagt sich Johanna, doch die Stimmen schweigen dazu. Angespannte Stimmung. Aufgerissene Münder. Sie ist mit einem Mal eine Drehtür ohne Richtung. Gelber Sand im Hirn. Sie ist nicht in sich. Ist bloß nebenan. Danach das Knistern von Flammen, ein Schicksal ist besiegelt. Sie brennt. Johanna brennt. Um sie herum neugierige Blicke, die sie würgen. Doch sie erkennt schon nicht mehr. Welt hinter Vorhang. Nebel und Rauch.

»Ich bitte Gott, dass meine Seele einmal an dem Ort sein wird, dort, wo, wie ich glaube, diese Frau jetzt sitzt!«, wispert da einer der Priester. Dann Stille und das Knistern von brennendem Holz.

Später mag der eine oder andere Soldat eine weiße Taube aufsteigen gesehen haben. Das ist alles. Johanna ist indes verbrannt.

1. Kindheit

Man hat sie angeklagt. Der Ketzerei beschuldigt. So wird es ihm erzählt. Sofort ist er Feuer und Flamme für den Fall. Wer mag sie sein, diese Johanna? Dieses Mädchen mit der trotzigen Schönheit, das sich als Heilige ausgibt, als wäre so etwas selbstverständlich? »Könnt Ihr euch vorstellen, euch als einer ihrer Verbündeten auszugeben?«, fragt der Bischof und sein Unterkinn labbert dabei. Loyseleur verachtet ihn insgeheim. Der Bischof widert ihn an wie all die Gelehrten, die so tun, als läge ihnen etwas an der Religion, und die doch in Wahrheit nur ihre Machtspiele spielen. Doch er nickt. Nimmt das Angebot an. Er will das Geheimnis dieser Frau herausfinden, die kaum älter ist als ein Kind. Und ja: Die Kindheit scheint dieser Johanna wichtig zu sein. Von einem Feenbaum ist bei dem Verhör die Rede und von einem Heiratsversprechen, das sie Gott gegeben haben mag, dort, am Fuße des Baumes. Man dringt also in Johanna in den ersten Verhandlungen. Fragt sie aus.

Das Mädchen hält sich wacker. Bietet den Gelehrten die Stirn in ihren flammenden Reden, die von Engeln beflügelt zu sein scheinen. Dann verfrachtet man Johanna in ihr Gefängnis. Der Bischof wirft Loyseleur einen verstohlenen Blick zu. Es ist sein Signal, und er versteht. Er folgt der Magd, lautlos wie ein Schatten. Folgt ihr in den Turm, in dem man sie gefangen halten wird. Eng ist dieser und sie würde darin bestimmt zum Nachdenken kommen, oder? Das Verlies hat einen Durchmesser von in etwa neun Meter sechzig. Ähnelt einer Bleibe, die sie laut Faktenlage einmal in der Burg Chinon, dem Turm von Coudray, gehabt haben mag, damals, beim Thronanwärter. Dennoch: Hier wird es anders sein für Johanna, das weiß er. Hier schläft die Angst überall in den Räumen. Das einzige

Möbelstück. Er folgt dem Mädchen unauffällig und betrachtet die Szenerie. Johanna, deren Blick spröde um sich stößt, wird in den Raum gebracht, brutal. Da: ihr Bett. In Fußeisen wird sie nun auch an einen Holzbalken gekettet, gleich neben ihrer Liegestatt. Dennoch: Weniger streng als eigentlich vorgesehen gestaltet man die Haft, weiß er Bescheid. Denn zu Beginn hatte der Bischof einen Schmied für einen eisernen Käfig bestellt. Was mag in ihn gefahren sein, dass er es sich doch anders überlegt hat? Loyseleur weiß es nicht. Betrachtet das widerspenstige Mädchen, an dem er mehr und mehr Gefallen gewinnt. Es würde nicht leicht werden, ihr Herz zu gewinnen.

Still, stumm und schön liegt es da, das Tal der Maas. Als würde es schlafen. Johanna liebt es, das Tal ihrer Kindheit. Denn hier ist ihr Beginnen. Und sie liebt auch den Feenbaum. Wie sie singen und tanzen zu dessen Füßen, die Kinder aus dem Dorf! So beginnt Johannas Freude, so beginnt sie früh.

Die Kinder breiten ihre Tücher aus, um unter dem Baum ihr Mahl im Freien einzunehmen. Die Welt ist erfüllt von Sonnenschein. Blumenkränze darf Johanna flechten. Das ist eine ihrer frühesten Erinnerungen. Und dann, freilich: Das Zusammensein mit der Großmutter. Johanna singt mit den Kindern. Sie singt öfter als sie tanzt. Aber sie tanzt auch. Das Leben ist schön. Denn es gibt die Großmutter. Die Großmutter – und wie sie mit dem Brot umgeht. Ins Feuer werden die Krümel geworfen, die übrig bleiben.

»Damit die Hauskobolde sie essen und zufrieden sind, oder?«, sagt die Großmutter.

Sie sagt: »Was der Herrgott einem gibt, muss man schätzen!«

Sie lacht und ihr Gesicht ist das weiße Gewand eines Engels. Die Großmutter ist magisch, findet Johanna. Ihr Leben hat sie in einem Glasschrank verstaut, in dem sich allerlei Krimskrams entdecken lässt. Damit klimpert sie ein wenig, betrachtet ihre Ketten. Das klingt kitzelig und hell und beruhigt sie und die Kinder um sie herum. So finden sie zu sich und auch Großmutter tut das. Und dieses Erklingen hilft, denn das Leben schlägt immer wieder zu. Eines Tages findet Johanna einen Vogel reglos auf dem Boden liegen. Sein Gefieder ist überzogen von Reif. Sie bringt ihn der Großmutter.

»Er ist tot«, sagt diese, »die Kälte hat ihn tot gemacht, Johanna!«

Erbost blickt das Kind sie an. Nichts kehrt wieder, begreift es da. Groß ist der Schmerz. Kahle Baumkronen wie knochige Finger im Dunkel der Äste. Das Gemurmel der Welt wird mit einem Mal laut in Johanna.

»Darf man denn töten?«, fragt sie.

Die Großmutter nickt.

»Wenn's dem Menschen nützt, ja!«

Johanna überlegt. Die Kühe fallen ihr ein, die sie alle lieben und die dennoch vom Vater geschlachtet werden.

»Wenn man es isst – dann?«, will sie wissen.

»Ja«, kommt es zur Antwort.

»Und sonst?«

»Gewiss nicht.«

Johanna betrachtet die Großmutter und beschließt, fortan von ihr zu lernen. Klug scheint sie zu sein. Ja: Die Großmutter ist ihre eigene Heilerin, sie braucht keinen Arzt. Im Wald pflückt sie die Kräutlein, die Freunde für sie sind. Manchmal erzählte die Großmutter ein Märchen:

»Da in der Senke des Moos- oder Wolfsgraben zur Zeit der Schneeschmelze, aber auch bei Regen, einige Gerinnsel zusammentreffen, vermutete man lange Zeit, dass es auch eine kleine Ansiedlung von Elfen und Kobolden in dieser Region gegeben haben musste. Auf jeden Fall kann man heute noch seltsame Pflanzen und Kräuter an diesem Standort nachweisen. Die Schwarze Nieswurz, auch Schneerose genannt, blüht dort jeden Sommer und im Frühjahr ist das ganze Gebiet mit Bärlauch übersät. In früheren Zeiten soll hier einmal eine pflanzenkundige Frau heilkräftige Kräuter gesammelt haben. Sorgfältig, so geht die Sage, pflückte sie Kraut um Kraut und legte dieses behutsam in ihren Korb, nicht ohne jedoch immer wieder kurz Rast zu machen und dabei zu schluchzen und zu klagen. Dieses Weinen und Klagen rührte einige der anwesenden Elfen so sehr, dass sie sich dem Weiblein zu erkennen gaben. Da erzählte die Frau von ihrem Leid: Ihre Enkeltochter, so berichtete sie, sei sterbenskrank, und nur das sogenannte ›Königskraut‹ könne ihr helfen. Sofort steckten die kleinen Elfen ihre blond gelockten Köpfchen zusammen und begannen zu tuscheln. Und mit einem Mal hatte die Elfenkönigin eine Idee: Man würde einfach die Kobolde, die in der nächstgelegenen Siedlung lebten, um Hilfe bitten! Diese erwiesen sich auch gleich als kooperativ und pflückten das Königskraut. Bereits kurz darauf trank das Mädchen einen Tee mit dem besagten magischen Kraut – und schwupp! – war es geheilt!«

So lautet eine der Geschichten der Großmutter. Johanna liebt diese Geschichten. Und am liebsten hat sie es, wenn die Großmutter sie am Fluss erzählt. So sitzt man gern am Ufer, lauscht dem Plätschern. So stürzen Wellen über Klippen, schäumen auf, zerstoßen sich an Klüften und wirbeln dann wieder glücklich ineinander. Alles hat Augen: der Äther, die Ähren. Alles singt. Die Grillen sind tönende Glocken am Morgen, Johanna öffnet ihr Ohr und schickt stumm Stoßgebete, denn sie hat keinen Mund vor Staunen. Wird im Gehen Wurzeln und Erz. Auftreten, das ist Leben! Das ist ihr Land!

Warum würgen und kauen am eigenen Kram der Gedanken? Dachlos sein unterm Feenbaum! Und sich zur Erde ducken, sich mit den Wurzeln unterhalten, sich dann entleiben lassen wie Gras, wenn Wind kommt. So wie die Großmutter es tut, oder? Stänglein spielt Johanna, spielt Gras, und sie gesteht sich die Schwachheit zu. Gott ist ihre Fackel. Man wechselt nicht Sonne! Es gibt bloß einen für den Umgang! Johanna hat Augenbrennen und Angst, wenn sie an ihn denkt, aber sie liebt ihn, denn die Großmutter erzählt immer so schön von Gott, wenn sie wie jetzt am Wasser sitzen. Traulich ist es. Johanna nimmt Gott als Haarsträhne zwischen die Lippen und sagt sich: »Alles ist gut!«

Die Brotkrümchen werden ins Wasser geworfen, sodass sie die Oberfläche spicken. Für die Wassernixen, weiß Johanna Bescheid. Und freilich auch ein bisschen für die anderen Wesen, die im Wasser hausen. Da schießen auch gleich sämtliche Fische empor, so schau doch! Sie alle hasten und nesteln dabei, suchen, schnappen nach den Krumen und sind zufrieden. Johanna ist begeistert. Silbrig glitzern die Weißfische, sind fremde Kristalle im All des Wassers, in dessen All-Einheit.

»Lass mich Same sein!«, sagt Johanna dann heimlich zu Gott und lauscht der Einweihung des Wassers. Nagende Sehnsucht. Geburtsvorgang in ihr: Verdunkelung.

»Du musst immer mit mir reden, dich mit mir teilen. Mitteilen heißt, wir teilen das Leid entzwei!«, sagt die Großmutter, während sie das Brot in Krumen bricht und Johanna dann auch welche reicht.

»Danke, Großmutter!«, nickt Johanna, »ja.«

Manchmal nimmt sie in den Armen der Großmutter dann auch der Schlaf mit. In ihr macht es »Ach«, denn es ist schön und traurig zugleich. Wie das Leben. Das weiß Johanna schon jetzt. Denn Christus hat für sie geblutet, so erzählt der Dorfpfarrer. Und Blut ist kein Wasser, auch wenn es fließt wie der Fluss. Der Dorfpfarrer begeistert Johanna schon früh. Sie liebt die Umzüge. Das Regnen der Blüten, der Veilchen- und Rosenblätter, und die Honoratioren der Priester, das Schimmern ihrer kostbaren Ornate. Und wie sich dabei das gemeine Landvolk freut, lächelt. Da sind die kecken Bäuerinnen mit ihren golden und silbern bestickten Hauben, sie plaudern, plappern, leiern.

Und abends, nach der Predigt, scheint es, als funkelten die Sterne immer besonders hell.

»Sag, Großmutter, sieht jeder die Sterne?«, fragt Johanna.

»Ja. Die bleiben immer gleich!«

»Ehrlich?«

Die Großmutter nickt. Weich fallen die Falten an der Stirn der Großmutter. Wie Bettlaken vor dem Schlafengehen zurechtgestreichelt, weiß Johanna Bescheid.

»Überall hat's denselben Mond, dieselben Sterne!«, fährt diese da fort.

»Ja?«

»Ja. Und das immer.«

Joanna denkt weiter nach.

»Nur wir werden und vergehen?«

»Ja, Kind. Nur wir!«

Für einen Moment ist es still.

»Aber auch das ist nicht schlimm!«, fügt die Großmutter hinzu und zieht sie zärtlich an sich. Johanna seufzt. Die Großmutter ist einfach gelassen. In ihr schläft die Zufriedenheit. Die Großmutter hilft ihr durch den Tag, der magisch ist, denn Johanna ist noch klein. So sind Johannas Tage getaktet. Hinterm Haus gibt es Zelte aus Stroh, die haben keine Türen. Sind Hütten ohne Eingang. Johanna spielt darin. Oder sie streift zum Fluss, starrt auf die Wasseroberfläche, fixiert die

Schilfinsel am Ende des Sees, ohne sie wirklich zu sehen, oft stundenlang. Irgendwann änderte sich das Licht, Wolken ziehen vorbei. Das Schauen ist eine Vertrautheit. Im Licht können sogar Steine rosig aufblühen wie Blumen, denkt sie. So wächst Johanna heran.

Wer bin ich, fragt sie sich manchmal. Alles verschwimmt dann vor ihren Augen, wird riesig. Es gibt keine Vertrautheiten mehr, zu schnell verändert sich alles, das Leben rast und sie ist unfähig, es anzuhalten. Wie ein Mantel scheint etwas über der Welt der Dinge zu liegen und sie weiß selbst nicht recht, wie sie damit umgehen soll. Eine Art Rinde. Auch sie selbst bildet eine Kruste aus, seit sie vom Tod gelernt hat, aber das gefällt ihr nicht. Zuflucht birgt der Seelenbaum, Zuflucht bergen allein die Falten der Großmutter. Diese Kerben, die Gebirgsschluchten sind. Wie faltig die Großmutter ist!

»Immer wieder kommt ein Frühling«, sagt die Großmutter, und das macht Johanna hoffen. Und sie hat recht: Gott ist dann buttergelbes Sonnenlicht. Man kann gar nicht traurig sein, denkt Johanna, überall lauert das Glück. Nicht wahr. Pfirsichfarben die Wolken, ein Zittern am Himmel, ein Frieden.

Frühling und alles so, dicht als sähe die Welt sich zum ersten Mal im Spiegel. Die Knospen an den Bäumen springen stets erneut auf! Wenn der Baum blüht, erinnerte er an rosarot gefärbte Wolken, findet Johanna. Der Puls hinter der Stirn ist dann wie ein Hammer, durchzuckt sie, scheint sie zu zersprengen vor Freude, während sie sich innerlich zurückbiegen muss. In allem spürt Johanna das Beginnen, schon als Kind. Und in ihm den Tod. Sie spürt auch, wie sie alt wird. Noch glänzen die Umrisse des Sees im frühen Licht. Es ist der See ihrer Kindheit. Aber dass das nicht so bleiben wird, weiß Johanna schon.

2. Gott ist ein Lichtweber

Am nächsten Morgen kommt er zu ihr in die Zelle. Das Mädchen blinzelt, kratzt sich am Kopf und blickt ihn aus schaumigen Augen an.

»Wer bist du?«, fragt sie.

Er lächelt.

»Vielleicht ein Engel?«

Johanna stößt ein Schnauben aus.

»Eingeschleust hast du dich«, poltert sie und fixiert ihn mit kritischer Miene.

Er muss lachen, er hat nichts anderes erwartet. Klug scheint diese kleine, rotzige Magd zu sein, oder? Dennoch, Loyseleur muss das Spiel beginnen. Er hat es dem Bischof versprochen.

»Was macht dich so sicher?«, flüstert er und nähert sich der Magd mit einem Stück Brot.

Sie hat die Augen eines hungrigen Tieres, ihr Leib erbebt kurz, doch sie scheint sich nicht für die Nahrung zu interessieren. Johanna spuckt aus. Er sieht in ihren Augen das Temperament eines Kriegers aufflackern, wenn auch nur kurz. Das ist kein Bauernmädchen, denkt er. Das ist keine gewöhnliche Frau.

»Die Engländer müssen mich freilassen. Gegen Lösegeld!«, sagt Johanna indes und presst trotzig ihre Lippen aneinander. Er lacht.

»Bist du einfältig!«

Johanna winkt ab.

»Es gibt Wunder«, wispert sie leise.

Er beißt in das Brot und sieht sie an.

»Und sonst, wie geht es dir hier?«

»Ich rede mit Gott, das reicht mir!«, antwortet Johanna.

So schnell gibt er nicht auf. Pferde hat er gezähmt. Er weiß, was es heißt, einen Willen zu brechen.

»Und wenn ich von ihm käme?«, meint er lächelnd, während der an dem Stück Brot kaut.

Er kann sehen, wie Johanna im Munde der Speichel zusammenläuft vor Hunger. Darauf hat er es angelegt. Er reicht ihr ein Stück, doch die Jungfrau zuckt nur zusammen, rückt ab. Ein Moment der Stille.

»Keine Angst«, wispert Loyseleur bemüht sanft, spricht wie zu einem Tier, einer Wildkatze, die es zu beschwichtigen gilt. Johanna mustert ihn kritisch.

»Die Wachen, sie kommen zu nahe, ich weiß es«, meint er da.

Johanna nickt widerspenstig und nun ist sein Moment gekommen. Er beugt sich ein Stück weit nach vorn.

»Ich aber – ich werde es nicht tun, versprochen!«, wispert er und kann mit einem Mal ihr Haar riechen, das ihr fettig und braun ins runde Gesicht hängt.

»Du hasst es, wenn man dich anfasst, hab ich recht?«

»Rein bin ich!«, braust Johanna auf und entfernt sich noch ein Stück weit von ihm, der immer noch kaut.

»Ich aber«, sagt er, »kann dir helfen. Ich werde mit dem Bischof reden, damit man dich nicht zwingt, Frauenkleider anzuziehen.«

Johanna faucht.

»Du bist mir ein schöner Engel!«, meint sie und spuckt noch einmal aus.

»Ich zieh sie ohnehin nicht an. Und ich brauch keine Engel. Die Engländer helfen mir bestimmt. Bald bin ich wieder frei!«

Dann beißt sie sich auf die Lippen und zieht sie zusammen zu einem Strich. Vielleicht, um nicht der Versuchung zu erliegen, doch nach dem Brot zu greifen. Loyseleur lässt die Rinde für sie liegen, als er aufsteht. Das würde nicht einfach werden. Aber was hatte er erwartet?

Eine haardünne weiße Linie liegt am Ende des Sees. Die beginnende Finsternis ist noch rötlich. Das macht die Sonne, weiß Johanna. Sie flieht über jede Grenze in tänzerischer Leichtigkeit und steht am Ende des Horizonts. Über die Oberfläche des Sees legt sich der Wind in tanzenden Wellen. Er ist ein rhythmisches Sich-Wiegen, Kommen und Schwinden, die Welt klingt, klinkt sich in das Atmende des Windes ein. Die Pflanzen haben Blumengesichter und abends brennt der Mohn. Die Blumen senken sich, die Sternenmuster verschwinden zu winzigen Strichen, wenn man den Blick zusammenkneift. Johanna liebt das flimmernde Weiß und dennoch wird ihr in einer Art Schmerz ihr Körper bewusst, wenn sie nach oben sieht – eine Last, die sie lieber loswerden würde. Ein Fast-Nicht-Knistern liegt in der Landschaft als letzter Tagesrest. Alles andere ist gut zwischen den Tannenzweigen. Und auch Johanna ist gut, als Kind. Weil sie nicht weiß, was es heißt, böse zu sein, sieht Johanna es auch in den anderen nicht.

In der Kindheit ist trotz des Todes und der Schwere des Körpers am Abend alles bei sich und heil. Und manchmal streut die Großmutter Maiskörner für die Hühner aus und das ist auch gut. In der Sonne steht sie dann, die Strahlen der Sonne sind Aureolen, umspülen sie. Als leuchtende Fluten und gestillte Träume. Es ist gläsern: So, als müsste man aufpassen, dass man nichts Falsches sagt. Alles könnte zerbrechen, wie ein einziger Faden eine Stickerei auflösen kann, weiß Johanna. Die Stille der Großmutter ist schön und wehrlos an diesen Abenden. Sie ist ewig wie der Moment und am Vergehen wie der Tag, auf den sich die Nacht senkt, und beides zugleich. Die Schönheit des Leuchtabends scheint aus jedem einzelnen Korn als Halm hervorzusprießen. Die Hände fassen nach den Körnern, rinnen aus.

Verschenken sich so an die Welt. Und nachts kann Johanna in einer Wolke aus ihrem eigenen Haar liegen. Dann scheint es, als wäre alles zu erlösen. So wie der Priester gesagt hat. Zu erlösen von dem Tod. Eingefügt in eine Welle aus Licht, das nicht außen ist, ist Johanna in diesen Tagen. Der Vorhang vor ihrem Schlafzimmerfenster weht wie Geisterflügel. Und Johanna freut sich, denn morgen darf sie wieder mit den Kindern spielen. Die Schönheit des Spiels kommt immer aus gläserner Tiefe. Manchmal aber, im Dunkeln, ist es sehr laut. Da umkreisen sie alle Gedanken. Johannas Angst lässt sie zusammenducken und zwischen ihr und der Welt liegt ein Schleier. Da steht die Stimme, es ist fast die eigene und sie ist ihr doch fremd. Die Worte zerhämmern das Geheimnis der Dinge. Noch hat Johanna Angst vor der Stimme. Aber sie wird sich an sie gewöhnen. Einstweilen geht das Leben hier weiter. Man tanzt unterm Feenbaum. Heimlich, denn manche meinen, das sei heidnisch. Aber es gibt auch andere Tänze, die der Priester gutheißt. Viele Dorffeste. Im Dorf sind diese Festgelage wichtig und laut. Johanna nimmt Teil daran, wie auch die Großmutter es tut. So verstreicht das Leben. Johanna ist verliebt in das lockige Haar des Gartens, auch wenn die Arbeit am Hof hart ist. Und sie liebt die Wolken am Himmel. Auf der Stirn einer Wolke leuchtet die Sehnsucht, und sie kann sie immer betrachten, wenn sie das Vieh weidet. Den Finger kann sie hinein stecken in das Bild der Wolken und kosten. Seitdem schmecken sie salzig – wie der Finger. Johanna ist froh, weil sie einen Gott hat.

Noch ist sie klein. Noch hält die hitzige atmende Steppenlandschaft das Schicksal der Welt in der Hand. Johanna ist Kind und ist glücklich. Kann man sich vom Himmel abstoßen? Nein, man kann es nicht. Und stets kehrt der Frühling wieder. Der Frühling ist schön und nutzlos. Er eröffnet ihr einen Blick in die Durchsichtigkeiten der Welt. Es ist, als würde Johanna Wind sehen, wenn Frühling kommt. Oder Luft. Oder Gott. Wenn indes schon Dreschzeit ist, riecht es nach Hitze und Heu. Johanna hat Freundinnen, mit denen spielt sie am Feenbaum. Und auch sonst: Sie stecken in Garben, sie klettern auf Heuballen. Johanna ist Kind und sie ist alles, die Landschaften, die Hitze, die versengten Tage. Disteln im Haar und Webkugeln, vom Herumtollen, vom Klettern auf das Baumhaus. Aufgeschreckt in den Tag hinein. Nachts pumpert es manchmal am Gang und sie hat Angst. Aus den nachtschwarzen Himmeln schreit es. Für einen Moment schwirren dann die geheimen Angstgeister heran. Dass es nur Fledermäuse und Falken sind, die am Sims hausen, weiß Johanna da noch nicht. Durch ihre Kindheit torkeln Angst und Freude wie eine Katze und Johanna hascht nach dem Schwanz der Katze, ein Kitzeln und ein Tappen. Sie zieht mit klobigen Händen daran. Aber mit dem Tod und der Nacht kommen auch immer wieder Narben um Narben, ungesehen, ungesagt. Johanna holt sich einen weichen Moospolster, den sie streichelt gegen die Angst. Sie liebt die Eicheln, den Kiesel. Wer Steine missbraucht, missbraucht auch Menschen, weiß Johanna. Nie hebt sie einen Stein auf. Nie wirft sie einen Stein. Friedlich soll das Dasein sein, wie die Großmutter es sagt, findet sie. Alles liegt doch in seiner Fülle! Hinterm See ist die Ferne und atmet Magie. Um den Mond, der eine Hostie ist, liegt ein Hauch: Dunst, Dunkel. Das Glück ist die streichelnde Großmutterhand. Manchmal trennt nur eine Nacht den Sommer vom Winter und die Tage sind hell. Im Winter dehnt sich das Eis, auf dem schwer ein Nebel ruht. Blutig steht eine Sonne am Horizont. Die Erde. Ihr lichtgewirktes Kleid. Wie Fieber brennend durch die Adern glüht, so ist Gott, weiß Johanna Bescheid. Da fällt ihr auf, dass ihr Arm ein Gelenk hat. Dicke Wurzeln wachsen aus ihrem Wald. Die Welt. So beschäftigt sie sich nach und nach mit ihrem Körper: Die Haare flechten, die Knochen sortieren, aufstehen, immer wieder und immer wieder, harte Arbeit auf dem Feld. Vor Hunger knabbert dieser Körper sich selbst an. Ungesehen. Schwer ist der Körper. Bloß wenn es ans Schlafen geht, dann verwandeln sich die Dinge und im Schlaf wird alles leicht. Die Nacht aber macht Angst, wenn man nicht schlafen kann und wach liegt.

Manchmal hilft dann das letzte brennende Licht auch nicht mehr gegen die Dunkelheit. Es macht die Schatten nur noch tiefer. Im Schrank des Zimmers fließen die Welten ineinander, lauern Geister neben Kleidern, lauert Furcht hinterm Alltag, hinter der harten Arbeit auf dem Feld. Unsagbare Angst hat Johanna dann, sie will leben, denn Gott ist eine Geranie, kommt in Massen und überschwemmt sie, rosa und schreiend, ja, eine Blumenflut, er ist eine Sonne, die sich in trägen, schwülen Wellen auf sie herab ergießt. Gott ist wie eine Handvoll Erde und einmal angefangen, in ihn hinab zu schlüpfen, kann sie gar nicht mehr heraus. Ihr Körper, eine Pflanze mit Gliedmaßen, mäandernd, der ewigen Sonne ausgesetzt, ja, mäandernde Melodie, wandernd, wieder und wieder, Schritt und Tritt in Blumen, lauert Gott ihr auf. Sucht in ihr das Steuerruder. Es ist wie eine Sucht. Ein Gewirke ist jedes Bild in ihr, Vorsinnen in sich selbst. Manchmal schweigt er aber auch.

Ach, könnte der Atem Vogel werden, denkt Johanna und denkt dabei an die Großmutter.

Sie tanzt auf den Stoppeln des Feldes, lässt sich lachend vom Regen verjagen, Johanna, windverknotet, und am Kehlkopf, diesem Ei, nistet schon das Singen. Bis es ausschlüpft, tanzt sie, einstweilen, um die Zeit zu überbrücken.

Froh sind ihre Fingerglieder, wenn sie an der Luft nesteln dürfen: Gott, du bist da! Und die Hand ist eine salzene Wunde, die versucht, zu wachsen. Johanna schluckt sich die Zeit zurecht, die Angst hinterm Gaumen, und tanzt.

Käme ein Engel, wäre er Nest, Gefieder, denkt sie.

Die Blätter sind Gelenke, an denen der Wind rüttelt. Lippenbrand: Alles ist Gottes Geschöpf, versucht Johanna sich zu sagen, wieder und wieder. Die Wahrheit hat viele Seiten. Johanna bemüht sich, den Ausblick zu behalten. Dann kann etwas blühen, denkt sie.

Sie erzittert, als sie so von Gott durchschritten wird. Gott ist ein Lichtweber, entnimmt ihr alle Schwere. Er schwankt und bebt in ihr. Wie Äste im Wind. Wie sehr diese Landschaft bei sich ist! Johanna möchte ihr Leben aus sich herausschreien. Junge Vögel öffnen ihre Schnäbel wie in Atemnot. Auch sie wollen zu Gott. Der Sonnenschein entrückt Johanna ein wenig. Sie muss sich von Gott erholen, von ihrer Heiligkeit, von zu viel Lichtgespinst im Hirn. Dass es nicht einfach ist, denkt sie.

Da begegnet ihr erstmals ein Engel. Michael heißt er und er steht in der Landschaft wie ein Sturm. Michael dreht sich und sein Kleid bildet Wellen, ist eine schwarze, gewellte Flut ohne Ende. Sie wirft sich Michael in Falten voraus, die wie Zelte sind. Unter denen kann man sich verstecken, in die Grätsche gehen, weiterziehen, weiß Johanna. Ihr Saum verlangt nach Wind, Wildheit, und so läuft sie dazwischen durch, immer wieder. Sie reitet mit der Finsternis in Michaels Kleidern, reitet, peitscht dahin und die Finsternis gehorcht und wird Licht.

»Wie ist das Fegefeuer?«, fragt sie Michael, denn der Dorfpfarrer hat einmal erzählt, dass da die Seelen hinkommen.

»Da ist Übergang!«, antwortet der Engel.

»Ist das schlimm?«

»Nein, der Himmel folgt dir überall hin!«, entgegnet Michael.

»Aber wie ist es da?«, will Johanna wissen.

»Zwischen nichts und nichts schwebt man!«

»Also kein Halt?«

»Ja! Aber du bist jung. Also lächle. Nur lächelnd kann man Acker bauen.«

Johanna nickt. Sie weiß, dass Michael recht hat. Und Johanna wächst. Noch ist sie ein Kind, ganz knabenkühn. Gleichzeitig besitzt sie aber die Zartheit eines Schmetterlings, und die kommt von innen. Verschlissen ihre Kleider, wenn sie spielt, hängen die Fetzen von ihr herab.

Ja, Johanna kann wild sein: Sie ist ein Bauernmädchen. Doch den Tod will sie nicht, den leblosen Vogel in der Erinnerung, der von Raureif überzogen war. So läuft Johanna manchmal auch traurig und ziellos herum. Aus Angst.

»Was hast du, Kind? Was rennst du denn so?«, fragt die Großmutter einmal.

»Der Tod – er ist hinter mir her!«, ruft Johanna aus.

»Woher weißt du das?«

»Er kommt alle holen, sagt der Dorfpfarrer!«

»Dann halte dich an Gott!«

»Der ist zu weit oben!«

Johanna schweigt kurz.

»Und mir kommt vor: Recht hier ist das Leben erst, wenn's ans Sterben geht!«, fügt sie plötzlich hinzu.

»Was du dir für Gedanken machst, Kind!«, lächelt die Großmutter.

»Ja!«

»Ach, Johanna.«

Immer wieder sucht Johanna sich auch gute Gedanken. Dass die Blumen sogar im Dunkeln im Walde fortblühen, denkt sie da. Sie lassen sich nicht umbringen. Aber sie sind kostbar. Nicht jeder Bauer hat welche.

Nun erscheint sie, das erste Mal deutlich: eine dünne, gläserne Stimme von innen. Flötenvögel im Kopf. In ihrem Wesen liegt eine Entschlossenheit, die jeden aufleuchten lässt, der ihr begegnet.

»Johanna, heilig bist du!«

Da lachen Johannas Augen.

Am Morgen steigen Wolken auf: Wenn der Wind kommt, dann jagen sie über die Landschaft und Johanna jagt ihnen hinterher. In Johanna ruft es: »Heilig bist du!« Noch weiß sie nicht, dass das direkt von Gott kommt. Doch sie ist schon verzückt. Und wenn sie verzückt ist, leuchtet gleichsam geisterbleich ihr ganzes Gesicht. Wenn sie die Stimme nicht hört, werden ihre Augen aber wieder heimatlos. Was bleibt, ist dann nur die Großmutter als Sicherheit: wie sie das Brot bäckt.

»Was machst du mit den Resten, Großmutter?«, fragt Johanna.

»Die gehören ins Feuer, die bringen dann Glück. Damit die toten Seelen singen!«, kommt es zur Antwort.

»Ehrlich?«

»Ja!«

Die Großmutter reicht ihr ein Stück Brot.

»Iss«, sagt sie.

Johanna schüttelt den Kopf, weil ihr gerade wieder der tote Vogel einfällt.

»Ich mag nicht!«

»Die Gabe Gottes sollst du loben und schätzen!«, sagt die Großmutter ein wenig tadelnd.

»Warum?«

»Weil er sonst straft, Johanna!«

Da springt Johanna auf und holt den toten Vogel aus der Lade, den sie aufgehoben hat. Die Großmutter blickt sie erstaunt an. Während ihr die Großmutter folgt, läuft Johanna indes in den Garten und beginnt zu graben.

»Der Vogel ist tot. Was machst du, Johanna?«, will die Großmutter wissen.

»Ich gebe ihn jetzt Gott zurück, Großmutter! Die Zeit ist gekommen.«

Ein seltsames Kind ist sie, denkt die Großmutter und versteht nicht und fragt deshalb nach: »Das geschieht durchs Eingraben?«

»Ja!«

»Bist du sicher?«, will die Großmutter wissen.

»Ja!«

Johanna hält inne. Stille.

»Das machen Menschen doch auch, oder?«, fragt sie dann und betrachtet ihre erdigen Hände. Die Großmutter lächelt.

»Nicht alles, was Menschen machen, muss auch richtig sein!«, meint sie.

Johanna überlegt. »Der Tod ist grässlich, Großmutter, oder?«, fragt sie dann.

»Er ist das Einzige, worauf wir hinleben!«

»Warum?«

»Um bei Gott zu sein!«

Johanna wird wieder traurig. Sieht der Großmutter in die Augen. Schwarz wie die Löcher zwischen den Galaxien sind ihre Pupillen, denkt sie. Was für ein einsames Alter die Kindheit ist! Alles sagt immer bloß ich, ich und ich und ich.

»Aber!«, ruft Johanna da aus, doch mehr fällt ihr nicht ein.

»Schau, das Fleisch, Johanna! Es kommt von den Tieren. Wir töten sie, damit es uns etwas nutzt!«, sagt die Großmutter da.

»Ich weiß. Deshalb möchte ich nichts essen, was Augen hat«, nickt Johanna.

»Davon wird man aber satt. Und das Schlimme, Johanna, das ist nicht das Töten!«, erklärt die Großmutter zärtlich.

»Sondern?«, will Johanna wissen.

»Das Quälen!«

Johanna überlegt.

»Verstehe«, sagt sie dann.

3. Älterwerden

Auch in den nächsten Tagen geht man nicht gut mit Johanna um, wie er beobachten kann. Man gafft sie an wie ein wildes Tier. Wie allen der Geifer aus den Mündern schwappt! So befingert man die Jungfrau, wieder und wieder. Vor allem Jeannotin Simon, dem Schneider, scheint es große Freude zu bereiten, mit seinen Händen an ihr herumzuwerken. Johanna ist empört, schreit laut auf, knackt mit dem Kiefer. Eine Bestie ist sie, die schnaubt und um sich stößt. Das hören auch die Soldaten und treiben daraufhin umso mehr ihre Scherze mit ihr.

»Eine Ohrfeige hast du dem Schneider gegeben, Kleines?«, hänseln sie sie. »Na, dann versuch's mal mit uns!«

So tönt es im Kellergewölbe. Und er, Loyseleur, ist Zuschauer, ist Beobachter, der auslotet. Die Soldaten also. Vor ihnen scheint Johanna, im Gegensatz zum Schneider, Angst zu haben. Er kann es genau sehen. Wie ihre Augen rollen, wie sie innerlich aufzuckt, wenn sie vor der Kammer stehen. Durch ein Loch in der Wand, das der Bischof für ihn angefertigt hat, kann er stets einen Blick in die Zelle der Jungfrau werfen. Nun sieht er sie zittern. Denn sie weiß: Stets könnten die Soldaten eindringen, Johanna verletzen, ihr wehtun. Er betrachtet die Jungfrau. Müde scheint sie zu werden, zerrt jeden Tag weniger an den Ketten, ja, eine Art Lähmung scheint sich in ihr breitzumachen. In den nächsten Verhandlungen befragt man sie wiederholt zu den Erzengeln.

»Wie sieht der heilige Michael aus?«, will der Earl von Warwick, ein hagerer Mann mit scharfem, stechendem Blick und einer grob hervortretenden Hakennase, wissen.

»Hell«, entgegnet Johanna.

Doch das reicht Warwick und Cauchon, Bischof von Beauvais, freilich nicht als Antwort.

»Und die Haare?«

»Engel und Haare?«, entgegnet die Jungfrau zweifelnd.

Da beginnt das Priesterpack sofort, sich darüber zu empören.

»Sollte ein Engel nicht Haare haben?«, tönt es und in dem Gerichtssaal werden die Stühle und Tische verrückt, wühlt das Denken in den Gesichtern. Alles Idioten, denkt Loyseleur. Die Jungfrau ist eingeschüchtert. Seltsam, aber es ist, als gehe ihr diese Frage wirklich zu Herzen, überlegt er.

»Ich weiß nicht!«, murmelt die Jungfrau da.

Langsam scheint sie an Kraft und Stärke zu verlieren, es fällt ihm auf. Ja, Johanna beginnt zu stammeln, zu stottern. Ihre Stimme strauchelt.

»Und andere Körperteile?«, fragt man sie.

Müde flackert ihr Gesicht auf. Loyseleur will nach ihren Handgelenken greifen, mit einem Mal tut ihm die tierische Jungfrau leid.

»Was?«, fragt etwas blass aus Johanna heraus.

»Hast du andere Körperteile gesehen?«, will Cauchon wissen.

Johanna blinzelt.

»Von wem?«

»Na, von den Heiligen!«, entgegnet Warwick und lacht schallend.

Er merkt, wie der Jungfrau nach und nach rötliche Farbe ins Gesicht schießt. Zornig bricht es da wieder aus ihr hervor, als wäre ihre Kraft zurückgekehrt: »Ich habe euch alles gesagt, was ich weiß. Anstatt das zu tun, hätte ich aber eigentlich lieber, dass ihr mir den Kopf abschlagt!«

Cauchon schweigt mit offenem Mund. Diese Aussage ist sogar einem Priester zu viel.

»Und hast du sie gesehen?«, will Warwick nun wissen.

Die Magd nickt, und das Haar fällt ihr schmutzig und strähnig ins Gesicht.

»Ja, mit Augen. Und es roch süß!«, sagt sie trotzig.

»So wie jetzt meine Hand?«, meint hänselnd einer der Soldaten und beginnt, während er sich die Lippen leckt, über ihren Mund zu streichen. Johanna spuckt aus. Ein Hieb vom Wärter reicht jedoch, dass sie den Kopf einzieht.

»Gewiss doch!«, sagt Johanna, mit einem Mal leise und sanft, »und als Ihr mich verließt, weinte ich, denn ich sehnte mich danach, dass Ihr mich zu euch nehmen würdet!«

Cauchon nickt, sein Doppelkinn wabbelt.

»Sie sind kein Engel!«, sagt Johanna, aus der nun eine Stärke und Helligkeit dringt, die nichts mehr mit ihrer eben noch tierischen Gebärde gemein hat. »Denn ich kenne die Engel. Ich habe sie gesehen, ja, mit meinen eigenen Augen. Und ich glaube so fest daran, dass es Engel waren, wie ich daran glaube, dass Gott lebt.«

Dass die Großmutter eine besondere Frau, ja gleichsam eine gute Hexe, ist, lernt Johanna mit den Jahren. Für die Heilung hat sie stets Kräuter bereit, die sie im Wald sammelt.

»Warum lässt du dich nicht von einem Arzt behandeln?«, fragt Johanna einmal, als die Großmutter an hartnäckigem Keuchhusten leidet. Eisuhren scheinen in ihr zu wandern, wenn es in ihrer Brust rasselt. Johanna hat Angst um die Großmutter.

»Weil der Körper sich selbst heilt. Der weiß schon, wie!«, sagt die Großmutter.

»Bist du sicher?«, fragt Johanna.

»Gott hat mir einen klugen Kopf gegeben«, entgegnet die Großmutter, »und dir auch!«

Und so ist es – die Großmutter wird wieder gesund und die Zeiten verstreichen. Hin und wieder kommt dennoch eine große Traurigkeit über das Kind. Dann legt es sich in das Bettchen der weichen Moospölster und hofft auf Gott, der sie als lautlose Stimme umgibt. Vor allem im Herbst ist Johanna traurig, denn dann tanzen die Mädchen seltener um den Feenbaum. Aber im Frühling, weiß Johanna, kommen die Maiglöckchen wieder, dann wird alles besser! So beruhigt sie sich. Im Herrn lässt sie sich wiegen. Der Herr ist nämlich groß, hat der Dorfpfarrer gesagt. Der Atem des Herrn ist eine Schaukel. Darin schläft sie schließlich ein und erwacht mit neuem Mut.

Die anderen Mädchen sind schön wie Rosen. Johanna aber hat eine Stimme, die in ihrem Inneren klingt, weiß sie. Doch für diese Stimme muss sie allein sein. Sie ist ein Seil zwischen ihr und dem Himmel, sie bindet sie an die Welt an. Sie muss die Stimme finden. Sie streift umher, wandert weit, dorthin, wo sanft das Tal sich verengt und eine Schwere sich auf die Landschaft senkt, tiefer und tiefer. Wo der liebe Gott als Licht durch die Bäume hindurchschimmert, durch das schmale Flussbett eilt, so, als rufe er Johanna. Er kommt sie besuchen, zuerst nur leise. Ein inneres Klingen. Sie sucht ihn manchmal in der Muttergottes, für die jemand eine Kapelle errichtet hat. Dort auf dem Berg in der Nähe des Feenbaumes. Der Berg ist heilig, die Wolken beben. Johanna möchte verloren gehen in der Landschaft. Sie liebt die Tauben mit den Halskrausen, die sie aufplustern. Erst viel später wird sie Menschen kennenlernen, die das auch tun. Prinzen und Könige, Soldaten und Bischöfe. Doch jetzt ist Johanna noch Kind und findet in sich die Stimme. Hin und wieder sitzt sie mit der Großmutter am Wasser. Dann betrachten sie die Wellen, wie sie durcheinanderwirbeln, weiterfließen bis hinein in den Kessel des Tals. Die Fische schimmern durch die Tiefe hindurch, sind schillernde Leibe, klein und behände, sie eilen wie der Wind, sind von ihm nicht zu unterscheiden.

»Die Fische, schau, Johanna!«, sagt die Großmutter und lacht.

Johanna nickt.

»Ich sehe sie kaum!«

»Ja, sie sind vom Strom nicht zu trennen! So wie der Mensch nicht von Gott!«, kommt es zur Antwort.

»Woher dann aber die Angst, Großmutter?«

Die Großmutter lächelt und ihre Augen werden Halbmonde. Silbrig glitzern die Leiber im Wasser, die stromlinienförmig schnellen. Die Großmutter wirft mit den Brotsamen nach ihnen. Mit jenen, die nicht für die toten Seelen sind. Eine Antwort kann sie Johanna nicht geben. Und auch der Gott in Johannas Kopf schweigt.

So vergehen die Jahre, in denen Johanna die Tiere auf die Weide treibt. Eine willige Arbeiterin ist sie. Manchmal, als sie älter wird, steht sie auch einfach nur da, schwer wie ein Stein. Ein Klumpen ohne Inneres. Johanna lauscht und wartet auf Gott. Darauf, dass er sich offenbart. Manchmal lässt er sie lange warten. Manchmal sogar einen ganzen Sommer lang. Johanna steht dann am Fuße des Feenbaums, wartet und horcht.

Im Sommer brennt die Sonne auf die Erde herab. Sie droht auseinanderzubrechen, denkt Johanna, wie Scheite im Feuer. Jeder flieht in den Schatten, alles welkt, wird dürr und trocken. Der Speichel im Mund. Lange Streifen sind die Lichter, die erst wandern, wenn es Nacht wird. Johanna ist dann dankbar über jede Wolkenwand, über jeden Blitz, der den Himmel aufreißt. Gott grollt im Sommer auch als Donner. Und wie niedrig die Schwalben fliegen! Sie fürchten sich, sie wissen Bescheid. Blitz um Blitz fügt die Natur sich dem göttlichen Willen und erbebt in ihrem Leid. Der Wind jagt dahin als böser Geist. Doch er reinigt auch. Deshalb schickt Gott das Böse. Dass alles neu wird im Sturm. So zerspaltet er die Bäume, die die Wiesen beschützen. Andere müssen nachwachsen! Johanna trauert. Doch sie weiß, dass das alles nur aus der Nähe so weh tut. Gott sieht mehr, er hat einen großen Plan. So wartet Johanna, lautlos. Sie wartet, bis es Herbst wird.

Mit der Kühle kommt die totale Erschöpfung. Die Sommer sind heiß gewesen, Libellen flogen über dem Wasser und klebten aneinander, Johanna ging nicht mehr fort aus dem Nass des Teichs, so heiß war es. Jetzt aber lässt sich nicht mehr schwimmen. Es treiben, durch das Nass aufgelöst, Blätter auf der Wasseroberfläche. Transparente Strukturen. Die Luft säuselt.

»Wo bist du, Gott?«, ruft Johanna.

Es ist Herbst und Gott schweigt. Er schickt bloß Wind, viel Wind. Und dann einmal kurz ein inneres Klingen. Schnell aber ist es wieder verschwunden, wie eine Luftspur nur. Und mit dem Wind kommt das Älterwerden. Johannas Hände wachsen. Mit den Jahren wird sie immer trauriger. Grau ist der Himmel. Johanna arbeitet am Feld, kümmert sich um die Schafe und sieht, wie sie geschlachtet werden. Johanna weint. Der Tod ist stark, das Leben zerbrechlich, denkt Johanna. Doch wir haben eine Pflicht dem Leben gegenüber. Nachdenklich einen Käfer betrachtend, der am Rücken liegt und den Ameisen das Fleisch wegreißt, wird Johanna aufgebracht.

»Wie gemein!«, ruft sie aus.

»Weine nicht!«, sagt die Großmutter da.

»Warum nicht?«, fragt Johanna trotzig. »Alles stirbt. Siehst du es nicht? Auch mein Lieblingsschaf hat der Vater tot gemacht letzte Nacht.«

Die Großmutter lacht.

»Du hast doch selbst gewusst, was dich erwartet. Hättest du es eben nicht liebgewonnen!«

Johanna schüttelt den Kopf.

»Nein, das ist keine Lösung!«

»Siehst du«, sagt die Großmutter, »es ist ein Preis, den man zahlen muss, oder?«

Sie schweigt.

»Aber was tun jetzt?«

»Es geduldig ertragen, du, mein kleiner Schatz!«, entgegnet die Großmutter und drückt ihr einen Kuss auf die Wangen. Johanna sieht sie an und ihr fällt auf, wie alt und dünnhäutig sie mit den Jahren geworden ist. Leicht, papieren. Nur noch Luft. Sie verschwindet langsam, wie eine Feder. Sie wird begraben sein, du wirst auf ihr gehen, denkt Johanna. Denn das Auge der Großmutter ist schon ganz offen und leer. Die Mädchen um sie herum hingegen wachsen. Ja, alle Mädchen springen in diesen Jahren auf, als wären sie Knospen. Abends hängt ein Friede über der Landschaft, ohne dass man etwas tun müsste. Gleichzeitig senkt sich eine Schwere auf das Schilf, das hinter dem Haus rauscht. Die Spinnerin seilt sich lautlos ab. Der Himmel atmet Rauch ein und aus. Ein ausladender Himmel, der sich bald mit Wolken füllen wird. So verstreicht die Zeit wieder und Gott schweigt, bis eines Tages ein weißes Gewand erscheint.

»Ich bin die heilige Katharina!«, sagt eine Stimme.

Doch bevor Johanna ihr Erstaunen hinuntergeschluckt hat und etwas antworten will, ist diese wieder verschwunden. Die Tage ähneln einander. Nachts die fremden Gestalten hinter den Augenlidern, sie kriechen in sie hinein. Tagsüber die Arbeit auf dem Feld, das Beten, Backen, Flachsen, Werken und Wirken, das Schlachten und Verzehren. Hin und wieder schimmert Freude durch, wenn im Garten Feste gefeiert werden. Dann tanzt Johanna manchmal. Wie unter dem Feenbaum.

»Wem gehörst denn du?«, fragt man.

Das ist eine Redewendung im Dorf. Man will wissen, aus welcher Familie sie stammt.

»Mir selbst«, sagt Johanna, die weiß, dass sie eigentlich den Namen des Vaters nennen sollte.

»So schöne braune Augen!«, tönt es dann aus manch einem Bauernmund.

»Die Mutter hat braune Augen, der Vater hat braune Augen und ich habe tiefbraune Augen!«, entgegnet Johanna stolz. Meistens schweigt sie, steht abseits. Betrachtet sie sich im Spiegel, fällt ihr auf, dass sie bleich wird. Traurig und still. Es vergilben die Wälder, sie hängen schwer von Laub und die Welt raschelt mit jedem Schritt vor sich hin. Hin und wieder noch Herbstzeitlose und Ringelblumen, aber der Herbst ist längst eingekehrt, auch in ihr.

Mit den Wochen raubt die Zeit auch den Bäumen ihr Kleid. Das kommt wieder, dieses Gefieder, weiß Johanna. So hätte es auch die Großmutter gesagt. Doch die ist jetzt weit weg. Verlässt kaum noch das Bett, Johanna leidet an den Herbsten, an dem ewigen Abschied vom Leben. Alles ist mit Stroh umhüllt in diesen Tagen, silbern wird der Wald von Reif überzogen, die Goldfische verbergen sich am Grund des Teichs, verweigern der Welt ihre Geschichten. Der Boden des Teichs ist mit grünem Schlamm bedeckt.

Im Schatten formen sich indes fremde Bilder und Welten, die sie an die Märchen der Großmutter erinnern. Wie Feen oder Engeln sind sie, die Umrisse der Berge am Horizont, die mit der Dunkelheit und dem Vorbeirauschen der Wolken im Schatten zu wanken scheinen. Ein Flimmern. Fremd bleibt die Welt, auch jetzt, da Johanna wächst. Oft geht sie spazieren. Um sie herum lang gestreckte Waldbrücken und Wege, die sie alle schon kennt. Der Sonnenuntergang umsäumt den absterbenden Tag mit Arabesken. Hieroglyphen die Bäume, sie zeichnen ihre Spuren in die Luft. Johanna sucht Gott in ihnen. Wälder und Burgen lösen sich im Hintergrund auf. Bald schon ist alles in Weiß gehüllt. Das Leben eine Schneewehe. Welt in Federn. Die Bäume, Fichten und Tannen, unter der Last des Schnees gebeugt, sind in die Schlafgrätsche gegangen. Johanna kann diese Welt einfach nicht begreifen. Je älter sie wird, umso weniger. Aber auch heimelig wird es im Zimmer und im Ofen knackt und knarrt das Holz.

Einen Leuchter, hoch, ganz knöchern, stellt man jetzt in die Mitte der Stube, dass das Licht aus ihm flackern möge. Spinnerinnen errichten Bänke und Stühle rundherum und man plaudert. Von Frau zu Frau. Johanna sucht die Vertrautheit mit den Menschen und lernt, die Spiele und die Rituale mitzuspielen. Bald ist Weihnachten.

Die Weihnachtsäpfel sind etwas Besonderes. Man zerschneidet sie und findet runde Sternchen darin. Es heißt, dass sie gesund sind, die Äpfel, weiß Johanna Bescheid. So legt man sie unbekümmert ins Rohr.

»In den Äpfeln sind Sterne!«, sagt Johanna.

»Ja, alles hängt miteinander zusammen!«, entgegnet die Großmutter.

»So komme auch ich in dir vor, Großmutter, oder?«, will Johanna wissen.

»Ja. Und wenn ich tot bin, hast du mich ganz bei dir!«, antwortet diese.

»Kann der Tod sterben?«, fragt Johanna.

»Ja. Und jeden Sommer kommt er als Leben wieder und singt sein Lied!«

Dass die Großmutter recht hat, begreift Johanna immer, wenn sie die Natur betrachtet: Wie das Morgenrot die Himmel vergoldet, wie die Vögel höher und höher steigen wollen, alles vergoldet, auch im Winter, sogar das Morgenrot ist mit dem Dunkel verbunden, ergießet sich aus ihm. Und der Wind, denkt Johanna, der lehnt sich an den Baum. Zerdrückt ist der Hals des Baumes. Dennoch tanzt er mit dem Wind. Und die Fische tanzen mit dem Wasser. Das Wasser ist ein Pferd, jagt dahin, ist im Strom wie das ganze Leben, denkt Johanna. Und das Tal ist ein See. Der Wind verweht zu Luft, Licht, zu Sonne und Gott. Alles verwandelt sich. Nur in der Stube bleibt es warm, wenn das Feuer weiterhin brennt. Das Feuer ist ein Märchen, denn in ihm huschen und tanzen die Bilder sich zu Flammen aus, regnet es Funken, leuchtet die Welt. So spielt das Feuer mit dem Holz, während es dieses auffrisst. Der Wind spielt mit den Ästen des Baumes und klaubt dann ihr Laub auf, trägt es weit fort. Das muss einen Sinn haben, denkt Johanna. Auch, dass die kahlen Bäume sich einander zuneigen. Beieinander Zuflucht suchen. So wie die Menschen gegenseitig ihre Nähe suchen, wenn der Winter kommt, wenn sie hungrig sind oder müde und ihnen kalt ist. Dann sind die Blüten wieder Kinder, die Blumen Jungfrauen, die Natur behütet ihre Wurzeln.

»Wenn die Bäume einander liebkosen, wird es ein gutes Jahr!«, sagte die Großmutter immer.

»Was wissen Bäume von Liebe?«, denkt Johanna entmutigt, wenn in ihr kein Gott spricht. Dennoch – da ist Hoffnung. Einen Zuruf aus einer anderen Zeit, immer wenn die Großmutter spricht.

Ein Ruck durchfährt plötzlich den Himmel. Die Heiligen, denkt Johanna, endlich, sie kommen. Und mit einem Mal wird es so hell, dass sie fast erblindet. Sie staunt. Die Frauen sind von blendendem Weiß. Sie waschen ihre Wäsche im Brunnen im Hof.

»Das ist der ewige Brunnen!«, wispern sie.

»Wer aus der Quelle trinkt, der wird jung. Denn Wasser ist Fruchtbarkeit«, weiß Johanna Bescheid.

»Woher kommt die Quelle?«

»Von den Tränen der Großmutter. Sie musste Abschied von ihren Kindern nehmen.« An den Quellen entstanden Brunnen.

Johanna überlegt. So hell glitzern die Kleider der Heiligen auf der Oberfläche des Wassers, dass es weh tut.

»Das Wasser sticht!«, sagt Johanna und schließt die Augen.

»Es ist ein wundertätiger Splitter«, weiß die Großmutter jedoch Bescheid.

»Es tut einem weh. Aber es wird alle heilen.«

In dem Moment kommt ein Hirsch vorbeigelaufen. Johanna betrachtet ihn. Das Geweih des Edelhirsches, es hat die Form eines der Instrumente, auf denen der Vater immer spielt. Die Musik Gottes kann darauf gespielt werden, sagt er.

Die Großmutter lächelt.

»Das Leben bedeutet er. Sein Gehörn ist ein Pfeil, kann verwunden oder heilen. So ist es mit allem im Leben.«

»Wie wird man geheilt?«

»Man muss zaubern. Eine Druidin tut das. Aber das ist ein Geheimnis!«

Johanna überlegt. Die Antwort ist ihr zu vage.

»Ja, aber wie?«, bohrt sie nach. »Wie wird man Druidin?«

»Man heilt sich selbst!«

»Auch von Blindheit?«

»Ja! Immer hat man früher den Göttern in den Wäldern gehuldigt«, sagt die Großmutter und lacht. »Wer braucht eine Kapelle?«

Johanna blickt sich rasch um. Hoffentlich hat der Vater sie nicht gehört, denkt sie.

»Und noch ein Geheimnis: Ein Schloss ist da unter dem Wasser. Bei Vollmondschein kannst du die Anderwelt betreten, die darin liegt!«

»Ehrlich?«

»Ja!«

Johanna wird von einer großen Sehnsucht erfasst.

»Da hausen auch die Anderweltfürsten. Seit Artus warten sie auf ihre Wiederkehr. Es braucht dafür eine Jungfrau.«

Johanna nickt und mit einem Mal begreift sie, wen die Großmutter meint.

»Mich«, sagt Johanna.

»Ja.«

Ganz ohne Eitelkeit sagt sie es: »Mich!«

4. Feenbaums Wunder

Als er Johanna nach diesem Verhör in ihrer Zelle besucht, scheint sich etwas in ihr gewandelt zu haben. Traurig und mit verzerrtem Mund kauert sie neben ihrem Bett und sieht ihn an. Auch sie wird wohl jemanden zum Reden brauchen, denkt er, oder? Er will schon kehrtmachen und nachdenken, wie er Johannas Herz erobern könnte – noch hat er sie nicht lange genug beobachtet –, doch da geschieht es. Wieder wird sie von einem der Soldaten angegriffen. Johanna schreit. Gerade noch rechtzeitig kann er zu Hilfe kommen, packt den Kerl am Kragen und wirft ihn gegen die Steinwand. In dem Moment erscheint der Earl von Warwick. Wallend seine Erscheinung. Er poltert, redet wütend auf den jungen Krieger ein. Johanna wischt sich mit zitternden Fingern über das Gesicht.

»Ich kann gar nicht die Beinkleider abnehmen«, sagt sie leise, »sie kommen immer zu nahe.«

Der Earl nickt.

»Das wird nicht mehr vorkommen!«, meint er und mahnt den Kerl und die anderen Soldaten, die ihn umringen, sich zu beherrschen.

Dann verlässt er die Räume des Kerkers, gefolgt von der geknickten Schar. Loyseleur ist nun wieder mit Johanna allein.

»Brauchst du denn nie jemanden zum Reden?«, will er da wissen. Er sieht die Jungfrau an, ein knochiges Bündel mit breitem Gesicht und trotzig malmenden Kieferknochen. Seine Ehrlichkeit scheint Johanna zu erreichen.

»Ich rede mit Erzengel Michael«, entgegnet sie leise und in ihrem Gesicht schimmert etwas auf.

»Hat er denn wirklich keine Haare?«, fragt Loyseleur neugierig.

Johanna lächelt.

»Das habe ich nicht gesagt!«

Er kniet sich neben ihr nieder, lüpft ein wenig die Kutte. Kalt ist der Kerkerboden. Wieder reicht er ihr ein Stück Brot. Und diesmal, so geschwächt und verletzlich wie Johanna wohl sein mag, greift sie nach danach. Beißt ab. Beginnt knirschend zu kauen.

»Die Großmutter erzählte mir erstmals vom heiligen Erzengel«, sagt Johanna dann und plötzlich leuchtet etwas in ihren Augen auf, »und dann sah ich ihn, wie sein Gewand wallte!«

Begeisterung scheint da in ihr aufzusteigen.

Domrémy heißt das Dorf, in dem sie aufwuchs, hat man ihm erzählt. Dreihundert Einwohner und ein Grenzort.

»Warum willst du in den Krieg ziehen? Ist das Leben nicht schön, wie es ist?«, fragt er.

Johanna seufzt.

»Ihr habt nicht gesehen, was ich gesehen habe. Als junges Mädchen.«

»Was?«, bohrt er nach, während sie weiter an den Brotresten kaut.

Johanna seufzt.

»Die Übergriffe an den Grenzen. ›Wir halten zu den Armagnacs und nicht zu den Burgundern‹, hat meine Großmutter immer gesagt. ›Warum, Großmutter?‹, habe ich sie gefragt. ›Einmal, da kamen die und haben einen aus dem Dorf schwer verwundet. Ihm den Kopf abgeschlagen‹, hat sie erwidert.«

»Und das hat gereicht?«, will er zweifelnd wissen.

»Ich habe meine Großmutter geliebt«, sagt Johanna.

Er betrachtet sie lang. Zart und knochig ist ihr Leib. Ständig kneift sie die Augen zusammen, sodass sich kleine Fältchen bilden. Manchmal verwandelt sie sich in eine düstere Frau. Risse im Gefäß ihres Gesagten.

Und nein: Sie ist schön, denkt er. Sie hat eine unsichtbare Narbe im Gesicht, die sich Gott nennt. Tag für Tag ruft sie die Namen der Engel. Das Gesicht ist durch die Kerbe Gott zerschnitten. Sie bringt Veränderungen, die man kaum noch sehen kann. Nur die Engel, nur sie wissen davon, sagt er sich.

»Johanna«, sagt die Großmutter, »ich werde bald gehen!«

Ihre Augen sind ein Gebirgstal, durch das ein Schauer streift, vielleicht in Form des Windes.

Ihr Antlitz wird immer fahler, während es draußen grünt und blüht. Das macht Johanna wütend.

»Das will ich nicht!«, sagt Johanna.

»Ich ist ein sinnloses Wort!«, entgegnet die Großmutter.

»Wieso?«

»Du solltest es durch Gott ersetzen.«

Die Großmutter umarmt sie, und sofort ist wieder ein Friede in Johanna.

Friede, das ist die Wärme eines Vogelnestes, denkt Johanna. Dass sie Körper sei, denkt sie. Nichts als Körper, der atmen muss. Aber in dem auch alles zu geschehen hat, was notwendig ist im Moment.

»Sei ruhig!«, sagt die Großmutter und ihre Worte sind Tau. Regen, der auf verdorrtes Gras fällt.

»Bitte behalte mich in deinen Armen!«, flüstert sie. »Und weine nicht. Pflück keine Tränenblumen!«

Seit diesem Zeitpunkt weint Johanna heimlich. Immer, wenn es besonders schön ist, oder wenn es besonders traurig ist. Weil die Seligkeit mit dem Schmerz verwoben ist. Und sie hofft auf einen neuen Sommer. Und dass mit ihm noch einmal die Stimme Gottes zu hören ist, immer wieder. Und die Sonne, so wie jetzt: Sie brennt und brennt und Johanna glaubt, dass die Erde unter ihr bersten will. So niedrig fliegen die Vögel, auch sie haben kaum noch Kraft! Genauso wenig wie Johanna, die erwachsen wird und sich nach der Stimme Gottes sehnt, mehr denn je. Doch sie hat die Suche nicht aufgegeben, will sein wie die Vögel, die im Winter fortfliegen und doch wiederkehren. Sie sammeln woanders Kraft. Und dann hofft Johanna und wird genügsam. Nichts gilt es mehr zu schaffen. Nur Trägheit und Sehnsucht nach Schlaf beherrschen dann ihre Tage. Tiere suchen Schatten, die im Laufe des Tages wachsen und schwinden wie alles. Gegen Abend zieht eine dicke schwere Wolkenwand vom Süden her über den Himmel, Gewicht, Gegengewicht. So vergeht die Zeit. Ihre Augen sind schwer, sind Blei und alle Vögel kriechen in ihre Nester. Dann, abends, meist der Blitz, der Donner, er reißt den Himmel auf.

Es wird nicht Nacht, es erbleicht bloß der Tag, sagt sich Johanna und nur die Spannung der Sonne macht die Zeit lang. Alles dehnt sich. Die Bäume ertragen den Rahmen ihrer Rinde nicht, wollen wachsen, wenn ein Gewitter kommt.

Sie knarzen und ächzen im Wind. Der zerrt an den Zäunen. Auch die fühlen sich gefesselt an ihre Wurzeln. Wenn man nur leicht wäre, denkt Johanna, fortfliegen könnte mit dem Wind! Und hin zu Gott.

Heiligtum aber reicht hinaus über jeglichen Raum, das muss die Jungfrau jetzt lernen.

Und man muss es erwarten können.

»Oh Heiland, reiß den Himmel auf!«, singt Johanna. Wie böse Geister jagen die Winde dahin. Luftpferde, feinstes Getier, denkt Johanna. Und auch in diesen Tagen sucht sie die Zuflucht beim Feenbaum, der in seinen Ästen immer noch die Erinnerung ihrer Kindheit birgt. Sie beschützt.

So sitzt Johanna eines Tages wieder bei ihm. Sie ist keine dreizehn. Und da ruft er nach ihr! Endlich! Mit einem Mal spricht Gott wieder. Er tönt, lodert und zerreißt ihr dabei fast die Ohren. Von der rechten Seite kommt die Stimme, aus der Richtung der Kirche. Helligkeit. Ein Heil ist sie, die Stimme. So, als würden Vater und Mutter gemeinsam sprechen! Dreimal ruft sie nach ihr.

»Johanna!«

Johanna steht auf.

»Was ist das?«, ruft sie laut aus. »Bist du es wirklich wieder, lieber Gott?«

Ein loderndes Lachen ertönt.

»Führe dich gut!«, tönt es zur Antwort.

Johanna schüttelt den Kopf.

»Was bedeutet das?«, fragt sie.

»Bewahre deine Unschuld.«

»Und wie?«

»Innerlich!«

»Was heißt das?«

»Sei Jungfrau und Kind!«

Johanna streift rastlos umher, sucht nach einem Gesicht zu der Ferne, die klingt. Mit einem Mal kommt ihr Gott so anders vor. Immer war er so weit weg. Und jetzt ist er viel zu nahe, sie kann ihn kaum erkennen. Das Ferne verändert sich oft in der Nähe, denkt Johanna und es ist, als hätte der Blitz den Apfelbaum ihrer Kindheit gespalten. Wieder spricht das Heilige mit ihr. Johanna möchte zu Boden sinken, sie möchte sterben.

»Hör mich an!«, ruft da der Gott in ihr, und erschöpft lauscht Johanna.

»Ja!«

»Es gibt ein paar wichtige Dinge! Zum Beispiel: Liebe weckt Liebe.«

»Bist du sicher? Gott?«

»Ja! Manchmal muss man sie im Waldschatten suchen, findet sie nur unter dichten Blättern. Es ist anstrengend. Aber es lohnt sich, sie zu finden.«

»Und wieder zu verlieren«, murmelt Johanna, die an den Tod des Vogels denkt und an die sterbende Großmutter.

»Wir wissen nur, was wir hatten, wenn wir es verlieren!«, sagt Gott.

In ihr ringt ein Schmerz um die Übermacht.

»Warum tut das immer so weh?«

Gott schweigt kurz, dann braust ein Orkan auf. Es ist, als lache er schallend.

»Wer geduldig ist, dem geht es immer gut. Aber erst später. Nicht in dieser Welt.«

Johanna nickt. Das weiß sie bereits.

»Aber was soll ich dann tun?«

»Warten!«, sagt Gott. »Warten, bis wir zusammen sein können. Weißt du, Freude und Trauer, die sind ein Ehepaar, das ein Gemach teilt. Schläft die eine, dann ist die andere ruhig. Aber wehe, eine weckt den andere!«

Gott scheint zu lachen.

»Und jetzt?«

Gott schweigt. Johanna möchte fliegen wie die Vögel, lachen und Gott preisen, oder sie möchte ein Baum sein, aber nur im Frühjahr, nicht des grünen Gewandes beraubt. Die silbernen Strahlen des Himmels sollen herunterkommen und ganz nah auf ihrem Haupt landen als Seil, als Verbindung! Johanna will tanzen wie eine Elfe und aus der Vogelperspektive das Moos und die Goldfische betrachten, die weit unter ihr schwimmen, auf dem Grund des Teichs. Und die Schlieren aus Schlamm zählen, die Blätter und Algen. Ja, von nichts bedeckt als von Luft und Gott! Wie schön der Wind die herrlichsten Formationen aus den Wolken formt. Wie sie Bilder darstellen, Umrisse aus Engeln sind, wieder zerrinnen, manchmal auch als dunkle Berge, Schreine und Kapellen hinter der rot glühenden Sonne. So will sie immer sein, an den Himmel gelehnt! Dass sogar zu Beginn des Winters noch die Fichten grünen, mutet Johanna seltsam an, und sieht darin Gottes Macht. Und wenn der Schnee kommt, beugen sie auch ihre Äste nie ganz seiner Kraft! Sie tanzen mit Gottes Kraft.

Mit einem Mal ist es, als habe ihr Übermut Gott wieder verjagt. Sie will sich schon umwenden und heimwärts laufen, da kommt sie noch einmal, die Stimme: »Du wirst in den Krieg ziehen, Johanna! Also lerne zu kämpfen!«, rauscht es in ihr. Dann Stille.

Kämpfen also, hat Gott gesagt und von jetzt an tanzt sie nicht nur mit den Mädchen, sondern spielt auch mit den Knaben. Tollt mit ihnen in den Nadelbüschen umher. Auf den Fußspitzen gehen die Knaben schon bald, haben Angst vor ihr. Denn Johanna kann wüten. Wieder wird es Frühling und Johanna lernt im Spiel mit den Knaben zu ringen. Oft tollt man umher auf den Dachböden, wo es dämmrig ist. Spinngewebe hängen magisch da. Johanna betrachtet die Gesichtchen der Knaben und fühlt sich stark. Und dann kommt wieder der Sommer. Viel Arbeit wartet dann am Feld, Johannas Körper schmerzt. Die Geranien wachsen im Garten und immer wieder muss Johanna sie schneiden. Doch Johanna will Blumentöpfe zerschmettern und sich mit den Scherben aufritzen, weil sie sieht, dass die Großmutter bald sterben wird.

Die Erwachsenen indes erschrecken über Johannas Schönheit, über die Tiefe, die seit dem Tag am Feenbaum, an dem Gott mit ihr sprach, in ihren Augen wohnt. Gepaart mit einer Art fremden Wildheit, die man kaum kennt. Sie kann sich über die Knaben werfen, ihnen Gesicht und Schläfen versehren, erzählt man sich im Dorf. Ja, Johanna ist eine Kämpferin.

»Rühr mich nicht an!«, sagt eines Tages ein Knabe.

Er ist arm, er hat Knochenarme. Seine Augen sind fremdartig, fast sieht er aus wie eine Pflanze. Was tut Johanna da? Sie schlägt ihn. So erzählt man es sich jedenfalls im Dorf. Und dass sie gesagt hätte, diese Idee käme von Gott! So eine störrische kleine Magd! Und auch die Eltern berichten, dass Johanna hin und wieder tobt. Vor allem, wenn man sie frisieren will. Denn abends ist Johannas Haar widerspenstig. Sie hat zu viel gerauft. In einem Knoten muss es schließlich gefesselt werden. Das mag das Kind nicht.

Doch damit nicht genug. Johanna kann auch sehr rechthaberisch sein.

»Das Abendgebet!«, ruft Johanna eines Abends aus, als sie dem Priester des Dorfes auf der Straße begegnet.

»Ja?«, meint der und sieht das Mädchen fragend an.

»Sie haben die Glocke nicht geläutet!«, sagt das Mädchen stramm.

»Ehrlich?«

»Ja! Sonst kehre ich nämlich immerzu um, Herr Pfarrer, und lauf zu ihnen.«

Der Pfarrer lächelt. Nun muss er sich sogar von einem Kind ausschelten lassen! Seltsam, denkt er und betrachtet die kleine Johanna.

»Ich schenke Euch Wolle, wenn Ihr in Zukunft Eurer Pflicht besser nachkommen wollt!«, verspricht Johanna. Erstaunt betrachtet er die junge Frau. In der Kirche liegt sie manchmal mit dem Gesicht zum Boden gewandt da, seltsam verdreht. Die Augen auf das Bild des heiligen Christus gerichtet.

In dieser Zeit entdeckt Johanna ihre Magie. Sie hat mit der Großmutter zu tun und mit dem Feenbaum und Gottes Stimme. Doch sie ist ein Geheimnis. Eines, das es vor den Freunden und der Familie zu verbergen gilt. Johanna wallfahrtet zur Kathedrale, gemeinsam mit ihrer Schwester Catherine. Kerzen nehmen sie mit, entzünden sie unter dem Gnadenbild. Das liebt Johanna, sie liebt es ganz besonders. Doch sie muss ihre Stimme schützen und auch die Heiligen, von denen die Großmutter ihr immer erzählt hat. So berichtet sie niemandem davon. Gott kann immer nur heimlich sein, weiß Johanna inzwischen Bescheid. Und auch die Heiligen. Drei besuchen sie jetzt mit ihrer Stimmen: Barbara, Katharina und Margaretha. Von ihnen hat schon die Großmutter erzählt und sie sind Johanna inzwischen sehr lieb. Aber auch über ihre Stimmen wird geschwiegen. Süß ist der Duft, der Johanna entgegenstrebt, wenn sie an diesen besonderen Tagen beim Feenbaum sitzt und nachdenkt. Sie riecht schon die Engel, die jetzt noch Vorhänge sind. Später werden sie realer und realer sein. Irgendwann wird Johanna sagen: »Ich sah sie mit den Augen meines Körpers, so deutlich, wie ich euch sehe!« Das wird sie denen sagen, die sie anklagen. Jetzt aber wartet Johanna, denn die Stimmen sind noch weit weg und offenbaren sich nur langsam. Zu unklar und unreif ist alles noch, zu unfrei die kleine Johanna. Sie muss erst erwachsen werden, muss kämpfen lernen und reden in der Sprache der Menschen. Johanna aber ist ungeduldig, wenn sie auf die Stimme Gottes wartet.

Im darauffolgenden Winter stirbt die Großmutter, in Johanna lebt sie weiter. Und Johanna tut es dem Wind und dem Winter gleich, lernt von ihm, wie sie von Gott lernt: Wind, Sturm, Schneeweiß sind jetzt ihre heimlichen Namen. Und Winterstille liegt da, wo der Wind steht, es ist ein Raum in Johanna. Da geht die Jungfrau jetzt hin, betet und singt. Das Gebet des Winters ist der nächste Weg zum Licht, denkt Johanna.

»Alles wird wieder heil, lieber Gott, oder?«

Und manchmal kommt eine Antwort: »Ja!«

5. Lernen

Bald befragt man Johanna zu ihrer Familie.

»Deine Eltern …«, will Cauchon wissen.

Johanna zieht eine Augenbraue in die Höhe, sie sieht jetzt wieder stärker aus. Es ist, als hätte das Brot sie zu Kräften kommen lassen.

»Ja?«, fragt Johanna.

»Warum hast du ihnen von der Abreise nichts gesagt, Johanna?«, will der Bischof wissen, während er seine glänzenden Ringe betrachtet, die er sich an die schwieligen Finger geheftet hat.

»Damals, als du aufgebrochen bist, um in die Schlacht gegen die Engländer zu ziehen?«

Johanna hat etwas von einem Jüngling. Gleichsam knabenkühn erscheint sie ihm. Loyseleur muss lächeln.

»Die Stimmen haben mir kein Stillschweigen auferlegt, nein«, entgegnet Johanna zögerlich. Ihr Widerstand scheint gewichen.

Ob es damit zu tun hat, dass er ihr das Brot angeboten hat?

»Hattest du keine Angst?«, will Cauchon wissen.

Johanna schüttelt den Kopf.

»Aber die Burgunder …«, fährt sie dann zögerlich fort.

Warwicks Gockelhals hüpft. Nun ergreift er das Wort.

»Was?«, geifert er mit hackender Stimme.

Und da geschieht es, mit einem Mal. Johanna wendet ihm den Blick zu, sieht ihn an und lächelt.

Fast sanft ist sie geworden, ganz plötzlich. Ihre Stimme ist voller Aufrichtigkeit, als sie fortfährt: »Vor denen hatte ich Angst. Ihr versteht.«

»Ja?«

»Und besonders hatte ich Angst, mein Vater könnte mich vielleicht daran hindern, die Reise anzutreten. Vielleicht habe ich deshalb geschwiegen!«

Cauchons Körper wabbelt, während er sich vorbeugt, erstaunt von so viel Sanftmut. Seine Stimme klingt schleimig, erinnert an Kriechspuren, die Schnecken auf dem Erdboden ziehen, als er weiter in sie eindringt: »Verstehe. Und du denkst, du hast rechtens gehandelt, einfach so aufzubrechen? Ohne Vater und Mutter etwas zu sagen?«

Johanna zuckt mit den Achseln. Hell und klar steht sie da, die Hände in den Fesseln vor ihrem Körper herhaltend.

»Nun ja – wenn Gott es gewollt hat!«, sagt sie.

»Wie?«

Warwick zieht eine Augenbraue in die Höhe, seine Stimme ist gackernd, hackend wie ein Beil. Er scheint sie anzuzweifeln. Sofort wird Johanna wieder zornig.

»Na, da hätte ich doch wohl hundert Väter und hundert Mütter haben können, oder?«, entgegnet sie und beginnt, mit den Armen zu fuchteln. Das Klirren von Ketten ist zu hören.

»Wie?«

Johanna lacht auf.

»Nun, ich meine, wenn Gott es befohlen hat?«, fragt sie erneut und immer noch ist ihre Unschuld bestechend. Loyseleur merkt, wie er wieder lächeln muss. Es scheint, als wäre das Eis gebrochen. Das Brot hat Johanna zahm gemacht. Sie wird beginnen, ihm zu vertrauen. Denn sie spricht ohne Hohn, versucht ehrlich, sich zu offenbaren. Oder?

»Ohne Erlaubnis jedenfalls. Da bist du gegangen. Einfach so, nach Neufchâteau!«

Cauchon versucht, mehr zu erfahren.

»Ja!«, entgegnet Johanna wahrheitsgemäß und klappt ihre Augen auf und zu.

»Du bist aber sehr eitel gewesen in der Wahl der Männerkleidung«, meint da der zweite Inquisitor und reckt erneut seinen Gockelhals. Heute ist Warwick wirklich schlecht gelaunt, denkt Loyseleur.

»So gar nicht demütig, Johanna?«

Sie zuckt mit den Schultern.

Für einen Moment ist es still. Man scheint nicht zu wissen, wie man weiter vorgehen soll.

»Als ich erstmals die Stimme hörte, gelobte ich Jungfräulichkeit, solang es Gott gefiele!«, sagt Johanna.

Warwick indes wird wütend, denn am liebsten wäre ihm eine spröde Jungfrau, die man sofort hinrichten lassen kann, er will kurzen Prozess machen.

»Bringt sie in eine Kammer und entkleidet sie!«, ruft er aus.

Cauchon sieht ihn erstaunt an, denn normalerweise ist er es, der die Befehle gibt.

»Ich will wissen, ob sie Mann oder Frau ist!«, wettert indes Warwick.

Etwas anderes scheint ihm im Moment nicht mehr einzufallen, denkt Loyseleur. Johanna zuckt mit dem Kopf, er kann es genau sehen, sie will ausspucken, wird jedoch am Hals gepackt und aus dem Gerichtssaal gezerrt. Für einen Moment herrscht Schweigen. Cauchon fixiert Warwick mit den Augen und kann es immer noch nicht glauben. Er ist es gewohnt, die Oberhand zu haben, was die Untersuchungen der Gefangenen betrifft. Und im Gegensatz zu Warwick geht es ihm nicht darum, blind zu bestrafen. Er ringt nach der Wahrheit, weiß Loyseleur Bescheid. Warwicks Befehl indes wird ausgeführt. Wenig später erscheint stolpernd ein Soldat. Er zerrt Johanna hinter sich her, mit verbundenem Mund. Aufgelöst ist ihr Haar. Sie tut Loyseleur leid.

»Zweifellos! Ein ganz echtes Mädchen, ehrlich!«, entgegnet der Soldat, »alles noch dran.«

Johanna wird rot vor Scham. Dann Stille.

In den Dörfern leben die Menschen wie eh und je, auch, nachdem Johanna Gott als Stimme begegnet ist. Der Alltag am Feld taktet die Tage, das Versorgen des Viehs muss erledigt werden. Dazwischen gibt es Feierlichkeiten. Die Hochzeit zwischen Magda und einem jungen Soldaten. Ihr Haar, Johannas Haar, braun und lang, es wirbelt im Wind, zum Zopf geknotet. Brautjungfern rufen zum Tanz. Alles könnte im Glanz sein. Man könnte fast ganz sein, denkt Johanna. Sie muss mit jedem tanzen, bis sie ein Kreis wird. Mit allem verbunden, auch mit dem Unglück über den Tod der Großmutter. Und sie tanzt und trinkt vom Leben. Es wird schon gut werden, sagt sich Johanna. Gott wird wiederkommen! Einstweilen ist sie Teil dieses Spiels im Dorf. Wer raubt mir das Kränzchen um Mitternacht?, so nennt man eines davon. Johanna will den Kranz der Braut nicht haben, ihre Schwester Catherine bekommt ihn. Johanna hätte lieber ein Schwert.

Es gibt die Messe, in der es sich auch ausruhen lässt nach getaner Arbeit, da steht ein Altar. Das ist ein Spektakel! Ganz vorn an der Spitze sitzen die Reichen, dahinter das gewöhnliche Volk. Es gibt auch Umzüge. Die Fahnen der Handwerkszünfte werden an den Feiertagen geschwenkt. Die Trachten schimmern prachtvoll, die Ornate aus Gold erfreuen das Auge. So viel Reichtum für Gott, denkt Johanna und dann folgen die Mädchen mit ihren spitzen schönen Häubchen. Die gefallen ihr nicht. Inzwischen verbringt Johanna ja mehr Zeit mit den Knaben, weil Gott gesagt hat, sie solle kämpfen lernen. Noch weniger mag sie die gestärkten Hauben der derben Bauersfrauen mit den runzeligen Gesichtern. Johanna hat ihr Haar gern offen, trägt es lose. Will es flattern lassen im Wind. Manchmal betrachtet sie, den Kopf in den Nacken gelegt, die Wolken, die über die Wiese schweben.

Tanzen da nicht die Fäden Gottes im Licht? Sind es nicht silbrige Striemen, die sie verbinden, mit dem Himmel, mit der Ewigkeit, von außen nach innen und wieder zurück? Alle sehen denselben Mond und dieselben Sterne, denkt Johanna, ja, die Sterne haben kein Alter, glaubt sie. Ob sie auch sterben? Ein heller Schatten spricht zu ihr, es ist Michael.

»Ja. Eines Tages geht alles zu Gott!«, sagt er.

»Aber sie sind riesig, die Sterne, nicht wahr?«, fragt Johanna ungläubig.

»Sehr!«

»Und der Mond?«

»Auch der!«

»Aber warum sterben, das ist ungerecht!«, beharrt Johanna.

Michael lacht.

»Es kommt nur einmal im Leben vor!«, sagt er.

»Was heißt das?«

»Gott hat es schon gerecht gemacht, Johanna!«, meint er, der aus dem Schatten gestiegen ist und jetzt kaum mehr als ein Säuseln zu sein scheint, das sich als kleiner Lichtstreifen tanzend vor ihr hin und her bewegt. An die Großmutter erinnert er irgendwie, trotz seines hellen Schimmers, findet Johanna.

»Warum?«

»Sogar in den kleinsten Kapellchen unter den Armen predigt man einmal im Jahr!«, lacht der Erzengel.

Johanna versteht nicht. Sie schweigt. Der Engel schweigt mit ihr. So verstreicht wieder die Zeit. Gott vertieft die Lichter, Farben und Schatten. Die Gottesäcker sind hängende Gärten, stellt Johanna sich vor. Sind in den Lüften. Himmel und Erde sind ein Spiegel Gottes. Der Mond, er gehört der Sonne und der Erde zugleich, weiß sie Bescheid. Goldadern schwimmen im Licht, so schlafen die Länder an den Ländern, unbeweglich stehen Wälder an Wälder gelehnt. Unter den Regentropfen sind die Körner gebückt und die Ähren. So beugt Gott auch sie, denkt Johanna. Dennoch: Sie will nicht älter werden. Verkörperung, was ist es mehr als Verknöcherung? Alles wird immer anstrengender, die Arbeit, die Denkfäden im Hirn. Die Blättergerippe der Bäume im Herbst machen mit jedem Jahr trauriger. Nur Michael wärmt. Wie ein heißer Sommerregen klingt Michaels Flügelrauschen. So plaudert sie mit dem Engel und er gibt ihr Trost.

»Wie nackt die Schweine rumlaufen!«, sagt Johanna.

»Dafür hat Gott ihnen aber den Schwanz gezwirbelt!«

»Und das Glühwürmchen! Wie hässlich es ist bei Tag!«

»Aber bei Nacht leuchten diese Käfer, ehrlich!«

»Brennen sie denn? Können sie dich entzünden?«

»Nein, die glühen nicht wirklich!«

»Nicht wie Feuer?«

»Nein!«

Der Engel lacht und Johannas Herz zerbirst fast vor Freude, als sie das hört.

»Wenn das Herz einen Sprung kriegt, wie klingt das denn?«

»Als würde Glas springen!«

»Ehrlich?«

»Ja.«

So tönen Michaels Worte. Weich wie fallender Schnee. Oder wie fremde, gedämpfte Erde.

Auch über den Krieg lernt Johanna – schon 1425. Es ist das Jahr, in dem ihre Visionen beginnen. Eine englische Kriegshorde. Sie reitet in Orléans ein, treibt das Vieh weg. Bald schon ist alles niedergebrannt und geplündert. Orléans wird belagert und am 12. Oktober erscheint eine Staubwolke am Horizont vor Johannas Heimatdorf Domrémy.

Man beschließt, die Kräfte auf den Stadtkern nördlich der Loire zu konzentrieren. Doch der Widerstand hilft nicht: Die Engländer richten bald mehr und mehr Schaden an. Graf von Dunois, ein junger aufstrebender Feldherr, übernimmt indes das Kommando in Orléans, erzählt man sich im Dorf. Ein Franzose. Man hofft, er würde zu Hilfe eilen, denn nun brennt Domrémy. Der Krieg wütet und Johanna rennt von dem Feuer fort in den Wald. Sie sucht Zuflucht bei den Heiligen. Betet, als das Dorf eingeäschert wird. Überall Lodern und helles, stechendes Licht. In ihrem Kopf, in ihrem Herzen. Es pulsiert. Allein die Statue der heiligen Margareta, sie ist zwischen den Steinen der Kirche unversehrt geblieben! Gott sei Dank. Johanna, noch Kind, kauert sich ihr zu Füßen nieder. Wie gut, denkt sie, dass du noch da bist, große Mutter! Und sie betet zu Margareta und denkt an die Großmutter. Die Heiligen, sie sind ein Narbenklan. Sie haben gelitten, weiß Johanna. Es hat sie entzwei geteilt. Auch in Johanna ist ein Riss, der groß und größer wird. Ein Schmerz, der keine Wände kennt. Der Riss heißt jetzt Krieg. Die Kriegshorde. Jetzt hat sie auch Domrémy heimgesucht. Obwohl es doch an der äußersten Grenze des Königreichs liegt. Die Felder liegen in Asche, der Vater sieht schwach aus. Der Handel kommt zum Erliegen, die Straßen liegen brach. Überall Bettler, vom Krieg Entwurzelte, Traurige, Stumme.

»Was hältst du von den Burgundern?«, fragt der Vater an einem der Abende Johanna.

»Wenn mir einer begegnet, dann wäre das Beste, man schlüge ihm den Kopf ab, so es Gott gefällt!«, ruft Johanna laut aus.

Doch der Krieg bringt nicht nur Böses: Mit ihm wird Gottes Stimme wieder laut.

»Du musst kämpfen, Johanna!«

Die Stimmen, sie schwirren um sie in diesen Tagen.

»Du musst Partei ergreifen, Johanna!«, sagen sie, wieder, wieder und wieder.

Es dauert nicht lang, bis Johanna ein Licht aufgeht: Für den König von Frankreich sind sie, die Stimmen! Oder? Sie fragt danach, aber noch ist die Antwort nicht eindeutig. Noch muss sich die Jungfrau gedulden. Gott macht nur langsam ein Werkzeug aus Johanna, und Johanna wartet auf seine Worte. Den Eltern gegenüber verschweigt sie es. Johanna weiß, man muss die Geheimnisse hüten. Nur die Schwester Catharine: Sie weiß Bescheid. Aber auch der Vater ahnt es. Mehr als Johanna lieb ist. Noch kann er wegsehen. Johanna indes erkennt ihre Magie. Mehr und mehr. Die Welt ist im Kristall, denkt sie, und ich habe die Kraft, sie zu verändern. So streift sie betend zum See. Hält man die Nase nahe ans Wasser, sieht man den Grund nicht – bloß den Himmel, oder? Und die scharfen Schilfblattränder. So ist es ein wenig mit der ganzen Welt, sagt sie sich. Die Wirren der Sonnenuntergänge. Rhythmen aus Farbe, Licht, Schatten. Schwer drückt sie die Welt nieder. Und doch: Wie schön sie ist! Dabei ahnt sie ihren eigenen Tod voraus, oder? Sie weiß um ihr Untergehen, jeden Abend.

Der Krieg und der Kampf scheinen also notwendig zu sein, begreift Johanna. Die Seele wird zum Sterben gezwungen. Dennoch schlummert die Lebenswärme in ihr! Und sie kann auferstehen. Johanna sammelt also all ihre Hoffnung zusammen. Sie betrachtet Fluss und Quelle. Genau wie das Wasser verliert sich Johanna in der Lebensflut.

»Zieh in den Krieg, Johanna!«

Sie dringt in ihn, dringt in Gott.

»Wann? Wohin? Wie genau?«

Doch es hilft nichts. Es ist nur dieser eine Satz. Dann bloß wieder Schweigen. Manchmal weiß Johanna dann nicht mehr weiter. Dann quälen sie fixe Zwänge, zerrissene Ideen im Hirn, die Erinnerung an bessere Zeiten in der Kindheit, die nach und nach ausbleibt. Schritt für Schritt meinem Schicksal gehorchen muss ich, denkt Johanna. Sie sucht Gott in den kleinen Ereignissen, im Licht. Und wie Gott sein, genau so! Das will sie jetzt. Damit das Gras ihrer Heimat wieder grün wird wie damals in der Kindheit! Sie will Lebenswärme, will schlummern, will wach sein. Gottes Widerschein sprenkelt mehr und mehr ihre inneren Wände, je größer das Leid wird. Wie der Regen will Johanna sein, strömen, immer strömen. Manchmal aber sind die Tage nur Perlenschnüre.

»Du musst jetzt bald los«, sagt Gott eines Morgens, »kämpfe!«

»Aber das bringt den Tod«, sagt Johanna, »und Schuld und Verderben!«

»Es ist nicht möglich, einander zu lieben, wenn wir uns nicht schuldig machen. Denn nur so erkennen wir die Verbundenheit mit den Menschen!«, sagt Gott.

Und wieder begreift Johanna, dass sich alles wiederholen muss, immer und immer wieder. Krieg und Verbitterung, Leben und Tod, Liebe und Freude. Es ist schwer zu ertragen. In der Kehle sitzt die Unmöglichkeit, zu schlucken. Die Angst ist ihr zugedacht. Von ihr kann man nur in Gott hineinlaufen. Oder in die Messe. Aber seit die Plünderer da waren, ist auch der Pfarrer nicht mehr derselbe. Weggeduckt sein altes Gesicht. Er klammert sich an seinen Stock, predigt mit zitternder Stimme. Und Johanna klammert sich an die Worte der Predigt wie an einen Faden. Die Worte aus der Bibel nehmen sie an der Hand. Dass der Faden ihr ja nicht zerreißt: gestern, heute, morgen. Sie braucht eine Sicherheit.

Will geborgen sein. Worte bieten eine Stütze, auch wenn sie schwach ist. Aber es hilft nichts, Johanna leidet, denn Johanna wird jetzt von Gott geformt. Etwas drückt sich in ihr Wesen ein und sie merkt, dass sie da ein Loch hat, einen Abgrund, in den sie fällt. Was folgt, ist Dunkelheit, eine Unfähigkeit der Sprache, Trauer fliegt herbei und spielt Vogel, aber immerzu hängt Gottes Gesicht über ihm und leuchtet mit den Augen gegen die Finsternis. Der Vogel von damals, denkt Johanna, er war tot, aber niemand kann ihn hindern, die Flügel und Federn zu sammeln und Auferstehung zu erleben. Oder? Auch, wenn der Krieg ein Netz aus Angst über ihre Gedanken geworfen hat. Der Pfarrer indes wird immer trauriger, es bilden sich Rinnsale um seinen Mund. Er stirbt, einfach so, eines Tages. Das tut Johanna weh. Wie man aus einer Ferse Dornen zieht, löst sich ihr Schmerz der vergangenen Jahre, hindert sie am Alltag. Nicht einmal essen kann sie mehr, die Salate haben Rippen, das Fleisch lebt. Das Kauen knirscht zu laut.

»Iss!«, sagt aber Gott. »Du brauchst einen Körper!«

»Warum?«

»Kein Sinn kann sein ohne Sinne, Johanna! Und bald musst du los. Bald ruft die erste Schlacht!«

Sie seufzt. Gibt sich geschlagen.

»Ja.«

6. Vater

In den nächsten Tagen erlebt er Johanna wieder wütend. Es ist, als wäre all die Sanftmut, die er vielleicht in ihr geöffnet hat, wieder zerronnen. Kein Wunder, die Untersuchung durch die Soldaten muss sie wohl erschüttert haben. Doch damit nicht genug: Denn sie verhören nun auch ihn, Durand Laxart, ihren geliebten Onkel. Johanna ist erbost. Es wütet in ihr. Er kann es genau erkennen, als er sich an einem dieser Tage in die Zelle begibt. Dass noch immer so viel Kraft in ihrem zarten Körper schlummert, macht ihn doch sehr wundern. Mit einer flackernden Kerze nähert er sich der knabenkühnen Magd, kniet nieder.

»Du schon wieder, Engelchen!«, meint sie ironisch und um ihre Mundwinkel herum zuckt es spöttisch. Dann legt sie die Hand vor die Augen, bedeckt den Blick.

»Stört dich die Kerze?«, fragt er behutsam.

Johanna nickt.

»Licht ist Schmerz und Sehen tut weh«, sagt sie und er begreift, dass sie recht hat.

»Hell wirken viele Menschen außen, bestehen aber im Innern aus nichts als Löchern!«, fährt Johanna fort. Er versteht. Dass sie sich nach Dunkelheit sehnt, dass sie müde ist. Er kennt dieses Gefühl, schlafend nur noch den Schlaf des Lebens träumen zu wollen, weil nichts mehr kommt.

»Erzähle mir mehr von dem Licht«, bittet er mit ernster Miene.

Johanna stößt ein Schnauben aus.

»Es gibt ein wahres Licht und ein falsches«, meint sie schließlich. »Und da sind Stellen.«

»Ja?«

Aufmerksam sieht Loyseleur sie an.

»Flecken, wo das Licht nicht hinkann«, erklärt Johanna.

Und dann, nach einem Moment der Stille: »Das ist der Hass, das Fehlen von Gott!«

Leg meine Augen frei, denkt er mit einem Mal, als er die Magd betrachtet. Leg mir endlich die Augen frei und führ mich ans Licht. Als er sie nun ansieht, in ihrer tierischen Aufgelöstheit, kommt es ihm so vor, als würde er über das Hämmern der Welt hinweg Gott sehen. Seltsam, denkt er. Und das in so einer tierischen, erschöpften Gestalt.

»Wie finde ich Gott, Johanna?«, will er wissen.

Johanna lacht.

»In Stille!«

»Aber still bin ich – und dennoch ist er mir so fremd!«

Sie sieht ihn prüfend an und ihm ist, als fiele ein Vorhang, als würden sich alle Schichten seines Gesichtes ihr offenbaren.

»Und du denkst, Spannung und Aufmerksamkeit sind dasselbe wie Stille, stimmt's?«, meint Johanna spöttisch.

»Ja«, gibt er ehrlich zu.

Sie winkt ab.

»Nein?«

Johanna schüttelt den Kopf.

»Nein, gar nicht. Ehrlich.«

»Was dann?«

Sie schweigt.

»Ich habe das Kleid ins Feuer geworfen, das man mir gegeben hat«, sagt Johanna dann böse.

»Wieso?«

»Monströs ist es, ehrlich!«, braust sie auf. »Ich will meine Rüstung tragen. Ich bin Kriegerin, keine Frau.«

Er nähert sich ihr ein wenig, rückt heran an den neben dem Bett kauernden kleinen Körper.

»Du findest?«, fragt er.

»O ja!«

Wie seltsam, denkt er, er kennt diese Haltung von Frauen überhaupt nicht.

»Und die Rüschen?«

»Sie machen mich traurig«, murmelt Johanna und wischt sich über die Augen.

Für einen Moment ist wieder Schweigen zwischen ihnen.

»Licht, das heißt, begreifen!«, erklärt Johanna dann schwach, fast tonlos.

»Was begreifen?«

»Zeit begreifen.«

Er denkt nach. Findet schließlich, dass sie nicht unrecht hat.

»Ja«, sagt er, »ja.«

Immer wieder reden sie im Dorf von England. Nun sind es neunzig Jahre, dass Könige ihre Soldaten über die Meerenge einschiffen, wieder und wieder, sie wollen eine englisch-französische Doppelmonarchie erzwingen. Frankreichs Elite, sie blute, hört Johanna sie reden. 1415 bei Azincourt: Rund zweitausend Ritter und 8000 Fußsoldaten, Schlachtfelder, Morast, das ist Johannas Kindheit. Siegreich ist Heinrich V. gewesen, er erobert inzwischen mit den englischen Soldaten die Monarchie, nimmt Paris ein. Was bleibt, ist nur der Thronanwärter auf verlorenem Posten, so munkelt man.

Der Dauphin sei ein Auserwählter, wird Gott Johanna später flüstern. Es geht die Sage um, eine Jungfrau würde kommen. Aus dem Eichenwald. Johanna wird dann die Erscheinungen immer schwerer unterscheiden können. Eines Nachts wird ihr ein Wesen heimlich sein Flammenschwert zeigen.

»Feuer, das schadet nie!«, sagt es und lacht.

»Wer bist du?«, fragt Johanna.

»Held der Tat!«

»Ganz hibbelig ist das Kind!«, meint der Dorfpfarrer daraufhin zu ihrem Vater.

»Sie sollte doch eher die Knaben heiraten wollen, als mit ihnen zu kämpfen!«

Eines Tages wird sie sogar vor Gericht gestellt, als einer der Jungen im Dorf sein Eheversprechen einklagt. Johanna ist empört. Heiraten, niemals! In einer glatten Höhle gefangen sein? Nein!

»Ich wollte ihn eben nicht heiraten!«, erklärt Johanna wahrheitsgemäß, als man sie wenige Tage später vor Gericht zur Rede stellt.

Der Richter ist verwirrt.

»Du hast dich geweigert?«, fragt er den jungen Mann, der neben Johanna steht. Johanna schüttelt erbost den Kopf.

»Nein, ICH habe mich geweigert!«

Da lacht der Richter.

»Die kleine Magd also, da sieh mal einer an!«, meint er und grinst.

Johanna nickt und lächelt. Nachts aber ist sie allein und traurig. Überall Schwärze. Nur knapp laufen Lichter dahin, übern Erdboden schimmernd. Streifen die Bäume. Es liegt eine lastende Stille auf Johanna, manchmal, wenn sie Schlaf sucht. Wie in einem geschlossenen Grab fühlt sich das an. Und es klingt kein Ton. Verworren alles, was Geräusch sein will. Trotzdem, sie braucht keinen Mann. Und alles soll wie am Anfang und in der Kindheit sein: gut. Hinausschwimmen will sie in den See des Lebens. Und der Horizont soll Gottes Kranz sein um ihren Kopf!

Den Leuten im Dorf gefällt das gar nicht. Komisch ist sie, diese Johanna, oder? Zu temperamentvoll, die kleine Jeanne, oder?

Aber die Arbeit mit dem Vieh, die verrichtet sie gut, die Magd! Wie brav sie hinter dem Pflug hergeht. Und damit nicht genug: Aus freien Stücken pilgert sie auch immer wieder in die Kapelle, in die Kirche, heimlich, wenn die anderen Arbeiten und das Pflügen vorbei sind. Bald schon kann sie das Credo auswendig, singt das Vaterunser ohne Scham, und auch das Ave-Maria. Wie leicht es ihr von den Lippen geht. Häufiges Beichten, der Weg zur Kommunion. Und der Weg zum Fluss, genau wie der Weg zum Feenbaum. Diese besondere Buche, an der die Leute tanzen und singen, an der sie Kränze aus Zweigen flechten, wieder und wieder. Die örtlichen Priester, sie rügen die Bräuche. Doch manche unter ihnen kehren auch bei der Quelle ein, bringen ihre eigenen Prozessionskreuze an ihr an. Johanna tanzt dann mit ihnen, singt, spielt unterm Feenbaum. Mädchen hängen Kränze an die Bäume.

»Hast du die Fee gesehen?«, fragen sie Johanna einmal.

»Nein, nie!«, lügt sie.

Sie macht es absichtlich.

»Du musst lügen!«, sagt Gott, »du musst die Heiligen beschützen, wenn die Zeit noch nicht reif ist.«

So streift Johanna unter den Zweigen des Baumes umher und spricht mit Gott. Es ist der Baum der Unsterblichkeit. Unter ihm tanzen ewig die Feen. Johanna kennt alle ihre Namen, viel hat die Großmutter ihr darüber erzählt und jetzt hütet sie all die Erinnerungen daran wie einen Schatz, wenn sie an Mutter Erde denkt. Manchmal heißt diese auch Cailleach, hat die Großmutter erzählt. Johanna weiß genau, wie sie aussieht: Es ist die mit der Kapuze. Sie kann sich verbergen, kann auch bergen. Die Königin der Berge. Und ihre Gehilfinnen, Katharina, Margaretha und Barbara sind Trostspenderinnen in der Not! Ihr Symbol ist die Sonne, das lebensspendende Licht. Sie dreht das ewige Rad, trägt Palmzweig, Krone und Schwert.

Das Zeichen der Märtyrer. Dieses ist älter als die Zeichen, die in der Kirche zu sehen sind.

»Warum sagen die in der Kirche, es seien die wilden Frauen?«, fragt Johanna Michael, als er sie wieder besucht.

»Weil sie Angst haben!«

»Glaubst du?«

Der Engel nickt.

»Ja.«

Johanna überlegt.

»Die sagen, sie hausen in zerklüfteten Vertiefungen, oder?«

»Ja!«

»Und sonst?«

»Die sagen, sie opfern Schafe. Die fressen sie, ziehen die Haut ab. Und fügen alles wieder zusammen, wenn das Mahl vorbei ist!«, erzählt er ihr, und es klingt wie eines der Märchen der Großmutter. Johanna ist ganz glücklich, als sie zuhört.

»So wie auch Gott wieder aufersteht?«, fragt sie und weiß die Antwort schon.

»Ja, in Wahrheit kommt Jesus wieder!«, entgegnet der Engel.

»Wie sehen die Wildfrauen aus?«, will Johanna da wissen.

»Lange blonde Haare haben sie, du musst es zurechtstreichen, so sie einmal auf deinem Bette schlafen, weißt du. Wer ihnen das Haar zurechtrichtet, der bekommt einen Faden, der nicht endet!«, sagt Michael.

Johanna lacht und duckt sich unter seinem Flügel, während sie nach dem Flammenschwert greift, das sie jetzt immer deutlicher sehen kann, nicht nur als Schimmer. Der Engel hat seine innere Schwere verloren.

»Ich auch irgendwann?«, will Johanna wissen.

»Du hast einen anderen Faden, Johanna. Ein Seil ist dein Faden. Es führt direkt nach oben, direkt zu Gott!«, fährt der Engel fort, zu erzählen, während er mit dem Flügel wippt.

»Flachsblond ist das Haar der Göttinnen, es bringt Heil. Goldhaarig sind auch ihre Reitpferde. Das Haar ist das Schicksal der Wildfrau, der Zwirn, der sie mit allem verwebt, ewig. Jedes Schaf, das sie frisst, gebärt sie wieder! Blasen sie dir auf die Augen, so wirst du blind! Gib ihnen also lieber Milch.«

»Das ist grausam!«, meint Johanna.

»Das ist die Erde«, sagt Michael nur und zuckt mit den Schultern. »Alles wird in sich selbst wieder neu, ehrlich! Die Göttinnen: Man trennt ihre Glieder ab, aber sie wachsen wieder nach. Spotte also niemals der Erde. Stets muss ihr das Ihrige zu Teil werden, ehrlich!«

Johanna nickt.

»Margaretha, sie ist die Rote. Die Mutter aller. Schutzherrin. Ihr Tag ist der des Lichts«, fügt er hinzu.

»Maria Lichtmess!«, ruft Johanna aus.

»Ja, aber viel älter!«, entgegnet der Engel. Und nach einem Moment des Schweigens: »Bewahre das alte Wissen gut, Johanna!«

»Das tu ich! Ehrlich!«

»Und Barbara, sie ist die Dunkle. Das Alter. Auch Borbeth genannt manchmal. Sie bewacht die Pforte zur Anderwelt. Namenlos und finster!«, fährt er fort.

»Soll man Angst haben?«, fragt Johanna unbedarft, denn sie ist im Flügel des Engels geborgen in diesem Moment.

»Nein, sie ist wichtig!«

»Wieso?«

»Sie bringt uns die Stille bei, und die Demut.«

»Das Sterben?«

»Auch das, ja.«

Für einen Augenblick ist der Engel still.

»Früher, weißt du, da gab es kein Sterben!«, sagt er und schaukelt ein wenig im Wind umher.

»Für Adam und Eva?«, fragt Johanna.

»Ja, und alle mit ihnen. Alles ging dahin, das aber, es blieb!«

»Und dann?«

»Dann wurden die Männer älter und älter und schrumpften und behausten den Berg.«

Johanna lacht jauchzend auf, denn sie kennt das Märchen.

»Sie wurden Zwerge!«, ruft sie.

»Du bist gescheit, Johanna!«

»Und die Frauen?«

»Nach denen rief die Luft und sie wurden Feen!«

»Verstehe!«

Mit einem Mal ist Johanna ganz glücklich.

»Glaubst du, bin ich nächste Woche groß genug, um in den Krieg zu ziehen?«, fragt sie Michael.

Der lacht.

»Nein, lass dir bloß Zeit!«

So schläft sie ein. Entspannt sich in der Höhle, die der Engel ihr mit seinem Flügel gebaut hat. Seltsam ist sie, das weiß inzwischen jeder im Dorf.

»Ich esse keinen Fisch!«, sagt Johanna dem Vater auch einmal.

»Sie ist krank!«, meint der nur lapidar zur Mutter.

Eines Tages aber, da macht er sich tatsächlich Sorgen und die Mutter stellt Johanna zur Rede.

»Der Vater«, sagt Mutter, »er hat geträumt, dass du mit den Soldaten weggehst!«

»Ach was!«, meint sie, doch in ihr bricht etwas auseinander.

»Wahrlich, wenn ich dächte, dass die Sache so geschehen würde wie in meinem Traum, ich wünschte eher, ihr würdet sie ertränken!«, hört Johanna den Vater am nächsten Tag auch zu den Brüdern sagen. In ihr ein Schaudern. Da erkennt sie es: Innen und außen tobt der Krieg! In der Familie, in den Herzen selbst, die mit Gott hadern, in den Soldaten, den Engländern. Beinahe hunderte Jahre schon tobt er. Rast in seiner Niedertracht über die Landschaften. Überall Plünderer. Auch hier, genau da, in ihrer Familie. Kurz Stille.

Dann fährt der Vater fort: »Und wenn ihr es nicht tätet, dann würde ich es wohl selbst tun!«

Seltsam, warum er nicht selbst mit ihr spricht, denkt Johanna. Manchmal ist der Vater weit weg.

Inzwischen spürt sie alles: die fremden Blicke, die Augen. Man bemüht sich, man bewacht Johanna. Johanna ist anders. Das weiß sie. Eine Frau in ihrem Alter sollte heiraten wollen, sagen alle, auch der neue Dorfpfarrer. Und die Haut seiner Worte ist eine Schlange, die Oberfläche aus Wut gebaut. Johanna will es nicht hören. In den Worten rinnt Blut sich rot, wie entflohene Knochen riechen sie und sie will weghören, will Wind und Wärme fühlen und ihn, Gott. Dass sie bloß nicht verheiratet wird!

»Ich höre dich, ich lebe!«, ruft Johanna Gott laut zu. So spricht sie. Der Himmel steht in Flammen, wenn die Dunkelheit von Gottes Küssen flirrt.

»In den Krieg ziehen musst du!«, sagt Gott.

»Wohin denn?«

»Überall hin und nirgends hin!«

Johanna begreift nicht.

»Warum?«

»Weil der Krieg der Vater aller Dinge ist!«, sagt Gott. Dann schweigt er.

Die Nacht atmet, ist Hauch, ein riesiges schlafendes Wesen, das träumt. Gott liest in ihrem vergehenden Leib das Leben und kräuselt sich als Lächeln um ihren Mund. Gott ist in die Wogen der Berge eingeschmiegt, in ihre tannenbewachsenen Rücken. Irgendwann wird Johanna vergehen und die Sterne werden noch immer da oben stehen. Der Rhythmus des Lebens wird sich fortsetzen. Jetzt aber ist Gegenwart und sie weiß nicht, wohin.

Das eckige Schieferdach des Hauses sticht, ist eine Klinge gegen den Himmel. Ein Messerdach, denkt Johanna.

Die Worte Gottes laufen als Schlangen und Schauer über sie. Der Tag verdämmert.

7. Aufbruch

Am nächsten Tag bei der Gerichtsverhandlung wirkt Johanna stärker.

»Was hältst du vom Papst?«, will Cauchon, wieder in seiner pompösesten Form, wissen.

Sie zuckt mit den Schultern.

»Gott ist mein Richter!«

Warwick reckt den Hals und es sieht aus, als hätte er einen Blick, der aus Haken gebaut ist. Er kramt nach einem Stück Papier.

»Und dies hier?«, fragt er und wedelt ruckartig mit dem Schriftstück in der Luft herum. Johanna begreift nicht.

»Was soll damit sein?«, hört er sie fast achtlos sagen.

»Das ist ein Brief von Jean IV., der die Päpste in Avignon unterstützt hat!«

Da verdreht Johanna die Augen, sinkt ermattet ein Stück weit ein.

»Damit habe ich nichts zu schaffen! Meine Angelegenheit ist Gott!«, sagt sie bitter.

»Erinnerst du dich?«, entgegnet da Cauchon mit schleimiger, fast schmeichelhafter Stimme.

»Der Papst hatte ihn als Ketzer beschimpft. In diesem Brief bittet er dich, du mögest ihn mit dem Papst versöhnen. Ist das richtig, Johanna?«

Die Magd nickt. Dennoch, in ihr scheint wieder etwas auseinanderzubrechen. Er sieht sie schwächer werden, mit jedem Fingerdeut des fetten Priesters, mit jedem Wort, das in der Gerichtsverhandlung gesprochen wird.

»Und, was hast du geantwortet?«, wabbelt Cauchon mit seinem Kinn.

Johanna sieht zu Boden.

»Ich entgegnete, dass ich im Moment in Paris wäre und nicht richtig antworten könnte«, gibt sie dann unumwunden zu.

Warwick nickt und stößt geiferndes Gelächter aus. Schaum steht ihm vor dem Mund.

»Das nennt man auch Feigheit!« .

»Ich habe mit der Kirche nichts zu schaffen!«

Cauchon unterbricht sie mit gefährlich ruhiger Stimme. »Der Graf hatte gefragt, welchem Papst er gehorchen sollte, oder?«

Johanna nickt.

»Ja!«

»Und was hast du geantwortet?«

Für einen Moment herrscht Schweigen. Die Jungfrau sieht ihn kurz an. Er kann erkennen, wie sich in ihrem Antlitz permanent die Welt wandelt. Von einem Gefühl scheint sie in ein anderes zu schwappen, wieder und wieder. Johanna schweigt, zieht den Kopf ein. Klein wirkt sie mit einem Mal. Dass sie ein Mysterium ist, denkt er.

»Ich hatte entgegnet, ich wisse es nicht!«, sagt Johanna.

Cauchon nickt. Da lacht Warwick erneut scheppernd auf, dass der Kropf ihm im Halse hüpft.

»So also lautet die Antwort einer Frau, die direkt mit Gott in Verbindung steht?«

Loyseleur wird nun unruhig, denn er bemerkt, wie Johanna an Haltung verliert. Sein Blick beginnt zu flirren. Hastet von Johanna über Cauchon zu Warwick und wieder zurück. Aus den Augenwinkeln kann er erkennen, wie die Jungfrau in sich zusammensinkt.

»Einspruch!«, ruft er da aus.

Denn er weiß: Nun gilt es, den Engel zu spielen, will er Johannas Herz gewinnen. Die Jungfrau blickt auf, sieht ihn ungläubig an.

»Ja?«, meint Cauchon, der ihm die Rolle des angeblichen Retters zugesprochen hat, dessen Aufgabe es ist, Johanna auszuhören, scheinbar genervt.

»Die Angeklagte ist erschöpft!«, sagt Loyseleur und freut sich insgeheim.

Denn so schlägt er zwei Fliegen mit einer Klappe: Einerseits zeigt er Cauchon, dass er seinen Auftrag ernst nimmt – andererseits hilft er Johanna und schützt sie ein Stück weit mit seinen Worten. Zufrieden sieht er die Magd an. Cauchon fuchtelt kurz mit seinen speckigen Fingern in der Luft herum.

»In Ordnung, wir beenden das für heute!«, sagt er.

Als sie zurück in den Kerker streifen, nimmt Loyseleur Johanna noch für einen Moment beiseite.

»Lass es!«, sagt er. »Erzähle ihnen weniger, schweig. Und hör auf zu kämpfen!«

Wieder blickt Johanna ihn störrisch an.

»Wieso?«

»Wenn man, so wie du, schon mit sich selbst so viel zu kämpfen hat, überlebt man nicht lang. Du bist geschwächt.«

Sie mustert ihn zweifelnd.

»Ja«, sagt er. Doch innerlich taumelt er, wenn sie ihn ansieht. Es ist ein Blick, der ihn in Dornen stoßen will, denkt er. Ein immer noch kraftvoller.

Wie selbstverständlich die Gewalt sei und dass sie ewig so bleiben würde, denkt Johanna. Sie begreift einfach nicht. In allen Teichen der Welt malt sich derselbe Mond. Und dennoch wollen die Menschen nicht sehen, dass sie miteinander verbunden sind. Aus dem wässrigen Schwarz der Wolken löst sich Schatten. Sie schreiten in der Dunkelheit. Staub stiebt von der Decke. In der Nacht verläuft die Straße nahtlos im Schein. Das Vordach des Hauses sieht mit einem

Mal aus wie die Krallen eines Dämons, denkt Johanna. Sie starrt in den Himmel. Wenn nur ein Meteor erschiene, sodass man wieder an das Glück glauben könnte. Doch die Angst seit dem Einbruch der Engländer ist groß. Auch die Armut im Dorf nebenan hat Ausmaße erreicht, die Johanna nicht begreift. Geziefer hat alles weggenagt. Überall Krieg. Gott ist ein Licht in ihrem feurigen Schädel.

Skelettfrau Natur, Künderin des Todes, des Neuwerdens, das bin ich, denkt Johanna. Der Krieg ist eine Pest, die ausbricht. Die Schuppen brennen, umrahmen die Lichter der Stadt. Tote Blätter fallen, morsch wird das Holz und die Balken der Häuser wiegen sich im Wind. An dünnen Schnüren trocknet man die Leichentücher. Es ist, als würden sie niemals trocken, so viel Regen kommt aus den Wolken, und die Ratten rumoren in allen Ecken und Enden. Sie würgen das Fleisch in ihre Schlünde, käuen es wieder. Es ist, als wäre dabei eine Behaglichkeit in ihnen. Johanna graut. Sie kann nicht mehr vertrauen. Dass der Tod ein Hirte sein soll, heißt es. Johanna aber weiß jetzt Bescheid, der Krieg hat es ihr beigebracht: Der Tod ist reine Verzweiflung. Die Särge knarren. Die Augen der Menschen sind traurig. Aus den Mündern der Verwundeten, die offen stehen wie Tore, quillt der Tod. Weit. Verbreitet sich in alle Richtungen. Schwer röcheln sie. Werden von den Kutschern abgeholt. Manche von ihnen sind noch halb am Leben, speien Blutwolken. Aus ihren geöffneten Lippen strömt ein giftiger Brodem. Doch es ist kalt und das Blut gefriert schnell. Es bleibt an Johannas Handschuhen kleben, wenn sie nach den Verwundeten greift, beim Verarzten hilft wie alle im Dorf. Johanna weiß nicht weiter. Sie jagt den Leibern nach, jagt den Verwundeten hinterher, doch der Tod hat so viel Vorsprung. Der Abendhimmel ist wie Schimmel, in eine weißgelbe Tönung getaucht, Johanna zittert vor Kälte. Ja: Der Krieg ist die Pest, denkt sie. Sie findet Gott nicht in ihm. Der Paukenschlag ihrer Gedanken zerreißt wieder und wieder die Luft, schwarze Wolken gleiten um sie, in ihrem Kopf rotes Gelächter, Gott ist eingeschrumpft, ein stilles Gewächs, nichts mehr übrig von seinen Lichtwellen. Auch Michael bloß noch ein Würgeengel. Klein und bedürftig kauert sie sich unter ihn.

»Das macht keinen Sinn!«, sagt Johanna.

»Lass das Gott entscheiden!«, entgegnet der Engel bloß.

Johannas Füße sind wie angenagelt, doch sie schreitet weiter.

In dieser Zeit begegnet Johanna einer sterbenden Frau. Sie findet sie am Acker. Von den Burgundern niedergemetzelt. Johanna ist starr vor Schreck. Sie betrachtet sie. Die Backen blähen sich in ihrer Verzweiflung auf, wieder und wieder. Der Körper der Verletzten erbebt. Dann ein Licht, es erhebt sich in die Lüfte, sinkt wieder ab. Eine Art Insektenschwarm. Die Seele, begreift Johanna. Die Frau geht zugrunde, langsam und gründlich. Wie es schon das Wort will. Johanna greift nach ihr, die im Schmerz die Zähne zusammenbeißt. Will ihr den Kiefer aufreißen, dass ihre Seele ganz entweichen kann. Das Gebiss der Frau aber lässt sich nicht mehr öffnen. Sie ist starr. Wie ein Kind, das nicht mehr saugen kann an der Mutterbrust, an der Luft des Lebens. Mit einem Mal werden die Himmel schwer. Sie kann die Zeit nicht *veratmen*, alles steckt. Johanna sehnt sich nach dem gefiederten Wind der Kindheit, nach Großmutters Schultermulde. In diesen Tagen hat Johanna Schmerzen. Sie weiß, dass sie bald gehen muss. Wer Schmerzen hat, lernt zu warten und zu atmen. Es ist Pfingsten, als sie schließlich Abschied nimmt. Rostige Töne klingen in ihr, trotz des Frühlings, der im Außen herrscht. Johanna verlässt das Dorf voller Bilder aus ihrer Kindheit.

Sie trägt die Erinnerungen wie ein Kleid, aber sobald sie den Hof verlassen hat, werden sie nichts als Nebengedanken, scheinen sich zu verkrümmen. Wie ein vergangenes Leben erscheint Johanna mit einem Mal alles, was sie im Dorf je gesehen hat. Sie sitzt schon auf dem Pferd. Von Lüften gescheitelt. Übers Gebirge muss sie gehen. Gott, denkt sie, aber sie mag das Wort nicht. Diese verstümmelnden Worte, sie pressen die Dinge in Kleider! In Ränder und Rahmen. Johanna mag sie nicht leiden. Dennoch sind sie alles, was sie hat. Denn auch Gott äußert sich oft in Worten. So reitet sie, bis es Nacht wird. Der Wind bauscht ihren roten Rock auf. Erschöpft ist Johanna von all der Veränderung. Als habe man sie geschlagen. Auge in Auge mit der Müdigkeit, dem fehlenden Körper, der ausgleitet, während sie davonreitet. Sie weiß, noch mehr Krieg wird kommen. So verzerren sich tosend Gesichter und Bilder vor ihrem inneren Auge, wieder und wieder. Das macht Knoten in ihrem Kopf. Johanna zuckt mit den Lidern. Gott, denkt sie. So viel Blut und Fremde. Einige Soldaten liegen versehrt auf dem Waldboden, ächzen und stöhnen. Johanna sieht nicht hin, denkt daran, tief Luft zu holen. Das hat der Schmerz ihr beigebracht. Ja, sie hat nur noch Atemzüge als Abendmahle und der Schlaf ist ein Bogen, der sich zum Ei rundet über ihr. Er wird kommen, sie holen, sie beruhigen. Wenn nicht, ist sie entwurzelt. Das Licht wie ein Nagel im Blick.

»Rosen haben Dornen und Igel Stacheln!«, sagt Gott.

Johanna nickt.

»So ist das, die musst du ihnen lassen. Und heilsam ist der Nesselbrand, Johanna!«

»Ja!«

Sie erreicht einen Hof, als es Nacht wird, die einzige Sicherheit. Sinkt nieder, gepeitscht von Bildern.

»Jetzt ist Nacht, Johanna. Das Lied soll in den Vögeln wachsen, bis der Morgen kommt«, sagt Gott.

»Was heißt das?«

»Schlaf!«

»Aber was soll ich hier, Gott?«

»Da sein, wo du bist!«

»Aber was?«

Gott schweigt für einen Moment.

Dann schläft Johanna ein. Der Schlaf, ein Scheintod. Im Schimmer des Traumes bringt er Antworten, direkt von Gott.

»Geh zu Baudricourt, dem Feldherrn von Vaucouleurs!«, sagt Gott am nächsten Tag, als Johanna aufbricht. »Und dann bitte deinen Onkel Durand Laxart um Hilfe.«

Johanna nickt.

Sie pilgert also zu Baudricourt. Pocht an die Tür, die Hand zittrig, winzig kommt sie ihr mit einem Mal vor.

»Was willst du?«, fragt einer der Diener und blickt die rot gekleidete Magd an.

»Ich würde ihm gern helfen, dem Dauphin!«, entgegnet Johanna fast krächzend, die kaum mehr als ein Kind ist und ihn anblickt. »Dazu brauche ich Baudricourt!«

Der Diener kratzt sich sein gescheiteltes Haar. Wie fein er angezogen ist, denkt Johanna. Noch nie hat sie so etwas gesehen. Doch seine Worte sind weit weg von ihm, er scheint nichts zu fühlen. Manche reden wie Regen, denkt Johanna da. Ganz ohne Belangen.

Doch da beginnt es: Gott bildet an ihr einen Panzer aus gegen die höfische Welt. Sie sieht durch die Schichten des Mannes hindurch. Das Betrachten bewirkt eine Magie, die das Herz schließt. Johanna fühlt sich kraftvoll, geladen von Gott, eine gespannte Feder ist dieses Gefühl. Geht in ihr in die Grätsche, ist ein weißglühender Schmerz, der sie aber nur noch stärker macht. Sie betrachtet die inneren Bilder, die Schmerzen, merkt, wie sie nachlassen, langsam. Was bleibt, ist nichts als Leere, die stumm in ihr wohnt.

»Wie das?«, lacht der Diener.

»Ich will in den Krieg ziehen!«

Er sieht sie ungläubig an. Ihre Brüste zwei Kerne, die Blicke schon wieder ins Helle geworfen. Johanna schämt sich. Schau mich nicht an, ich bin eine Frau, denkt sie. Wie feindselig die Natur mit einem Mal scheint, wie sie da so aufblüht in ihrer Fruchtbarkeit.

»Ich gebe Bescheid!«, tönt es.

Das ist alles.

»Und wenn er kommt, was soll ich tun, Gott?«, fragt Johanna auf dem Rückweg.

»Die Wahrheit sagen!«

»Aber?«

»Und nicht von dir sprechen, niemals!«

»Und sonst?«

»Kurz und klar, deine Sätze. Dass die Menschen sie begreifen können!«

»Verstehe!«

Der Onkel erscheint.

»Ich muss zum König gehen!«, sagt sie ihm, erzählt von Gott und der Stimme.

Laxart seufzt. Immer schon war sie seltsam, denkt er, doch das?

»Es ist notwendig!«

Der Onkel begreift nicht, was mit ihr los ist, aber er begreift, wie ernst es Johanna zu sein scheint.

»Ich muss zum Dauphin gehen, ihn krönen lassen!«, dringt sie immer wieder in ihn.

Acht Tage bleibt sie bei ihm. Man kehrt gemeinsam bei der Wirtin ein. Wieder versucht es Johanna, diesmal energischer, am Tore des Baudricourt.

»Ich bin hier in diese königliche Stadt gekommen, um mit Baudricourt zu sprechen, damit er mich zum König bringt. Aber er achtet nicht auf mich oder meine Worte. Vor der Fastenzeit muss ich jedoch beim König sein und wenn ich mir die Beine bis zu den Knien ablaufe, denn niemand in der Welt, weder der König noch die Herzöge, weder die Tochter des Königs von Schottland noch andere, kann das Königreich Frankreich retten. Und es gibt keine Hilfe außer mir, obwohl ich es vorziehen sollte, neben meiner armen Mutter am Spinnrad zu sitzen, denn das ist mein Stand! Aber ich muss gehen und ich werde es tun, weil man es so wünscht!«, sagt sie wahrheitsgemäß. Der Diener runzelt die Stirn.

»Wer ist denn dein Herr?«, will er dann wissen.

»Der König des Himmels!«

Als sie nach Hause zurückkehrt, weiß sie, dass er diesmal kommen wird. Und Baudricourt lässt nicht lang auf sich warten, neugierig ist er und die Lage verheerend genug. Während Johanna schläft und betet, geht er zur Herberge, gemeinsam mit drei Männern.

Er stellt die Wirtin zur Rede: »Wie schien dir dieses Mädchen aus Domrémy?«, fragt Baudricourt.

Man lässt ihn ein. Robert de Baudricourt hat Angst vor Johanna. Er trifft sie gemeinsam mit einem Pfarrer im Ornat. Das scheint ihm sinnvoll zu sein.

»Nähere dich, so dein Geist gut ist!«, kommt es murmelnd aus dem Priester. Johanna betrachtet die drei Männer, den Diener, den Priester und Baudricourt, und lacht. Die erste Schlacht scheint geschlagen zu sein. Das Mädchen hat die Männer erobert. Die Jungfrau im roten Gewande.

»Baudricourt!«, sagt sie.

»Ja!«

»Wie hast du mich erkannt?«, fragt Baudricourt.

»Die Stimmen«, entgegnet Johanna und lächelt. »Schreibt an den Dauphin: Die Jungfrau hat 150 Orte zurückgelegt, um ihn zu sehen!«

Unschlüssig zupft Baudricourt an seiner Stola herum und spricht noch eine halbherzige Beschwörung aus.

»In den Krieg, so, so, … so willst du denn in diesen Kleidern reisen?!«

»Ich kann auch Männerkleider tragen …«, sagt Johanna.

»Ja. Damit bist du ein hübscher Knabe!«, antwortet der Feldherr und blickt einen der beiden Männer an, die ihn begleitet haben.

»Nimm die meines Dieners!«

»Ich danke Euch!«, sagt Johanna und fährt fort: »Ich muss zum Dauphin! Ich war lange wach!«

»Ich verstehe nicht.«

»Gott spricht zu uns als er uns erschafft, dann legt er sich in unsere Nacht. Du musst lang wach sein, um ihn wieder so zu hören wie damals«, erklärt Johanna.

»Was heißt das?«, fragt Baudricourt verwirrt.

»Egal, gib mir die Hand!«

Der Feldherr betrachtet sie mit einem Anflug von Staunen.

»Ich begreife nicht, was du denkst!«, sagt er.

»Keiner muss klar denken, der in Wind, Erde, Wasser und Feuer ist! Er existiert!«, lacht Johanna, in die nun Gott fährt, jetzt, da sie ihr erstes Ziel erreicht hat.

»Was soll das heißen?«

»Ein Windstoß hält die ganze Welt zusammen, keine Sorge!«, sagt Johanna.

Und: »Ich werde Frankreich befreien.«

Sie ist jetzt ihr eigenes Heiligtum. Heiligtum reicht hinaus über jeglichen Raum, weiß sie mit einem Mal. Es braucht keine Heimat. Sie ist überall zuhause.

Noch ist man nicht sicher. Doch im Dorf munkelt man bereits. Ist sie das Feuer Gottes, das da brennt? Ist sie die lothringische Jungfrau, diese Johanna? Die, die zur Rettung des Königreichs eilt? Denn es gibt eine alte Prophezeiung, die noch von dem Zauberer Merlin stammt und besagt, eine Jungfrau werde die Welt retten. Heimlich erzählt man sie sich schon lange im Dorf. Baudricourt betrachtet Johanna. Kindlich erscheint ihm ihre Sinnlichkeit und dennoch: mehr als Scheinwissen ist es, mehr als der Geifer dieser Krieger, der Schweine!

»Endlich!«, ruft Gott in ihm und er ist erleichtert.

Auf einmal blickt alles in Baudricourt auf Gott, ohne Ende. Und auch er fühlt Dankbarkeit.

»Warum willst du dem Dauphin dienen?«, fragt er.

»Wer dient, ist mutig!«, lacht Johanna.

Aber auch Widerstand braust in ihm auf.

»Du wirst ein gutes Spielzeug für die Soldaten abgeben!«, meint da der Priester, der Baudricourt begleitet hat.

Johanna wird rot vor Zorn.

»Ich werde persönlich vordringen!«, sagt sie erbost.

Noch immer betrachtet Baudricourt das Mädchen in dem einfachen, roten Kleid und in ihm schwappen wunderliche Gefühle hin und her.

»Mein Herr will, dass der Dauphin zum König gemacht wird!«, erklärt Johanna erneut, diesmal an den Priester gewandt.

Dieser lächelt.

»Und wer bitte ist dein Herr, mein Kind?«, spottet er.

»Der König des Himmels!«

Skeptisch bleibt der Priester bis zuletzt. Dennoch – irgendetwas scheint dieses Mädchen an sich zu haben.

Johanna lässt sich nicht mehr durcheinanderbringen.

»Ich werde aufbrechen!«, sagt sie.

Schon in den nächsten Tagen bringt Baudricourt ihr das Lanzenstechen bei. Johanna freut sich, in ihr ist nun alles verbunden. Ihr Fuß spricht mit der Erde, auf der er auftritt. Das ist Leben. Inmitten der Flammen geht der brennende Dornbusch auf. Johanna führt ihr Pferd, sie will die Erde spüren. Und mit einem Mal fühlt sie sich frei.

»Wenn du dafür reif bist, kommt das, was du willst!«, sagt Gott.

»Aber bedenke, alles zu haben, bedeutet auch Last!«, fügt er hinzu.

Sie schreitet einher, im Einklang mit der Erde und ist wieder ganz in ihrem Körper – und still. Sinn und Übersinnliches sind ineinander. Wir brauchen einen ruhigen Gott in uns, denkt sie. Einen, der in den Wurzeln wohnt. Rasch zieht alles weiter: Wolkengestalten. Nur das Land in sich. So spricht Gott ihr das Leben zurück in den Mund. So beginnt sie ihre Arbeit mit den Soldaten.

8. Wachsen

Am nächsten Tag wird Johanna wieder in den Gerichtssaal geführt.

»Nun, du weißt, dass du auch des Diebstahls bezichtigt wirst?«, fragt Chouchon und sieht sie aus seinen kleinen Schweinsaugen an. Er seufzt. Johanna nickt.

»Das jedoch ist Unrecht!«, sagt sie und betrachtet Loyseleur dabei mit zittrigen Mundwinkeln.

Er merkt, wie etwas in ihm zusammenstürzt. Er sollte eigentlich glücklich sein, denn offenbar hat er sein Ziel erreicht. Doch er fühlt sich schuldig. Darf er das Vertrauen dieser Frau missbrauchen? Loyseleur schluckt. Warwick ist der Blick zwischen den beiden nicht entgangen und es scheint, als wäre er zufrieden mit ihm.

»Wie also trug es sich zu?«

»Nun«, sagt Johanna schulterzuckend, »ich habe das Pferd von Bischof von Senlis genommen.«

»Und nicht bezahlt?«

Sie schüttelt den Kopf, sodass das braune, fettige Haar ein wenig durch die Luft wirbelt.

»Nein, ich habe es bezahlt! Man erklärte mir, es habe einen Wert von 200 Salutes!«

Mit stechendem Blick fokussiert Warwick sie.

»Und der Bischof hat es erhalten?«

Johanna nickt, beißt sich kurz auf die Lippen und sieht ihn an. Loyseleur schenkt ihr einen kurzen freundschaftlichen Blick und merkt, dass dieser von Herzen kommt. Kein leichtes Spiel, das des Verräters, denkt er, denn er beginnt, die Jungfrau liebzugewinnen.

»Ja. Aber da es nicht stark genug war, schrieb ich ihm, er könne es zurückhaben!«

Loyseleur kann erkennen, wie Cauchon ein Gähnen unterdrückt. Träge ist der schwammige, aufgedunsene Mann Gottes, denkt er. Wahrscheinlich kreisen all seine Gedanken im Moment nur um den nächsten Schweinsbraten, den er serviert bekommt, und vielleicht noch um ein Gläschen Wein. Mehr nicht.

»Und dann?«

»La Trémoille, mein Vertrauter, brachte es zurück!«

»Du sagst also, du hättest es bezahlt?«

Johanna duckt sich unter den Worten. Man kann sehen, dass die Gefangenschaft sie müde gemacht hat.

»Nun ja«, murmelt sie. »Ich gab den Auftrag. Ich erfuhr nie, ob man es bezahlt hatte oder nicht …«, stammelt sie.

In dem Moment springt ein kleiner, gedrungener Herr im Gerichtssaal auf.

»Das ist nicht alles!«, meint dieser, offenbar Soldat – und wie das Abzeichen auf seiner Brust erkennen lässt, aus Schottland stammend. »Auch hat sie geplünderte Lebensmittel gegessen!«

Nun ist es wieder Zeit, einzugreifen, denkt Loyseleur und hebt mit vorsichtiger Stimme an, zu sprechen.

»Einspruch, Euer Ehren!«, sagt er und freut sich über den hellen Blick Johannas, der einen Vorhang in seinem Innersten zu öffnen scheint.

»Einspruch! Wer plündert denn nicht im Krieg?«

Cauchon und Warwick spielen das Spiel gekonnt mit, tun so, als würden sie ihn rügen, damit sich die Sympathie der Jungfrau ihm gegenüber erhärtet. Sie mimen Wut, mahnen Loyseleur, zu schweigen. Er indes beobachtet Johanna aus den Augenwinkeln. Freut sie sich, dass er ihr zu Hilfe kam? Ist seine Mission dabei, ausgeführt zu werden? Wird er sein Ziel erreichen und sie dazu bringen, zu gestehen? Und: Will er das denn überhaupt? Er überlegt, versucht, an den Regungen in ihrem Gesicht ihre Haltung zu erkennen, doch Johannas Mine ist mit einem Mal starr wie Eis. Müde und erschöpft muss sie sein, denkt er, zu Gefühlen wie Dankbarkeit oder Freundschaft im Moment nicht fähig. Ob Karl VII. sie freikaufen will? Nein, denn wie alle anderen, ist auch er nur auf sein eigenes Wohl bedacht. Oder? Und die Eltern? Die hat sie doch vor langer Zeit verlassen, erinnert sich Loyseleur. Er merkt, wie er nachdenklicher und nachdenklicher wird. Diese Johanna la Pucelle – plötzlich von allen verschmäht. Hat bloß noch Gott. Vielleicht sie am Ende doch von ihm auserwählt? Steht sie wirklich in Gottes Gnade?

So fasst Johanna langsam Fuß im Dorf ihres Onkels. Jeder Anfang ist schwer, auch wenn Johanna Gott auf ihrer Seite hat. Bald schon beginnt sie wieder zu zweifeln: Schattenwirkung Welt. Auf den Marmor ihrer Haut steht die Zerbrechlichkeit geschrieben, weiß Johanna. In fernem weißen Licht glänzt ihr inneres Meer, versucht sie sich zu trösten. Manchmal will sie sich fortreißen. Jetzt schon. Zum Dauphin aufbrechen und etwas von Gott mitnehmen. Dann wieder hat sie Angst. Aber alles ist eins, besteht aus Lichtmaterie und Gott, der sich in den Dingen aufplustert. Johanna wartet in der Fremde auf eine Antwort auf jene Briefe, die sie dem Dauphin schreiben lässt.

Verletzt ist sie, die Welt ihres Zaubers der Kindheit beraubt, doch sie bemüht sich tapfer: Übt das Reiten, Bogenschießen, Lanzenstechen.

Gott stellt den Gleichklang der Welt wieder her, mild ist der Erdenball geschaukelt aus Meer, so spricht Feuer mit Wasser und Wind mit Welt. In einer Wiege mit der Existenz sein. So lernt Johanna den fremden Ort kennen – und den Krieg. Die vielen Menschen, die sich rege in den Straßen tummeln. Sie laufen hin und her. Sie schwitzen. Sie plagen sich mit den Geschäften des Alltags. Auch die Soldaten, die hier im Hofe der Wirtin ein und aus gehen, beobachtet sie. Sie erscheinen ihr traurig. Die Helme bedrücken. Wie Dächer über Hirnen, drücken sie nach unten. Johanna fragt sich, warum Gott ihr ausgerechnet die Aufgabe gegeben hat, den Dauphin zur Krönung zu führen. Denn auch von Kronen hält Johanna nichts. Man muss ein Gott sein, um sie tragen zu können. Johannas Traum bekommt Ränder, bekommt Risse. Sie sehnt sich nach ihrer Heimat zurück. Der Feenbaum, denkt sie. Wäre sie bloß unter ihm liegen geblieben. Hier kennt man sie bereits, beobachtet sie bei den Kampfübungen. Man munkelt, Johanna kann es spüren. Die Reden der Leute, sie schlagen nach ihr.

»Ein Kind ist sie! Ein Kind in Rüstung! Wie lächerlich!«, dröhnt es in Johannas Innerem. Und sie weiß, dass es die Gedanken der Leute sind. So verstreichen die Tage, und keine Nachricht vom Dauphin. Schließlich bittet Johanna ihren Onkel, einen weiteren Brief zu schreiben. Seufzend taucht er die Feder in das Tintenfass und sieht seine geliebte Nichte an.

»Was sagt Gott?«, fragt er.

»Man soll nicht von ihm schwärmen«, erklärt Johanna, »sondern arbeiten!«

Der Onkel zieht eine Augenbraue in die Höhe.

Nach und nach beginnen die Menschen, Johanna zu glauben: »Heile mich von meinen Krankheiten!«, sagt da eines Tages auch ein alter Landfürst von Lothringen zu der Jungfrau.

»Das kann ich nicht!«, zuckt Johanna ratlos mit den Schultern.

In den nächsten Wochen verbringt sie immer mehr Zeit mit Baudricourt. Gemeinsam sitzen sie am Brunnenrand, blicken ins Wasser. Gott atmet Segen in ihr Gesicht, denkt

Johanna, während sie die Oberfläche betrachtet. Immer stärker wird sie in diesen Tagen, wächst an dem Widerstand, wird wieder anfällig für Luft und Erde, für Leben. Gott hebt die Oberfläche des Wassers an und lässt sie wieder sinken. Sie hat sich ihm hingegeben, ihre Mündung eingebüßt. Alles fließt jetzt zu Gott. Es beflügeln dann die Linien der Landschaften. Geädert hat Gott die Welt an allen Seiten und runzelig ist das Antlitz der Erde, das Hymnen atmet, und Johanna lässt sich davon nähren wie ein Kind, lässt sich von Gottes Atem behauchen, der in ihr brennt wie eine Kerze. Sein will Johanna, sein und bleiben. Denn Gott schreitet in ihr. So höhlt er die Welt aus. Formt Berge und Täler. Gott lacht. So entsteht der Wind. Er zuckt mit der Wimper, da sind Blitze am Himmel. Gott kann aber auch ein ruhiger Wintertag sein. Und er wirft seine Sterne noch in die Ferne der finstersten Nacht, dass alles fromm und gut wird, denkt Johanna. Flügelkind ist sie und malt mit gespitztem Pinsel die Welt. Kein Spiegel hält das Bild fest. Er formt sich und zerbricht wieder, zersticht und durchlöchert die Rinnsale der Flüsse. Sein Beginnen und seine Augen machen Johannas Hüllen brennen, hämmern gegen ihre Haut.

»Du gefällst mir, Johanna!«, sagt Baudricourt, der ihre Stärke spürt.

»Ja?«

Der Feldherr nickt.

»Ich schenke dir Pferde!«, sagt er dann.

Doch das scheint ihr nicht zu reichen, wie er aus den Augenwinkeln erkennen kann.

»Und sonst?«

Johanna schweigt kurz.

»Ich bitte euch als Krieger um Rat!«, sagt sie dann.

Baudricourt betrachtet sie.

»Gut. Du bist doch eine Kämpferin. Schneide deine Haare!«

Johanna zögert kurz.

»Aber die Bibel?«

Der Mann lacht.

»Gott macht Ausnahmen, oder?«, meint Baudricourt.

Er hat recht, denkt Johanna. In dem Moment greift Baudricourt nach einer Flasche und streckt sie ihr hin. Johanna staunt über die Großzügigkeit. Doch sie schüttelt den Kopf.

»Willst du nicht etwas Wein trinken?«, meint er.

»Nein!«

Mit einem Mal wird ihr wieder bange. Sie versteckt sich, sehnt sich nach einer Rüstung.

»Und sonst? Auch keine Freuden?«

»Irdische Liebe bedeutet mir nichts!«

»Doch man sollte sie kennen – als Kämpferin!«

Johanna zweifelt wieder, sucht Gott im Inneren, sein Strahlen, Leuchten, es soll tönen in ihr gegen Baudricourts Versuchung.

Ein Fegefeuer ist das Leben, denkt Johanna. Zitternd die Flammen, die sie vor sich sieht, die in ihrer Zukunft liegen. Doch es hilft nichts: Sie muss jetzt weitergehen. Gott will es so, oder?

Johanna möchte kein Blut sehen. Es erinnert sie zu sehr an die Kindheit, den Tod des Vogels, das Fehlen der Großmutter, den Krieg, die tote Frau im Feld. An die Morgenversuche des Weiterlebens. Doch diese Worte kommen im Moment nicht aus ihr heraus.

»Das musst du ändern!«, rülpst der Kommandant von Vaucouleurs.

Johanna nickt.

»Waffenbrüder?«, sagt er.

»Ja.«

Johanna schweigt kurz.

»Das ist die falsche Medizin«, sagt Johanna und deutet auf den Wein. »Nur Gott heilt. Sonst ist man kopflos und zerstreut und bleibt so. Oder?«

Baudricourt schweigt und blickt zu Boden. Er wirkt getroffen.

»Warum bist du eigentlich Soldat?«, will Johanna da wissen.

Der stämmige Mann mit dem roten Bart grinst sie an.

»Die Soldaten, sie werden gefürchtet«, meint er.

»Und Gott?«, bohrt Johanna weiter.

Er zuckt mit den Schultern,

»Ich sehe Gott nirgendwo!«

»Ich auch nicht!«, lacht Johanna.

»Weil du ihn bewohnst!«, kommt es da aus ihm und er reicht ihr erneut die Flasche. Diesmal nippt Johanna doch daran.

»Sag bloß!«

Da zieht Baudricourt ruckartig sein Schwert heraus und reicht es Johanna. Sie greift zögerlich danach. Schwer fühlt es sich an in ihren Händen.

Johanna überlegt. Kämpfen, ja das will sie schon. Aber so ein Schwert in der Hand? Das ist doch etwas ganz anderes, oder? Sie sieht das Leuchten in Baudricourts Gesicht.

»Sag danke!«, wispert Gott.

»Schönes bringst du mir bei!«, meint Johanna zu dem Feldherrn.

»Wie meinst du das?«

Johanna lacht.

»Darüber hab ich noch nicht nachgedacht! Das waren jetzt bloß Worte, die kamen …«

Da muss Baudricourt grinsen.

»Dann denk jetzt drüber nach!«, meint er.

Johanna überlegt und sieht sich um. In der Fremde: der Himmel heller, höher die Wolken. Was man sich alles nicht vorstellen kann, denkt sie.

»Kann ich dir etwas sein?«, fragt Baudricourt, den ihre Worte berührt haben, noch bevor sie eine Antwort auf die erste Frage findet.

»Wer denn mehr als du?«, meint Johanna.

Baudricourt wird mit ihr aufs Feld ziehen. Gott hat es befohlen. Er wird mit ihr am Faden des Glücks ziehen, er ist ihre Brücke zum Dauphin.

So goldig ist das Licht des Tages, Johanna greift mit den Händen danach.

»Ich will Gott danken, dass ich lebe!«, sagt Baudricourt, der den Wein in seinen Adern spürt.

»Dazu musst du nichts anderes tun, als zu leben!«, antwortet Johanna.

Baudricourt blickt sie an. Überwirklich sind diese Augen. Gott spielt ein Lied und liebkost Johannas Augenlider damit. Johanna streckt den Arm mit dem Schwert aus, er wird Gezweig.

Baudricourt sieht sie an und sie kann seine Gebrochenheit erkennen. Düster sind seine Augen. Der hier soll wirklich ihr Begleiter werden? Dieser Fremde?

»Ja«, sagt Gott.

Und Johanna bleibt nichts anderes übrig. Als es Nacht wird und sie mit Gott allein ist, wird wieder alles weiß. Sie ist von Geistern und Heiligen umgeben. Von Leben und Kindertraum, in dem alles eine Bewegung und einen Charakter hat.

»Ist das Licht erreicht, darfst du dich nicht umblicken!«, sagt Gott. »Merk dir das!«

Johanna nickt.

»Ja!«

Ich kann zaubern, meine Lippen sind Gefahr, es wird mich töten, weiß Johanna Bescheid, doch sie hat keine andere Wahl. Die Gedanken sind Inseln, die vorüberziehen.

Im Gebräu der Schatten trommelt die Nacht. Der Mond wispert zärtlich in die Bäume hinein.

»Wer bist du?«, fragt Johanna den Feldherrn, als sie am nächsten Morgen aufbrechen.

Und es ist, als spräche ein Fremder aus ihm, während Baudricourt antwortet: »Dein Abbild. Dein dunklerer Bruder!«

9. Ankunft

Auch in den nächsten Tagen versucht er, Johannas Vertrauen zu gewinnen, doch das ist nicht so einfach. Stets ist sie umringt von mindestens fünf Wächtern. Man scheint Angst vor ihr zu haben, denkt Loyseleur. Alle fürchten, Johanna sei eine Zauberin. So muss er sie weiterhin aus dem Hinterhalt beobachten, durch das Loch in der Mauer. Doch Johanna tut kaum etwas anderes mehr, als zu schlafen. Erschöpft ist sie wohl von den Verhören, die auch in seinem Hirn nachhämmern, erschöpft von der reduzierten Kost. Immer wieder sucht er ihre Zelle mit etwas Brot auf. Es könnte ein normales Gefühl der Alltäglichkeit sein, das sich inzwischen einschleicht. Doch davon spürt er kaum etwas. Im Gegenteil, in ihm wächst so etwas wie Glück. Aber was meint dieses Glück schon? Nichts, denn nichts ist passiert. Langsam begreift er: Gott ist das Glück, es ist in ihr. Johanna. Wort und Zeichen. Es nimmt ihn nach und nach gefangen. Doch er selbst hat keine Worte dafür.

Die Erfahrung nicht in Sätze einzufangen, heißt, Gott freizusetzen, wird Loyseleur bewusst. Er erinnert sich, wie es war, damals in seiner Kindheit: Wenn doch alles immer jetzt passiert, sagt er sich. Das Blühen und die Ruhe. Loyseleur wird von Tatendrang gepackt. Macht Notizen, während er Johanna durch das Loch in der Mauer aus dem Hinterhalt beobachtet. Er setzt seine Dokumentation akribisch genau fort. Doch es gibt wenig zu sehen in dieser Zelle, Loyseleur muss geduldig sein. Hin und wieder nur scheint Johanna ruhelos, dann spielt sie mit der Mütze, die auf ihrem Kopf ist.

»Wasser und Brot« kann er darauf lesen. Er erinnert sich: Man hat sie ihr gelassen. Es war das Einzige. Nicht einmal ihre Satteldecke durfte sie mitnehmen! Schenkt man aber den Erzählungen

Glauben, so hatte sie nie die Rüstung abgelegt, auch dann nicht, wenn sie schlief. Wie hart es wohl nun für die Frau sein muss, denkt Loyseleur. In dieses ärmliche Knabengewand gekleidet. Er betrachtet sie und fühlt sich plötzlich selbst beobachtet. Auch wenn sie schläft. Auch, wenn sie ihm den Rücken zukehrt. Es ist, als betrachtet sie ihn. *Als blicke sie tief in sein Inneres, dorthin, wo alles beginnt. Und er lässt es geschehen. Wer loslässt, kostet von Gott, denkt Loyseleur. Es dauert einige Tage, bis er sich wieder in die Zelle wagt. An einem Samstag ist es und aus irgendeinem Grund wirkt Johanna ruhelos. Er kommt mit einem Stück Brot. Will ihr nahe sein, ganz ohne Sprache. So reicht er Johanna das Brot ohne Worte. Doch die Hände reden und die sanfte Berührung der Fingerspitzen ist tief.*

»Wie geht es dir heute, Johanna?«, fragt er bemüht beiläufig.

Johanna zieht die Mundwinkel leicht nach unten, beißt sofort vom Brot ab, kaut wie ein wildes Tier. Er sieht sie an. Älter als die Zeit ist sie, die von den hohen Herren berechnet wird. Fast so, als gäbe es sie gar nicht.

»Ich horche auf Gott!«, sagt Johanna da.

Er lächelt.

»Du solltest auch einmal auf die Menschen hören, Johanna«, meint er. »Zum Beispiel auf mich. Sei weniger widerspenstig, gestehe und bitte um Erlass deiner Schuld.«

»Ich horche nicht auf die Menschen«, entgegnet sie brummend, »die Menschen, sie nageln sogar den Sonnenschein fest. Ich will frei sein.«

»Du bist seltsam, Johanna.«

Er kann sehen, wie sie Speichelfäden im Mund lang zieht, während sie kurz mit dem Kauen innehält.

»Wieso?«, fragt Johanna.

»Andere betteln um ihr Glück. Du bettelst um dein Verderben!«

Er betrachtet ihre Hände, sieht die Striemen der Geißel und schweigt.

»Danke«, sagt Johanna nur, während sie das Brot schluckt.

Dann sinkt ihr Haupt nach hinten, rollen sich die Augen ein Stück weit nach oben. Sie scheint langsam in tiefen Schlaf zu fallen. Er betrachtet sie lautlos, keiner Worte fähig.

Als er später den Turm verlässt, hat es zu schneien begonnen. In ihm kommt mit einem Mal Freude auf. Es ist, als würde seine Haut die Schneeflocken aufnehmen. Seltsam, wie lange hat er diese Lebendigkeit nicht mehr gefühlt! Er betrachtet den Glanz des Himmels. Johanna ist mit Gott verheiratet, denkt er da mit einem Mal und lacht über sich selbst. Nie hat sie auch nur die Fingerspitzen eines Mannes berührt, oder? So, wie sie seine gerade jetzt berührt hat. Er möchte tanzen vor Glück. Sie ist von einer anderen Frauenart.

Gefährlich ist es, nass und kalt, als Johanna gemeinsam mit Baudricourt die Reise nach Chinon antritt. Überall wütet Krieg. Hin und wieder kommt man bei verlassenen Bauernhöfen vorbei und durch Dörfer. Verwildert sind die Felder. Alles ist verlassen, einsam, zerstochene Erde. Der Himmel kalt und klar in diesen Tagen. Es ist, als wären alle Wolken geflohen. Der Wind ist ein Messer, schneidet zwischen das Gewölk. Zersticht den Himmel. Johanna baut sich ein Kleid aus Granit in ihrer Rüstung, damit sie auch innerlich unangreifbar ist für den Kampf. Gott ist ein Tongerippe. Sie hat Angst. Zähes Licht um sie. Johanna begreift, sie atmet zu grob gegen diese Welt. Zu zart ist der Schmetterling und dessen Licht. Während dieser Reise ist Johanna immer wieder traurig. Will nichts anderes, als dem Gespräch der Mücken zu lauschen. Aber ob das noch Glück ist, fragt sie sich. Denn mit einem Mal merkt

Johanna, dass die Natur nicht so gut ist, wie sie dachte. Die Natur scheint nun wie die Menschen: immer zum Raub bereit, kräftezehrend. Unter ihren Füßen knirscht das Laub. Der Tod schält sich, denkt Johanna, schält sich aus meinem Gedärm. Werde ich leben, fragt sich Johanna. Der Hunger schlägt auf sie ein. Sie ruft die Stimmen der Engel, doch sie schweigen. Wo sind sie bloß? Nur die Toten antworten jetzt. Wo ist Gott? Blitze packen den Himmel und aus der Stimme steigen Vögel aus Eisen, sich selbst fremd. Um sie herum nichts als das Getöse und das Rülpsen der Soldaten. Gott bespuckt sie, denkt Johanna, während sie reitet. Es ist, als stünde die Nacht leer. Johanna versucht, Hoffnung zu fassen. Gott verhängt mit blauem Fächer das Gestirn Mond, um sie zu schonen, oder? Wie jetzt, wenn die Kälte so in der Luft steht. Gott will, dass sie lernt. Dass sie begreift, was das heißt: Geneigt sein übers Sein. Oder? Ja. Nachts streut Gott ihr Geräusche ins Ohr. Ein Wispern. So liegt sie schlaflos in ihrem Zelt, blickt zum Mond und fasst immer wieder neue Hoffnung.

Die Krieger beschließen, die Täler zu durchqueren, auch, wenn Johanna lieber die herkömmliche Route genommen hätte. Doch dies scheint nicht effizient zu sein. Es gilt, die Flüsse zu überwinden, Brücken zu überqueren, und diese sind meist morsch. Dann ist es notwendig, die Pferde schwimmen zu lassen. Doch damit nicht genug: Stets prasselt Februarregen. Das Wasser ist tief. Sechs große und sechs kleine Flüsse müssen überwunden werden. Zum Glück gibt es Reservepferde, weiß Johanna Bescheid. Ja, Gott denkt an alles. Den ersten Teil der Reise legen sie nachts zurück. So ist es weniger gefährlich. Die Städte dürfen nicht betreten werden. Die Welt ist im Krieg, weiß Johanna. Man errichtet also Zelte. Schläft hin und wieder auch in einem verlassenen Haus. Im Gefolge Baudricourts finden sich einige Soldaten, die sich indes nach und nach für die Jungfrau begeistern. Einer, ein kleiner stämmiger Kerl, der sich Nouillonpont nennt, hat ein Auge auf Johanna geworfen. Man redet über die Magd, rasch macht ihr Auftreten die Runde in Frankreich. Das Volk muss gefüttert werden. Mit Heiligenbildern, sagt man. Das hilft gegen den Krieg. Vielleicht ist diese Johanna ja sogar nützlich? Man munkelt. Johanna weiß es, hört die Stimmen im Kopf. Sie wird halbiert. Zerhackt durch die Stimmen der Menschen, die mit einem Mal so stark sind und die Klänge Gottes verdrängen. Sie wird zerrissen, Johanna ist dann nicht mehr. Aber sie muss weiter. Es gilt, Gott zu sein. Das ist schrecklich und schön. Und Johanna muss sich erst daran gewöhnen. So spielt sie die Starke in ihrem Panzer, obwohl sie innerlich verwirrt ist. Das Pferd, auf dem sie reitet, wird mit den Tagen immer schlapper. Der Mensch ist ein Hund, ein Tier. Immer wieder finden sie Verwundete auf dem Weg. Aus den Mündern das Blut. Keine Himmelsschnüre, die sich an Johanna binden, um ihr zu helfen. Das Wolkenfeld wird von Gott über den Himmel gezogen, die Toten bleiben tot. Nur Johanna hilft Gott hin und wieder.

Dann nimmt er ihr einzelnes Fleisch, setzt sie wieder zusammen. Nachts kriecht er in ihr Bett und liebt sie, bis sie heil wird. Er ist der Tod, den sie immer braucht, versucht Johanna sich zu trösten. Wellenförmiges Werden und Vergehen! Schlafzustand des Vertrauens. So betrachtet Johanna des Abends immer wieder ihre Soldaten und weiß manchmal nichts und dann wieder alles und hat Angst davor, wenn sie alles weiß. Die Soldaten, hämisch und gemein sind sie. Sie traut ihnen nicht. Sie sieht ihre Gesichter, die nachts im Feuerschein flackern, vor dem inneren Augen.

»Und?«, fragt Poulenc, ein adeliger Reisegefährte mit langen Händen und schiefer Nase den stämmigen Nouillonpont und Johanna lauscht. »Was denkst du von der Jungfrau?«

Nouillonpont sieht ihn an, wispert dann: »Ich fürchte sie so sehr, dass ich nie wagen würde, mich ihr zu nähern!«

Poulenc nickt. Johanna tut, als habe sie nichts mitbekommen. So entgeht es ihr nicht, was Poulenc antwortet: »Mir geht es ähnlich. Nie würde ich es wagen, sie zu berühren!«

»Komisch, oder?« fragt Nouillonpont.

»Es muss ihre Güte sein!«, überlegt Poulenc.

»Ja!«

Da mischt sich ein weiterer Soldat ein, der gerade einen Becher Wein leert.

»Sie ist bloß anmaßend!«, meint er.

»Vielleicht, ja, doch sie glaubt an sich!«, entgegnet Poulenc, der feingeistiger ist als der Rest der Meute. Johanna lauscht in die Nacht hinein und sie weiß Bescheid: Schwächlinge, denkt sie. Johanna ist neben den anderen wie ein überlegener Mann. Sie riecht die tierische Liebeswut der Soldaten, die so gar nichts mit dem Schimmer der göttlichen Stimme zu tun hat. Doch sie mahnt sich zur Demut. Denn die Stimmung unter den Männern ist alles andere als gut. Groß wird der Hunger, der Weg ist weit. Wie man wohl am Bestimmungsort empfangen werden wird?

Ungewissheit herrscht unter ihnen. Nichts als Zweifel und Angst.

»Fürchtet euch nicht«, spricht da Johanna, die genau weiß, welche Energie unter den Leuten herrscht, zu ihren Kriegern. »Denn wenn wir bloß einmal ankommen in Chinon, dann wird alles anders! Der Dauphin wird uns seine Gunst schenken!«

Skeptisch blickt man sie an.

»Wirst du tun, was du versprochen hast? Uns befreien?«, fragt Nouillonpont eines Tages, als er neben ihr her reitet.

»Habe Furcht!«, entgegnet Johanna da nur.

Dann Stille. Eine Stille, die es ihm schwer macht, zu widersprechen – oder überhaupt noch etwas zu sagen. Nur Johanna weiß Bescheid: Gott schiebt sich zwischen sie und den Soldaten. Auch er beginnt, zu vertrauen.

Eine Art Gefühl, dass sich in seinem Bauchraum ausbreitet. Die Liebe befeuert. Eine Liebe, die vom Himmel kommt. Nach und nach kann Johanna alle Männer für sich gewinnen. Schließlich erreichen sie Auxerre. Johanna ist tapfer, reitet mit ihrem Pferd, als hätte es geflügelte Hufe. Nie hat sie ihre Rüstung abgelegt. Man beginnt, sie ernst zu nehmen. Der Mut steigt.

»Wir wollen nun die Messe in der Kathedrale hören!«, sagt Johanna.

»Wer seid ihr?«

»Kaufleute!«

Sie kommen an einer Kapelle vorbei, in Sainte-Catherine-de-Fierbois. Dort bittet Johanna die heilige Katharina um Hilfe. Sie weiß, dass die hohen Herren über ihre Briefe reden. Dass der Astrologe seinem König rät, sie nicht zu empfangen. Weiß auch, dass der Rest des Rates sich für sie ausspricht. So betritt sie die Pforten der Stadt.

Einstweilen kommt Johanna im Schloss in Chinon unter. Eine Stadt in der Stadt, erkennt sie, und staunt. Nie hat sie die weite Welt gesehen. Seitlich der Hauptmauern bringt man sie in einem eigenen Gebäude unter. Es bietet sich ein herrlicher Ausblick auf einen großen Teil der Stadt. Direkt auf die Hauptmauern. Dicht gedrängt die Häuser, das königliche Schloss und die Brücke. Johanna sieht sich glücklich um. Sie blickt zum Turm. Dort also lebt der Dauphin. Sie spürt ihn atmen, kann nicht warten. Schickt also erneut den Boten.

»Der Rat will Euch zuerst befragen!«, kommt es als Antwort.

Johanna schüttelt den Kopf.

»Nein. Ich werde nichts sagen, wenn nicht dem Dauphin direkt!«

Johanna blickt die Männer trotzig an.

»Ich habe zwei Dinge!«, fährt sie fort. »Im Auftrag des Himmels! Ich werde den Dauphin zu seiner Weihe nach Reims führen. Und ich werde die Belagerung von Orléans aufheben. Das ist alles! Mehr sage ich jetzt nicht!« Zornig betrachtet sie den Boten. Krankheit hat er im Gesicht, denkt Johanna.

»Sei guten Mutes«, murmelt aber immer wieder Gott in ihrem Blut. Und langsam gewöhnt sie sich an die Wellenbewegungen des Lebens.

10. Der Dauphin

Es kommt zu Konflikten. Die Schreiber, die Johanna offiziell befragen, berichten anders als er, Loyseleur. Dem einen erzählt sie von Stimmen, den anderen von Erscheinungen der Heiligen. Wegen zweifelhafter Punkte vernimmt man Johanna, wieder und wieder.

»Hat der göttliche Berater dir gesagt, ob du aus dem Gefängnis kommen wirst?«, will Cauchon mit einem Seitenblick auf die Jungfrau wissen. Diese schüttelt den Kopf.

»Nein.«

»Hat die Stimme der Heiligen nicht nachts gesprochen zu dir?«, erkundigt sich Warwick, gockelhalsig, sein Gefieder blähend wie eh und je.

»Doch, aber ich habe sie nicht gut verstanden!«, erklärt Johanna.

Sie blickt hilfesuchend zu Loyseleur, scheint ihm zu vertrauen. Er aber weiß auch nicht ein und aus. So verstreichen Stunden der Sticheleien. Als man den Gerichtssaal wieder verlässt, sieht die Jungfrau ihn bittend an.

»Darf ich denn die Kapelle besuchen?«, fragt sie.

Er lächelt ob der Zärtlichkeit, die durch ihre Züge schimmert.

Loyseleur nickt: Sie darf. Er winkt den Soldaten zu, sie mögen die Jungfrau loslassen, und führt Johanna an ihren Ketten die Straße entlang in das Dorf. So begleitet er Johanna ins Haus der Heiligen, beobachtet sie, wie sie vor dem Altar niederkniet. Dabei fast aussieht wie ein Schlachtvieh. Dennoch mit Anmut. Sie beugt die Knie, verrichtet fromm ihr Gebet. Das Gesicht leuchtet vor der Statue der heiligen Gottesmutter Maria hell und andächtig, wenn zugleich auch fahl wie Mondglanz. Loyseleur betrachtet sie glücklich.

Er hat sich etwas erlaubt, weiß er. Aber es ist ihm egal. Schon bald kommt sein Handeln jedoch den hohen Herren zu Ohren. Man berichtet dem Bischof von Beauvais davon. Dieser ist nicht erfreut.

»Nie wieder! Ich dulde es nicht!«, rügt er Loyseleur.

»Was macht dich so dreist?«, will auch Chorherr Jean d'Estivet wissen. »Eine exkommunizierte Hure ist sie! Hostie ohne Erlaubnis! Das ist wohl die Höhe!«

Loyseleur schweigt. Die hohen Herren indes beschließen, strenger zu werden. Johanna darf jetzt auch die Messe nicht mehr hören, darf mit niemandem kommunizieren in den nächsten Tagen. Die siebzig Artikel, wegen der man sie anklagt, sollen gekürzt werden, man macht sich an die Arbeit. 12 Artikel verbleiben, sie sind gemäßigter, aber immer noch parteiisch, findet Loyseleur. Besonders kennzeichnend für die Anklagen sind nicht nur die Ungerechtigkeiten, sondern wie sie nun ihren Standort gewechselt haben. Die Hinweise auf Hexerei sind verschwunden. Im April wird Johanna krank und erschreckt damit die Gelehrten.

»Nicht, dass sie uns stirbt!«, meint Warwick angstvoll.

»Du darfst nicht alles tun, um ihr Herz zu gewinnen«, rät Cauchon Loyseleur. »Deine Milde könnte ins Gegenteil umschlagen und sie hochmütig machen!«

Loyseleur nickt. Doch er kann nicht anders. Er hat begonnen, Johanna zu lieben, er hört nicht auf die Drohung. Noch einmal erlaubt er der Jungfrau, mit ihm ins Gotteshaus zu gehen. D'Estivet wartet daraufhin vor der Kapelle, um sie daran zu hindern. Loyseleur gibt sich geschlagen. So bleibt es wieder bei der wenigen Zweisamkeit im Schatten des Turmes. Dunkel sind die Tage. Johanna ist schwer zu erreichen. Immer gläserner, durchscheinender wird sie vor seinem Blick. Kaum mehr noch als flackerndes Nachtlicht. In Loyseleur steigt eine namenlose Angst auf.

Louise von Bourbon ist es, die Johanna an der Hand nimmt, sie in die große Halle führt, um endlich den Dauphin zu treffen.

Sie weiß, sie wird den Test bestehen: den König erkennen. Fünfzig Fackeln erhellen den Raum. Und der Rest ist von geistigem Lichte durchdrungen, weiß Johanna. Heiß und rauchig ist der Saal, eine Art Nebel scheint ihn auszufüllen. Er ist nicht viel größer als ein durchschnittlicher Raum. Beinahe ist Johanna enttäuscht. Aber sie steht gerade, folgt dem normalen Ablauf bei Hofe. Sie betrachtet die Männer um sich herum, begleitet von Baudricourt.

»Und?«, will einer der fetten Bischöfe wissen, als man ihr einen Mann vorstellt. »Was hast du dem König zu sagen?«

Johanna lacht.

»Das ist nicht der Dauphin. Das ist sein Vetter!«

Erstaunt blickt man sie an, nickt dann.

»Ja.«

Ein weiterer wird ihr vorgeführt.

»Und er?«

Johanna spitzt die Lippen, betrachtet das Gesicht.

»Das ist der Graf von Clermont, man sieht es schon am Bart!«, lacht sie.

Ein Raunen geht durch die Menge. Man schreitet, sich uneinig, was nun geschehen soll, einher. Doch Johanna hat bereits nur noch Augen für einen anderen, der wirklich der Dauphin ist. Klein und eingefallen steht er im Raum. Nur zaghaft hat er sich genähert, aber Johanna hat ihn längst erkannt.

Er drückt sich herum. In den hintersten Reihen der Höflinge. Doch die Jungfrau hat den Blick eines Adlers. Sie nähert sich dem kleinen Mann.

»Gott gibt dir ein langes Leben!«, sagt Johanna.

Dann wendet sie sich an die hohen Männer, die allesamt so prachtvoll gekleidet dastehen.

»Er ist es!«

Die gekrümmte Gestalt indes zuckt auf.

»Johanna, ich bin nicht der werdende König!«, kommt es schmal und traurig aus dem Dauphin und Johanna begreift, dass er es in dem Moment auch selbst zu glauben scheint.

»Du bist es!«, sagt sie und lächelt den Dauphin an.

»In Gottes Namen! Edler Fürst!«

Johanna lacht.

»Und ich bin gekommen, ihr edlen Herren, weil Gott mich gesandt hat! Dauphin, dir und deinem Königreich werde ich Hilfe bringen! Vertrau!«

Da wird das Staunen groß und Gott kommt heimlich in den Raum. Man beäugt Johanna. Dass sie nicht vornehm gekleidet ist, weiß sie. Einen kurzen Mantel trägt sie bloß, aus grobem Leinenstoff, nein, keinen Pelz, doch das würde sich ändern! Ein schwarzer Hut thront Johanna auf dem Kopf, in einer Art Pagenform ist ihr Haar geschnitten. Seltsam kommt sie sich vor neben der zarten Gestalt des Dauphins, fast stämmig. Selbst die kleinen Brüste wölben sich aus ihr heraus. Er indes sieht klein und eingefallen aus, ja, fast traurig. Johanna schämt sich für ihren rötlichen Teint, das Wetter auf der langen Reise hat ihr das Gesicht gegerbt. Sie bemüht sich, männlich aufzutreten, spürt jedoch, dass ihre Stimme weich und fraulich ist.

Johanna kann aber auch den Dauphin für sich gewinnen. Er ignoriert all die Blicke um sich herum und setzt das Gespräch mit ihr fort, seine Diener von sich weisend. Die Schar scheint großen Respekt zu haben, zieht sich ohne Murren zurück. Was bleibt ist Vertraulichkeit.

»Was für ein Zeichen war es denn?«, fragt man Johanna daraufhin. »Wie ist Gott dir erschienen?«

»Das weigere ich mich, zu sagen!«

»Wieso?«

»Es kam von den Heiligen. Von Katharina und Margareta. Der Rest ist ein Geheimnis«, erklärt sie und flüstert daraufhin dem Dauphin etwas ins Ohr, das nur Gott weiß.

»Er ist bloß an so einem Tiefpunkt, dass er nicht weiß, was tun!«, meint einer der Bischöfe leise. Dunois hingegen, ein wichtiger Vertrauter des Königs, schüttelt den Kopf.

»Von Gott ist sie gesandt. Diese Jungfrau. Man sieht es ihr an!«

Und an Baudricourt gewandt, meint er: »Der König in seiner Not geht so oft in den Andachtsraum. Betet, Gott möge ihn, wenn er der wahre Erbe sei, doch zum rechtmäßigen König machen. Für ihn kommt jede Hoffnung recht!«

In diesem Moment lässt sich Johanna zu den Füßen des Dauphins nieder. Mit Tränen in den Augen spricht dieser plötzlich ein Gebet.

»Du bist das Zeichen«, sagt Karl dann und seine Lippen beben.

So wird Johanna schon bald den anderen hohen Herren vorgestellt.

»Der Herzog von Alençon!«

Johanna lächelt. Gott hat bereits von ihm erzählt.

»Du bist sehr willkommen. Je mehr wir von königlichem Geblüt haben, desto besser!«

Dem Dauphin, der sie begleitet, gefallen diese Worte und er verneigt sich vor ihr. Senkt so tief den Kopf, dass Johanna auf den Scheitel seines Haars blicken kann. Es glänzen sieht in hellen Locken. Magie im Raum. Alles geht in die Knie. Ein zartes Rot durchschimmert das Antlitz des Dauphins, als er kurz lächelt.

»Übergibst du, Dauphin, dein Königreich dem Herrn des Himmels?«, will Johanna wissen.

Sein Auge zittert.

»Ja.«

»Dann wird er dir tun, was er seinen Vorgängern getan hat!«

Der Dauphin erbebt vor Freude.

»Danke.«

Seelenverwandt sind wir, denkt Johanna. Sie erkennt es an seinen Sätzen und an seinen Augen. Es sind die Ihren. Ein Schmerz zwischen den beiden, eine Wut! Nach dem Tod des Vaters war er wohl noch verlorener, denkt Johanna. Schwach ist er, von allen gehasst und alle fürchtend. Und sie beginnt, sich in ihm zu sehen und ihn zu lieben. Bald zieht Johanna in den Turm. Oft blickt sie aus dem Fenster. Blau ist der Himmel, ihr Herz wird leicht, wie in den Tagen der Kindheit. Endlich folgt sie Gottes Plan! Wie doch alles lebt und stirbt, denkt Johanna. Sterne und Welten. Menschen und Wesen. Insekt, Planet, alles webt sich ineinander. In ihr zittern Blätter als Ozeane, beginnt der Frühling neu. So gewinnt sie Vertraute. Marguerite La Touroulde wird Johannas Gastgeberin. Eine sanfte Frau mit teigigen Händen und hoher Stirn. Johanna schläft mir ihr in einem Bett.

»Der Geldmangel, er ist ein Grund, warum der König so unglücklich ist, Johanna!«, sagt sie.

Johanna tauscht sich mit der Mutter des Dauphins aus und erfährt in den nächsten Wochen mehr über den kleinen Königssohn.

»Du bist Kind Gottes!«, sagt Johanna ihm schließlich bei einem ihrer Spaziergänge.

»Das höchste Gut bist du!«, insistiert sie.

»Welche Zeichen habt Ihr dem König gegeben?«, stellt man Johanna zur Rede.

»Seid ihr nicht zufrieden, dass ich es riskiere, einen Meineid zu schwören, ihm treu zu sein?«, entgegnet sie. Da wissen die hohen Herren nicht weiter.

Schweigen.

»Der Engel, er brachte eine Krone, er setzte sie dem Dauphin auf«, erklärt Johanna sanft und geheimnisvoll.

»Wie?«, will man wissen.

»Er kam zu mir und hat mich ins Schloss begleitet!«

»Dann, in einer kleinen Kapelle, hat er mich verlassen, der Engel. Sie ist dem heiligen Martin geweiht. Ja, im Schlossteil, westlich des Königshauses!«

»Gut!«, meint der Dauphin. »Und was soll ich Euch dafür geben, dass Ihr mich so aufrichtet?«

»Um ein Geschenk bitte ich! Um Frankreich selbst!«, entgegnet Johanna.

Der Dauphin zögert kurz. Doch er hat keine andere Wahl.

Die Gesandten des Königs schenken Johanna vorerst aber nur wenig Glauben.

»In Gottes Namen, edler Fürst, du bist es, der König, und kein anderer!«, entfährt es Johanna immer wieder. Sie aber zweifeln daran. Kennen sie doch Karls Vater und seinen groben Wahnsinn. 1392: Da ging es los mit seinem Wüten, etwas war in ihm gekippt. Während eines Kriegszuges wurde er zum Berserker. Tötete seine Gefährten. Durch seine Geisteskrankheit wurde er handlungsunfähig. Schwankend zwischen possenreißerisch und gewalttätig. Ob nicht sein Sohn ein ähnlicher Narr ist? Und jetzt kommt er mit dieser Johanna!

»Mein Vater«, gesteht Karl ihr, »er weigerte sich, zu regelmäßigen Zeiten zu essen und zu schlafen. Dann starb er.« Auch die Mutter, Isabeau, die zu ihrer Vertrauten geworden ist, wirkt gebrochen. Johanna kann es beobachten: Sie versucht sich zu trösten, indem sie das Landleben nachspielt. Dazwischen aber überkommt sie Panik und Angst. Ihr hilft die intime Freundschaft mit dem Bruder ihres verstorbenen Gatten.

»Karl war ein Bastard!«, sagt Isabeau einmal zu Johanna.

»Meine Mutter ist sogar stolz darauf!«, erklärt der Dauphin Johanna vertraulich.

Isabeau leidet. Aufgedunsen ist sie, sitzt im Rollstuhl, auch die Gicht macht ihr zu schaffen. Der Dauphin, er ist schwach, kränklich wie seine Mutter, wandelbar wie sein Vater. Immer wieder scheint etwas in ihm zu kippen. Er schwankt zwischen Trunksucht und Ausschweifungen. Ein Bündel neurotischer Symptome. Johanna blickt ihn an. Der Dauphin leidet. Doch sie sieht auch Gott in ihm. Er soll Frankreich regieren, allein darum geht es.

Die Anmut wächst in Karl, von Tag zu Tag mehr. Denn Johanna glaubt an ihn. So entfaltet sich Gott zwischen den beiden und Karl wird stark. Dennoch ist die Lage am Hof alles andere als angenehm. Im April des Jahres weigert sich ein Metzger in Bourges, das Schloss weiter zu beliefern. Er wurde nicht bezahlt. Wachsende Armut. Denn der Dauphin liebt den Prunk. Trägt gern Gewänder mit langen Hängeärmeln, mit silbernen und goldenen Ornamenten verziert.

»Als mein Vater starb«, erklärt der Dauphin Johanna eines Tages, »da war alles am schlimmsten!«

»Das tut mir leid!«, meint Johanna.

»Ja. Was hilft, ist eben nur Prunk. Im Herzen bin ich traurig.«

Er schweigt einen Moment lang.

»Seltsam«, sagt der Dauphin, »selten habe ich mich so öffnen können.«

Er betrachtet Johanna. Voller Widersprüche steckt sie, denkt Karl. Eine Jungfrau – und übt das Kriegshandwerk aus … Wo hält sich da wohl Gott verborgen?

»Wer Angst hat, wird schwach«, sagt Johanna da, »das ist Euer Problem.«

Der Dauphin blickt sie erstaunt an.

Eines Tages erscheint Georges de la Trémoille, der Graf von Guînes. Er hat von der Jungfrau gehört und besucht jetzt das Schloss. Fett und träge sieht er aus. Man erzählt sich, dass seine Körperfülle ihm einmal das Leben gerettet hat! Messerstiche habe man ihm gegeben. In Kopf und Leib. Doch die Fettschicht fing alles ab. Alle lebenswichtigen Organe waren geschützt. Ein Mann von Gewicht, dieser Georges! Doch damit nicht genug: Mit allen ist er vernetzt, auch seine privaten Verbindungen sind enorm verzweigt. In Verträgen scheint er alles festzulegen, was mit Macht zu tun hat. Wieder und wieder. So macht er andere von sich abhängig. Man munkelt, dass ein weiterer Getreuer des Dauphins, der bärtige Gilles de Rais, einen Vertrag unterzeichnet habe, ihm bis zu seinem Tode zu dienen.

»Zum Glück gibt es ihn«, sagt der Dauphin zu Johanna, verblendet in seiner Sucht nach Prunk. »Ja, er hat mich finanziell stets gestützt und getragen!«

Johanna lächelt, hat Nachsicht, denn Gott schimmert aus ihr.

11. Panzer

Zwei helle Rechtecke zeichnet die Sonne durchs Fenster und Johanna betrachtet sie. Loyseleur beobachtet die Jungfrau, wie sie ihren Blick schweifen lässt. Dazu hat er jetzt viel Zeit, denn sie scheint müde zu sein. Er kann es an ihren Augen erkennen: Sie hat Angst, beobachtet die Schatten hinter den Gitterstäben. Und er versteht sie, denn auch in ihm zittert etwas: Was, wenn gerade heute jemand käme und sie hingerichtet werden würde?

Ihre Hände werden mit jedem Tag fleischloser, erinnern an Krabben. Manchmal erkennt er ihre Helligkeit nicht wieder in ihrer Gier und ihrem Hunger, wenn er ihr Brot bringt. Sie selbst scheint es zu erkennen, aber sie schlingt und wird zu einer Art Tier. Daraufhin fängt sie an zu weinen.

»Gott lässt sich nicht mehr ins Herz schließen!«, murmelt Johanna.

Das ist seine Chance, sich ihr wieder ein wenig zu nähern, denkt Loyseleur.

»Gott hat keinen Körper, er ist ja schon da!«, sagt er.

Doch Johanna blickt ihn nur entfremdet an und antwortet:

»Wer?«

So zerflattern und zerfasern ihre Gedanken mehr und mehr, sie erscheint ihm zerstückelt wie die Tage. Dennoch: Johanna ist weit davon entfernt, ihre Lehre zu widerrufen. Warum nur, überlegt er, während er nach seinen Sitzungen bei ihr um den Turm herumstreift. Draußen scheint der Mond, der als Laterne über der Welt leuchtet. Seit er Johanna kennt, ist diese Landschaft um den Turm eine andere. Eine Sehnsucht erfasst ihn mit einem Mal. Doch alles erlischt wieder in der dunklen Höhle ihres Kerkers, wenn es spät wird und er sie durch das Loch beobachtet. Er schämt sich. Er hat sie mit Gewalt genommen, weiß er, über den Hunger hat er sie erreicht. Dann hat sie sich arrangiert, ihn liebgewonnen, ihm zu vertrauen begonnen. Loyseleur fühlt sich schuldig. Dennoch, er muss seine Arbeit weiter verrichten, was bleibt ihm anderes übrig?

Er muss die Rolle des Verbündeten weiterhin übernehmen, Köder spielen, das ist sein Auftrag.

»Loyseleur ist unser Held«, sagt manch einer aus dem Rat der hohen Herren, »nur ihn lässt sie nahe an sich heran.«

Er seufzt, fühlt sich immer niederträchtiger. Durch das Loch in Johannas Zelle hören nun auch hin und wieder die anderen mit. Aber so ist es eben. Seine Aufgabe besteht darin, ihr Vertrauen zu gewinnen, oder? So gibt er in den nächsten Gesprächen mit Johanna vor, er sei ein Sympathisant des Dauphins. Das macht sie auch nicht weiter staunen. Sie ist zu ausgezehrt, um klare Gedanken zu fassen. In der Inquisition ist es ja auch üblich, dass Spitzel an allen Orten verborgen sind.

»Was genau tust du eigentlich?«, will Johanna an einem der Tage wissen, als er ihr Brot bringt.

»Ich bin Priester!«

Ein Schimmer läuft über ihr Gesicht, ja, sie scheint ihn zu mögen, und nur ihn! Denn auch Jean d´Estivet und Cauchon verkleiden sich und besuchen Johanna, tun es aber vergebens.

»Wie heißt du?«, fragt Johanna Loyseleur eines Tages.

Er bemerkt, wie sehr ihn das freut. Er lächelt.

»Loyseleur!«

Einige Tage später erscheint er aufgrund von Cauchons Idee jedoch in Frauenkleidern, gibt vor, die heilige Katharina zu sein. Und Johanna wirkt geschwächt, so sehr, dass sie es sogar glaubt. Nun schwappen seine Gefühle über und Loyseleur ist enttäuscht, zweifelt erneut an sich und seiner Beziehung zur Jungfrau.

So vergeht die Zeit. Immer wieder versteckt Loyseleur sich hinter der Trennwand, um im Auge zu behalten, was Johanna tut. Er notiert. Mehrere Doktoren treffen sich nach dem Essen, vergleichen die Niederschriften. Es ist nicht viel. Meistens schläft die Jungfrau, zerrt an den Ketten oder röchelt und atmet schwer. Er merkt, wie er beginnt, seine Arbeit zu hassen, sein Leben, den Krieg. In der ganzen Welt um ihn herum scheint Übel zu herrschen.

Die Sonne brennt, die Felder riechen nach den Leichen und sind schmutzig von Blut. Der Schaum des Flusses hinter dem Turm leuchtet auf, die Wellen werden vom Wind durchkämmt, branden ans Ufer. Wie sie anschwellen, so verschwinden sie. Ähnlich denen, die im Krieg sterben, denkt er und seufzt. Die Erde wehrt sich stumm, denkt er. Allein in Johanna schlummert immer noch Gottes Ruhe, allem zum Trotz, oder? Sein Herz aber ist von Einsamkeit fremd durchschauert, seit er Johanna kennt. Das Herz ist unruhig und inzwischen ist es Winter geworden. In der schneeigen Wolke will er verschwinden, doch es hilft nichts. Die Arbeit geht weiter. So huscht er mit dem Licht in der Dämmerung von der dunklen Höhle des Turms nach Hause und kommt wieder in der Morgenröte. Früh muss er aufbrechen, und immer scheint alles tot, wenn er wieder den Kerker betritt. Johanna, denkt er. Johanna.

Für kurze Zeit ist Johanna guter Dinge. Nur die Stadt muss sie jetzt aushalten. Die Luft dort ist ein Gemisch aus Feuer und Messing. Hässlich. So wenig Natur und so viel Mensch, denkt Johanna. Die Welt der Menschen ist geometrischer Betrug. Abgezirkelte Welten. Alles eingerahmt. Die Häuser schlucken Menschen und die Menschen sind sich selbst in diesen Häusern fremd. Nur in der Natur sind sie näher bei Gott. Man weist Johanna eine Wohnstätte zu, im Tour du Coudray. Der Hauptturm im westlichen Teil des Schlosses wird Johannas Schoß. Ein in den letzten Jahren nicht häufig genutztes Gemäuer. Früher einmal hat es als Gefängnis für den Obersten des Tempelordens gedient, nachdem König Philipp II. diesen der Ketzerei anklagte. Noch hämmern die Gedanken der Toten in den Räumen nach, weiß Johanna. Einritzungen im Gemäuer erzählen heimlich von deren Leid. Sie hört die Stimmen, sie dringen tief in Johanna ein. Sie möchte kämpfen, sich wehren, schreien. Kreuze, ein Hirsch an der Wand. Sie liest darin vor dem Einschlafen, immer wieder. Die Linien sprechen: *Ich wurde getötet.* Und in Johanna schreit es. Ja, der Großmeister der Templer, Jacques de Molay, hat sich hier sterbend verewigt, als er in Gefangenschaft war. Da ahnt Johanna ihre eigene Gefangenschaft voraus. Sie liest in den Abdrücken an der Wand.

Ich bitte Gott, mir zu verzeihen steht da und Johanna schaudert. Sie hängt Wandteppiche darüber. Es bringt nichts. Die Toten brabbeln und da hilft auch kein Gott. Johanna aber ist tapfer. Sie trägt ihr Kreuz. Und sie hat Verbündete. So vertraut man sie dem Majordomus des Königs an. Ein Page dient. Nachts werden ihr Frauenzimmer zugeteilt, wie es sich geziemt.

»Ist das wohl rechtens?«, will der Page wissen.

Johanna nickt.

»Aber ja!«

»Nun, weil sie ein Soldat …«, stammelt der Page.

Johanna lacht.

»Ich bin aber auch eine Magd – und schlafe mit den Frauen in einem Zimmer wie alle Mägde!«, sagt sie.

Johanna wird beobachtet und bewacht und weiß das auch. Dennoch, gemeinsam mit dem Dauphin geht man spazieren, die Landschaft ist hell. Ihr Wohnort ein Schauplatz, Kommen und Gehen. Man betet gemeinsam: der Dauphin und Johanna. Doch Johanna betet auch allein. Sie sammelt Kraft. Lange Wochen ziehen ins Land und Johanna bildet einen Panzer aus. Sie übt Lanzenstechen im Schlosspark. Geschickt ist sie, munkelt man unter den Soldaten.

Alençon, der Herzog, schenkt ihr dafür ein Pferd. Lieb scheint er die Jungfrau gewonnen zu haben – und sie steigt im Ansehen der Leute durch seine Billigung, weiß Johanna Bescheid. Gut so.

Drei Wochen nun begaffen die Geistlichen sie bereits, stellen Fragen, dringen in Johanna ein. Sie aber steht aufrecht, Gott atmet durch sie. Oder? Schriftlich hält man die Fragen und Antworten fest. Hervorragend besetzt, diese riesige Kommission. Beichtväter des Königs und der Königin, allen voran Gérard Machet. Johanna bietet den hohen Herren die Stirn, wieder und wieder.

»Im Namen Gottes«, sagt sie, »die Soldaten werden kämpfen, und sie werden siegen! Das bezeuge ich! Wenn sie mir nur folgen!«

»Glaubst du an Gott?«, will Séguin, ein Diener aus dem Gefolge des Königs, wissen.

Johanna lacht.

»Ja, besser als du!«, ruft sie aus.

Ein Raunen und Kichern geht durch die Menge. Da fährt die Jungfrau beinahe fort wie ein Tier.

»Wahrlich, ich bin nicht gekommen, um Zeichen zu geben! Aber bringt mich nach Orléans, dann kriegt ihr eure Zeichen!«

So wettert sie, und wird noch schamhaft rot dabei. Doch auch das wird sich legen. Johanna wird härter, härter für Gott. Die berühmtesten Doktoren der Theologie, sie hocken nun schon beisammen und rätseln. Wer ist sie bloß, diese Johanna? Jean Èrault, ein Theologe, erinnert sich an eine alte Volkslegende, die sich »Merlins Prophezeiungen« nennt: »Es heißt in alten Schriften, dass eine komme, die direkt vom

Zauberer Merlin stamme. Sie ist es, die die Welt erlösen wird. Eine Jungfrau. Ja. Sie muss es ein!«

Der Rest der hohen Herren zweifelt.

»Warum?«, fragt Èrault.

»Die vielen Visionen, von denen sie spricht! Johanna! Und die heilige Marie, die Gasque d'Avignon, sah auch ein Mädchen in Rüstung, sah, dass eine, die einen Panzer tragen würde, kommen würde. Das sei die Jungfrau. Und sie ist es doch, oder? So muss es sein, ja!«

»Und wenn sie vom Teufel kommt?«, fragt einer der Brüder.

Immer wieder dringt man in Johanna ein.

»Ich führe nur aus, was mir befohlen«, antwortet diese, und der heilige Michael ist es, der da aus ihr spricht. Auch die heilige Katharina tönt aus ihr, denkt Johanna. Nicht? Nur manchmal zweifelt sie noch. Aber die Stimmen von innen gegen die Engländer bestehen, sie *sind* Befehl.

»Das wollen sie so, die Heiligen!«, fügt Johanna also immer wieder vor den hohen Herren hinzu.

»Was glaubst du?«, will man wiederholt wissen.

»An Christus«, ruft Johanna, so dermaßen laut, dass es weh tut, »ja, an Gott!«

So überlegt man weiter.

Johanna verbringt die Tage in der Familie des Königs. Sie muss ihn schützen, den Dauphin. Wie schwach doch die Männer sind! Johanna erinnert sich an den Vater, und an Pierre, ihren Lieblingsbruder. Und dann die Mutter des Dauphins, sie heißt genau wie ihre eigene! Wenn Johanna sie ansieht, steigt etwas in ihr auf, das nach Heimweh schmeckt. Auch wenn sie es ja immer wollte, an den Hof zu gelangen: nach Frankreich gehen, den König retten! Oder? Nein, Gott wollte es, denkt Johanna da, aber ist Gott nicht mit ihr verwoben? Wieder wühlen Zweifel in der Jungfrau. Sie sehnt sich nach dem Dorf, dem Feenbaum, sehnt sich nach daheim. Manchmal tut es ihr weh, wenn sie den Dauphin und seine Mutter beobachtet. Böse ist die Mutter des Dauphins, wenn Karl beschützt werden muss. Sie wütet, wie ihre eigene Mutter gewütet hätte. Sie fehlt. Johanna versucht, sich abzulenken. Führt Gespräche, nimmt am regen Treiben am Hofe teil. Gegenüber Catherine le Royeur, einer ihrer Gastgeberinnen, sagt Johanna: »Hast du nicht gewusst, dass Frankreich, das durch eine Frau verloren ging, durch eine Jungfrau gerettet werden wird?«

Diese schüttelt erstaunt den Kopf.

Während sein Gefolge zweifelt und überlegt, schenkt der Dauphin Johanna mehr und mehr Vertrauen.

»Was darf ich dir schenken, Johanna?«, fragt er.

»Frankreich!«, sagt sie. »Man braucht ein feierliches Schriftstück, das besagt, dass du der König bist!«

Da schweigt der Dauphin, denn er weiß nicht weiter. Seine Leute können nicht entscheiden, was zu tun sei mit dieser Frau, und er ist zu schwach. Das Gefolge indes beobachtet den Dauphin und Johanna. Man munkelt. Eine Sphinx ist diese Beziehung, die die beiden miteinander zu verbinden scheint, ein Rätsel. Überall scharen sich Neugierige um Johanna: Propheten, Visionäre. Es ist die Zeit der großen Vorausseher. Die einen glauben an die Magd, die anderen zweifeln. So wird Johanna seziert, ihre Gabe analysiert. Die letzte Prüfung – sie erfolgt durch Yolande von Aragón. Der Titularkönigin Siziliens. Diesmal geht es um die Jungfräulichkeit. Johanna wird hin und her geschoben, abgetastet. Sie lässt es mit sich geschehen, alles. Man kommt zu ihr, beobachtet sie insgeheim, doch Johanna weiß Bescheid. Man zerstückelt sie. Aber das macht nichts. Gott will es so.

»Und?«, wird die Gräfin von Aragón schließlich gefragt.

Yolande seufzt.

»Sie ist zweifellos eine einzigartige und makellos einwandfreie Jungfrau!«

Man glaubt es kaum. Schweigen, Pfeifen, Anerkennung. Stille.

»Seid Ihr sicher?«

Sie nickt.

»Kein Makel, keine Spur der Gewalt! Wahrlich nicht!«

Nun wird man milder. In den nächsten Tagen darf Johanna ihren Brief an die Engländer diktieren, endlich!

»Jesus Maria«, beginnt er, »die Jungfrau ist durch Gottes Willen hierhergekommen. Sie fordert das königliche Blut zurück. Ich bin von Gott, dem König des Himmels, gesandt!« Aggressiv ist der Brief. Er spricht von Krieg. Dennoch sagt sie Séguin: »Ich werde keinen töten. Ich brauche kein Schwert!«

Das sollte sich später ändern. »Der Krieg ist der Vater aller Dinge!«, wird Gott ihr sagen. Doch es ist noch Zeit bis dahin. Den hohen Herren indes missfällt das Wort »Jesus Maria«.

»Anmaßend«, munkeln sie.

»Nahezu blasphemisch!«, heißt es.

»Ja!«

Viel zu gefühlsbetont muten die Worte an. Sie muss sie von ihrer Mutter übernommen haben, scherzt man. Doch Johannas Kraft ist nicht mehr auszumerzen. Auch Feldherr Alençon hat sie in sein Herz geschlossen. Johanna lernt bald seine Frau kennen und auch seine Mutter.

»Wir haben Angst, wenn er in den Krieg zieht!«, sagen die beiden. »Du bist doch ein Weib, Johanna.«

Johanna aber lacht nur.

»Heil und froh wird er wiederkehren, glaubt es mir!«

Es dauert, bis die neue Rüstung fertig wird. Johanna kann es kaum erwarten.

Es gab bereits eine Jungfrau, weiß man Bescheid. Marie, genannt die Gasque d'Avignon, so hieß sie. Auch Johanna kennt die Berichte und für Johanna ist Marie Johannes der Täufer.

In dieser Zeit sitzt Johanna oft am Spinnrad. Besucht regelmäßig die Krypta. Mit gesenktem Kopf kniet sie unter ihrer Jungfrau, dem Andachtsbild. Doch die Zeit wird ihr lang. Johanna kann die Ungeduld nicht zügeln, auch wenn die Stimmen sie schimpfen darum. Sie will in den Krieg ziehen! Inzwischen kann sie längst kunstvoll reiten. Man staunt über ihre Gewandtheit. Über ihre Schnelligkeit und Geschicklichkeit. Ja, so gebärdet sie sich: Sie prescht mit den Rittern vor auf dem Pferd, steht ihnen in nichts nach.

»Wie ein Mann, dieses Weib!«, tönt es unter den Soldaten.

»Ja!«

Nur Johanna weiß Bescheid, ihre gekonnte Haltung. Der Sattel macht ihr alles leicht. Dieser ist so konstruiert, dass sie beim Aufprall feindlicher Waffen einen möglichst festen Halt hat. Das ist gut, wenn andere angreifen, hat Baudricourt ihr erzählt.

»Als Kind bin ich auf Rindern und Bauernpferden geritten!«, entgegnet Johanna den Soldaten meist lachend, wenn sie sie loben. Ja sogar der Herzog will sie sehen! Er ist krank, weiß Johanna. »Ich muss ihn gar nicht treffen!«, erklärt sie sofort, denn schon hat Gott ihr alles offenbart: »Der Herzog von Lothringen wird erst gesund werden, wenn er seinen Lebenswandel ändert.«

»Wie kannst du so schlecht von ihm reden?«, fragt Karl.

»Er beträgt sich auch schlecht!«, sagt Johanna achselzuckend.

Die Barmherzigkeit hat sie verlernt, wenn es darum geht, ihr Ziel zu erreichen. Das ist von Gott eingeflüstert, oder? Schließlich wird sie aber überredet und sie trifft diesen Herrn von Lothringen. Er ist auch lieb mit dem Kinde, das da so knabenkühn auftritt. Er schenkt ihr einen Rappen und die viertausend Francs, die Johanna beantragt hat für ihre Schlacht.

»Wahrheit siegt!«, sagt Johanna zum Dauphin und lächelt.

Doch damit nicht genug: Dieser Mann wird ihr auch noch einen Sohn und Männer geben, die mit ihr nach Frankreich reiten.

So sammelt Johanna nach und nach Kraft am Hofe. Sie hat sich verändert. Trägt jetzt längst nur noch Männerkleider. Sie sind dem roten Samt gewichen.

»Warum?«, dringt man in sie.

»Gott hat es mir geraten!«, meint Johanna achselzuckend. Baudricourt hat ihr dazu geraten.

»Und die Stimmen der Heiligen auch?«, will man wissen.

Johanna zuckt mit den Schultern.

»Ich verweigere die Antwort!«, sagt sie den Bischöfen.

»Halsstarriges Kind!«

»Und wenn man sie nur in Frauenkleidern die Messe hören lässt?«

Sie zuckt mit den Schultern.

»Das ist mir egal!«

Schweigen.

»Es liegt nicht in meiner Macht, die Kleider abzulegen!«

Johannas Haltung überzeugt schließlich. Es klingt, als würde die Jungfrau die Wahrheit sagen, denken nun auch die anderen. Man betrachtet sie außerdem nicht ungern in Männerkleidung. Sie trägt noble Tracht: Ein Seidentuch und einen weichen Pelz. Ein Hemd, eine Kniehose. Alles in purpurnem Samt gehalten. Ein schöner Mann könnte sie sein, wenn auch etwas weich, was die Züge betrifft. Dann werden

Vorkehrungen getroffen: Die Truppe muss zusammengestellt werden.

Baudricourt wählt die Soldaten aus, denn Johanna vertraut ihm. Lässt sie einen Eid schwören, dass sie Johanna gut und treu begleiten werden. Man trifft sich, schmiedet Pläne.

»Ich habe ein Schwert für dich!«, sagt Baudricourt zu Johanna.

Da beginnen ihre Augen zu leuchten. An Michael muss sie jetzt denken und an die Flammen.

»Wie wundervoll, Baudricourt!«, ruft Johanna aus.

»Nun, es ist das Einzige, was dir noch fehlte!«, schmunzelt er.

So tritt Johanna die Reise an. Beinahe resigniert wirken die Abschiedsworte des Dauphins: »Geh, geh- und geschehe, was mag!«

Johanna nickt.

Da, Johanna steht schon am Tore, aufbruchsbereit, kommt ein Mädchen aus dem Dorf zu ihr gelaufen.

»Wie kannst du diese Reise unternehmen, wenn überall Krieger sind?«

»Ich wurde dafür geboren!«, sagt Johanna und lächelt.

Stark ist sie geworden. Johanna hat jetzt einen Panzer. La Pucelle nennt sie sich jetzt. Die Jungfrau, das Mädchen.

»Dauphin, Gott sendet mich!«, ruft sie zum Abschied aus.

So stehen die Höflinge dicht gedrängt. Johanna übertönt die Gespräche mit ihrer Stille. Ein Bauernmädchen aus Lothringen, es sitzt im Sattel und will Frankreich retten!

Braunes Haar, kurz geschnitten. Sie trägt jetzt männliche Beinkleider, ein Obergewand, das ein tief sitzender Gürtel hält. So verlässt Johanna das königliche Schloss. Während Johanna reitet, bekommt sie eine namenlose Angst, weil die Stimmen mit einem Mal so stark sind.

12. Schlachten

So gehen die Tage dahin und er beobachtet die hohen Herren, die Johanna verhören. Am häufigsten nimmt Nicolas Midi an den Sitzungen teil, einer der wichtigsten Beisitzer Cauchons. Er ist Kanoniker, soll 1433 Rektor der Universität werden. Außerdem sind auch Pierre Maurice, Jean Beaupère und Jacques de Touraine sowie Thomas de Courcelles unter den hohen Herren, alles Schriftgelehrte und Geistliche. Dennoch gebärden sie sich nicht so; vielmehr wüten sie wie Tiere. Jean wirkt auf Loyseleur noch am zivilisiertesten. Er hat seine rechte Hand verloren, als er von Räubern überfallen wurde. Ein Pariser Intellektueller mit hoher Stirn und sanfter Stimme, Berater beim Vertrag von Troyes. Stets sieht er zu Boden und große Bescheidenheit kennzeichnet ihn. Ja, er hat sogar den Kardinalshut ausgeschlagen! Jean ist nicht wie die anderen, die Johanna in der Kapelle in Rouen bedrängen, einen großen Tumult und riesiges Aufsehen um die Jungfrau machen. Jean hält sich am Rande, genau wie er, Loyseleur. Der Rest der hohen Herren indes unterbricht Johanna bei jedem Wort.

»Wie man sie hält, in Ketten und Eisen! Das geht doch gar nicht!«, meint Loyseleur eines Tages vorsichtig bei Cauchon, denn er beginnt, sich um die Jungfrau zu ängstigen, die nur schläft in diesen Tagen. Und siehe da, seine dunkle Vorahnung täuscht ihn nicht: Johanna kann die Lage nicht ertragen, versucht zu fliehen: ein Sprung aus dem Fenster des Turmes. Doch zu aller Erstaunen geht die Jungfrau unversehrt daraus hervor. Loyseleur stellt sie sofort zur Rede.

»Warum hast du das getan?«, will er wissen, als man ihn in das Verlies bringt. Johanna schweigt.

»Der Sprung aus dem Fenster: Lange war er nichts als Idee, eine Versuchung«, murmelt sie. Er betrachtet ihre eingefallenen

Wangen und kann Johanna verstehen. Wie hart ihre Tage sind: Wasser und Brot. Dazwischen Schlaf und Ohnmacht, in die Stunden geschoben. Johanna wird schwach, begreift Loyseleur. Er seufzt, weiß nicht, was er entgegnen soll. Am nächsten Tag kann er Cauchon dazu bewegen, sanfter zu werden. Johanna darf ausnahmsweise Fisch essen, durch seine, Loyseleurs Hände! Es ist eine Ehre, weiß er. So betritt Loyseleur mit strahlendem Gesicht den Turm, den Teller in der Hand.

»Der Bischof, er schenkt dir einen Karpfen!«, meint er freudig und reicht Johanna die Gabe.

Johannas Lippen beben. Sie spuckt aus.

»Den esse ich nicht, niemals!«

Er sieht sie an und merkt, wie er wütend wird. Wütend, weil seine Bemühungen und seine Liebe sie nicht erreichen.

»Hüte dich!«

»Warum«, lacht sie, »keiner nimmt Schaden, wenn ich hungere, oder?«

»Überlege, ob nicht du selbst es bist, die Schaden nimmt!«

Dann betrachtet er die Jungfrau und denkt, dass sie recht hat. Ein kluger Kopf: Er köpft sich selbst. Er versteht, dass sie vom Turm gesprungen ist. Kotig und müde steht sie vor ihm.

Johanna hat Blutfinger, kann er erkennen.

»Hat dich wieder ein Soldat verletzt?«

Die Jungfrau schweigt. Da erbarmt er sich erneut und reicht ihr noch einmal den Teller.

Johanna riecht daran. Es ist zwar ein Fisch, doch der ist verfault und er stinkt. Loyseleur kann ihren Widerstand begreifen. Mit einem Mal aber verzerren sich Johannas Züge und sie steht auf, greift nach der ranzigen Mahlzeit. Stopft, plötzlich gierig geworden, den Fisch in den Mund. Sie schlingt ihn hinunter. Ob ihr Gott sie nicht zur Vorsicht mahnt?, fragt sich

Loyseleur, schweigt aber. Er stellt sich Gott drohend vor, eine donnernde Stimme, die jetzt mit Johanna schimpft.

So verstreichen die Tage, und auch der Fisch trägt nicht dazu bei, dass Johanna sich ihm wieder mehr öffnen würde. Doch das wundert ihn nicht. Sie prüfen sie, tagtäglich. Immer wieder. Von Anfang bis Ende.

»Wir ermahnen und beschwören dich! Schwöre dem Frevel ab!«

»Nein!«, tönt es stets zur Antwort.

Immer wieder schwappen die hohen Herren in Schwallen aus Wut über die Jungfrau: »Anklage eins: Verführung. Du hast die Ehre Gottes berührt, das ist Heuchelei! Gott hat die Engel geschaffen und sie streben einfach so gegen ihn! Und die Männerkleider! Ein weiteres Verbrechen!«

Loyseleur blickt sich um, es ist, als würden die Verwünschungen gar nicht mehr aufhören.

Die Kommission wirft Johanna Blutdurst vor, Grausamkeit, Verrat und Aufruhr. Ja, auch Volksverhetzung und Lästerung.

»Man soll sie erschlagen!«, tönt es in diesen Tagen durch den Gerichtssaal. Geifernd: »Erschlagen: Ja!«

Schwächlinge!, denkt Johanna, wenn sie die Soldaten betrachtet, die sich um sie herumtummeln. Spielt jetzt, in ihrem neuen Panzer, die Starke. Johanna ist inzwischen vor den anderen wie ein überlegener Mann. Sie riecht deren tierische Liebe, die so gar nichts mit dem Schimmer der göttlichen Stimme zu tun hat. Dass sie das Laster kennenlernen sollte, sagt man Johanna. Sie weigert sich. Dabei ist gar nichts dabei, oder? Bloß ein Rein-Raus. Dennoch, Johanna versteht kaum. In Nebel geduckt ist das Tal, sie kriecht in ihr Zelt. Keine Zärtlichkeit, nicht die Spur einer Liebe. Manchmal schweigt Gott lange und Johanna ist allem fremd in ihrem

Panzer, am meisten sich selbst. Da aber erkennt sie es wieder: fern, klingend. Sie horcht auf: Gott lacht! Dann, sterbende Soldaten, Kinder, Frauen, blutend auf den Ackerfurchen der Felder verstreut. Wie ein Mensch, den man erwürgt, schreit ein Säugling, an dem man vorbeireitet.

»Er stirbt«, meint Baudricourt neben ihr. Im selben Ton hat er vorher gesagt: »Bringt mir Wein!«

Johanna kann es kaum glauben. Sie presst die Stirn gegen die Finger. Ist das noch dieselbe Welt, derselbe Mensch, der einst flammte? Ein Pfeil des Leides steckt in der Brust. Ihre Hoffnung ist tödlich verwundet. Blut blättert ab von Johanna. Wo ist Gott jetzt? Der Pfeil der Engländer, er hat ihre Seele durchbohrt, denkt Johanna.

Das Schwirren der Fliegen erfüllt die Welt mit lautem Gesumm, während die Sonne sie wachhält. Die Fliegen ziehen in Wolken, man kann keine blühenden Hügel mehr sehen. Und die Heuschreckenplage nagt alles an. Johanna will ihre Kindheit zurückhaben, aber es hilft nichts. Sie hat den Stoß Gottes erlitten, es ist jetzt zu spät. Die Blätter fliegen als Vogelgerippe. Wie Zucker schmilzt der Regen auf ihrer Haut. Es prasselt. Sie fahren durch Wiesenland. Krieg. Der Schmerz ihres Lebens strömt mit einem Mal auf sie nieder. Jesus! Kraftlos wie ein Ast kommt sie sich vor, betrachtet die klaffenden Wolken. Ein reiner, schöner Himmel dahinter, nur sie ist ein tiefes Loch – und sehnt sich nach Gottes Blau. Sie riecht das Laub. Atemholen ist jetzt ihr einziges Glück. Mattblau und glatt dehnt sich der Himmel. Morgenröte. Purpurne Gerippe aus Wolken, Wolkenflimmern, endlich bricht der Himmel auf und Gott schimmert als Feuerspitzen durch. Ob er als flammender Ball erscheint? Nein, es ist bloß die Sonne. Mit glühenden Speeren wirft sie sich in die Welt, Pfeile sind ihre Strahlen und der Himmel eine Wölbung, die niedersteigt. Die Wolken sind letzte Segel, dann nur noch Dunsthüllen, Nebel verdampft, es reißt auf. Die Welt funkelt wieder. Die Sonnenglut verzehrt, wie die Liebe Gottes verzehrt. Lichterfüllt ist der Schacht ihres Herzens mit einem Mal, denkt Johanna. Was für eine komische Welt inmitten von Dreck und Eis! Rot ragt das Licht. Jetzt schwillt das Herz an, wird zu einem Segel, wölbt sich. Nebeneinander hergehen müssen wir, trotz allem, Gott, oder? Auch neben ihren Soldaten, die alle einsam sind in ihrem Tod. Johanna leidet. Aber Johanna greift jetzt in die Flamme, die Gott ist. Geht diesen Weg. So setzen sie und ihre Soldaten den Weg fort. Schließlich erreicht man das nächste Dorf.

Die Pappeln zittern in den Alleen, sie sieht den Reichtum der Ortschaft, die Blätter flattern ihr entgegen und Johanna hat mit einem Mal Tränen in den Augen. Sie blutet wie der rote Mohn in der Sonne, der sich ihr entgegenstreckt. So kann es nicht bleiben, etwas muss sich verändern an den Rändern. Am nächsten Morgen verhungert einer der Soldaten. Johanna findet ihn auf ihrem Schlachtfeld. Der Tote liegt da.

»Wie hübsch die weiße Haut ist!«, sagt Baudricourt nur.

Johanna schweigt. Nur das Licht der Sonne am Morgen ist hell in Gott und hat keine Ahnung von der Bösartigkeit des Krieges. Sie sucht nach Dingen, die sie zwingen, den Tag zu beginnen. Doch in Johanna herrscht Schwere. Sie steht auf, verlässt das Zelt. Atmet mit offenem Mund. Die Landschaft leuchtet rot in der Ferne. Am Rande der Alleen gibt es einen Fluss, bei dem sie Trost sucht.

Seine Wellen sind ein Murmeln, das an Land rollt, hin zu ihr. Die schlanken Schilfrohre wiegen sich. Große Wolken brechen langsam auf. Wie der Himmel auf die Nacht fällt, denkt Johanna. Verschlafen ist sie schon jetzt nur vom puren

Anblick! In den nächsten Tagen beginnt es auch noch zu schneien.

Verwirrend sind die Flockenschleier, sie peitschen gegen das Gesicht. Die Miene Baudricourts ist verwischt von Eis. Man will sie des Abends zwingen, mit den Soldaten am Feuer zu sitzen, doch Johanna lehnt ab.

»Ich gehöre euch nicht!«, sagt sie und spuckt aus.

»Uns gehören alle Weiber Frankreichs!«, entgegnet einer.

»Nein! Und selbst wenn!«, wettert Johanna erbost. Toben, das hat sie gelernt.

»Du nicht?«

»Ich bin ein Krieger, keine Frau! Wenn der Krieg vorbei ist, werde ich eine Frau sein, nicht schlechter als andere Frauen!«, entgegnet Johanna.

Fremd ist sie in dieser Welt, sie ekelt sich vor den Soldaten und ihren Mündern, wie sie immerzu arbeiten beim Abendessen: kauen, kauen, kauen! Ich bin bloß eine Puppe, denkt Johanna, bin wie ihre Fahnen, die sie sich anheften. Eine Blume, mit der sie prahlen können, oder? Was bleibt, ist der Fluss, den sie entlangreiten, als letzte Hoffnung.

Beharrlich flüsternd wiederholt sich die Dämmerung ringsum; schwillt ab und an mit dem Wind: Finsternis und Krieg ist um die Jungfrau. Ob der Himmel stürzt?, fragt sich Johanna. Aber nein: mitnichten. Was hier so drückt, ist nur die Schuld in ihr, Teil dieser Menschheit zu sein, ein Wurm, den sie tragen muss um den Hals, bis er sie zerreißt!

»Jungfrau sein, das heißt, ein Geheimnis hüten!«, sagt Michael da. »Sei stark.«

Johanna reitet also weiter. Wogendes Wasser ist die Feuchtigkeit der Luft und es scheint, als würde wieder und wieder etwas nach ihr rufen. Nachts das Geläute im Busch: Es sind die Insekten, die sirrend musizieren. Stimmlose Wesen, die hereinfliegen, mit durchsichtigen Flügeln Welt hinterlassen. Und Johanna möchte mit ihnen springen und tanzen wie damals unter dem Feenbaum. Johanna legt den Kopf in den Nacken, betrachtet den Himmel jeden Morgen erneut. Kristallhimmel, denkt sie. Doch die Freude ist kurz.

Sie kann nicht mehr essen, es ekelt sie vor jeder Speise, die man ihr reicht. Und abends kriecht wieder die Trauer mit ihr ins Zelt. Mondlos ist die Nacht und die Sterne sind fremde Funkensaat. Der Himmel geht wohl nie zu Grunde, denkt Johanna und spürt ihre Mattigkeit, ihre Müdigkeit. Am Rande des Zeltes sitzen, nie die Rüstung ablegen, warten, dass die Tage verstreichen. Mit zusammengebissenen Zähnen denkt sie an ihre Vergangenheit und die Liebe zu Gott wird wieder übermächtig, allem zum Trotz. Sie kann kein Auge von Gott wenden, kann sich nicht mehr trennen. Sie muss diesen Weg jetzt zu Ende gehen. Hunderte Male hat sie inzwischen den Tod gesehen und sie weiß, dass es nicht der Tod ist, der schwer zu erleiden ist, sondern bloß das Leben. Und sie streift wieder und wieder allein zum Fluss während der Reise, um Gott zu finden, der nach ihr ruft. Sie lässt die Hand ins Wasser fallen. Frische in Gott, wie sie das liebt! Feuerstreifen kriechen den Horizont entlang, es tuckert der Kahn, während man übersetzt, um das nächste Dorf am Ufer zu erreichen. Sie sieht die Knochen ihres eigenen Gesichtes im Wasser und ihr graut. Eine Fackel wirft Lichtschein. Weißes Huschen – ein Engel? Johanna hofft. Doch nein, es ist bloß einer der Soldaten.

Es regt sich das schüttere Laub und sie lebt in ihm wie in Träumen, taumelt in Gedanken wie in einem Sumpf. Immer wieder sieht Johanna die Soldaten an. Sie sucht deren Seele. Im Zauberglanz des Mondes soviel Leid, das ist die Welt, denkt sie. Und das alles geht nur, weil sie so groß ist, oder? Weil Gott sie so groß gemacht hat, dass alles darin Platz hat.

Die Tage sind klar durchstrukturiert. Sie helfen gegen die wahnhaften Bilder, die Johanna in ihrem Inneren erfassen. Sie zieht mit den Kriegern ins Feld, kämpft mit dem Schlachtross in den gemeinsamen Übungen und Exerzitien. Johanna ist es, als wäre sie in einem Land, in dem es weder Sonne gibt noch Mond. Alles, was sie tut, wird beobachtet. Barmherzig sein, das ist schonungslos schwierig. Muss geübt werden. Johanna sieht sich um, sucht nach Hoffnung und manchmal kann sie Gott erkennen. Statt des Kopfes hat Gott einen Springbrunnen. Ewig fließender Quell.

Wie hässlich, denkt sie da und spürt Angst. Ein flacher See ist in Johanna, gegen den Gott schlägt. Will ihm nicht begegnen, seinen Auftrag nicht auffüllen.

»Wandelt geweihtes Mehl um in heiliges Brot!«, murmelt sie leise zu den Heiligen.

»Geh weiter!«, sagt Gottes Stimme da.

Doch sie gibt keine Sicherheit. Verwirrt und verfinstert etwas in der Jungfrau.

»Weinen ist schlecht fürs Gesicht, Johanna! Reiß dich zusammen!«, sagt Michael.

Und er hat ja recht, denkt die Jungfrau: Frisch und braun ist das Brot, das ihr kurz daraufhin die Soldaten reichen. Wie Sonnenlicht, das auf Dielen fällt.

Ihr Herz ist krank und es stottern die Adern. Verworrener Knoten im Hals, die Muskeln zucken. Endlich erreicht man Tours. Johanna übernachtet bei Jean Dupuy, dem Mann Yolandes, die ihre Jungfräulichkeit festgestellt hat. Pasquerel, ein weiterer zukünftiger Begleiter, wird ihr vorgestellt. Ein Priester, hager und stumm, mit zusammengewachsenen Augenbrauen. Manchmal kaut er, wenn er denkt.

»Johanna, sieh! Wir haben dir diesen guten Vater gebracht. Würdest du ihn kennen, würdest du ihn lieben!«, dringt man in sie.

Die Jungfrau nickt.

»Ich bin erfreut!«, sagt Johanna.

So nimmt Pasquerel ihr die Beichte ab. Wird Teil ihres Gefolges.

Tours also und endlich ein wenig das Gefühl, anzukommen. Johanna rüstet sich zum Kampf. Der König lässt eigens für sie eine neue Rüstung anfertigen.

In einer Kirche der Stadt entdeckt Johanna schon nach einigen Tagen ein Schwert, es ist rostig. Der heiligen Katharina ist die Kirche geweiht, weiß La Pucelle Bescheid. Es muss also ihres, Johannas Schwert werden! Man eilt vor Ort. Johanna und ihre Männer reiben daran. Der Rost fällt ab. Man kann es kaum glauben! Dahinter verbirgt sich Vollkommenheit: überall die Eingravierungen von Lilien, eines der Votivstücke muss es einst gewesen sein, das man da in der Kapelle niederlegte.

»Ich liebe dieses Schwert!«, sagt Johanna.

Man munkelt, es sei magisch. Bald sollte es Johanna auf ihrem Weg begleiten. Vielleicht soll sie doch töten? Der König selbst schenkt ihr die Scheide! Freilich lacht man unter den Kriegern.

»Kein Wunder! Eine Scheide vom König!«, geifern schmutzig die Soldaten.

»Liebt er denn nicht Männer?«, höhnen sie.

»Von wegen!«, winkt Baudricourt ab.

Johanna ekelt sich vor den Männern. Ein Ekel, so als hätte sie eine Fliege verschluckt: Wie grauenhaft einfältig sie sind, wie stumpf ihr Blick. Johanna ist stets skeptisch, wenn ein Neuer in ihrem Gefolge auftaucht. Sie weiß: Bei den Soldaten kann es stets nur um Fleischlichkeit und Krieg gehen. Sie muss sich ein Gebilde von Tagträumen errichten, hoffen, dass sie in ihnen Schlaf finden kann. So ist Johanna oft allein. Die Jungfrau und nur eine Decke im Zelt. Draußen wird gefeiert und gescherzt. Gleich platzen den lachenden Kerlen die Adern, während die Gesichter ungesehen Farben wechseln, wieder, wieder und wieder, denkt Johanna, die dann kaum Schlaf findet. Und in ihnen wechselt das Leben wie das Wetter. Die Sonne scheint tagsüber auf die gefrorenen Haufen von Pferdekot, Johanna fühlt sich einsam.

»Wer allein ist, der wirkt stark!«, sagt Michael. »Es ist die Einsamkeit, die schärft!«

Johannas immer harscher werdender Charakter macht Eindruck. Die Soldaten jedenfalls bemühen sich. Man schenkt ihr weitere Scheiden – aus Gold und Samt.

»Nun heißt es handeln!«

»Es braucht ein Fahnenbild!«, entscheidet Baudricourt. Man gibt es in Auftrag: Das Bild des Erlösers erscheint darauf. Es ist gemalt, wie er in den Wolken des Himmels zu Gericht sitzt. Die Art der Dreieinigkeit ist wichtig, denn drei Stimmen sind Johanna erschienen. Weiß soll es sein, denn sie kamen zu ihr in einem Feld über und über mit Lilien übersät. Weiß wählt sie als die Grundfarbe der Standarte. Ein Emblem. Eine symbolische und psychologische Funktion hat die Verkündigungsszene, die man auf der Fahne abbilden lässt. Die Jungfrau und ein Engel schmücken sie, wie er ihr die Lilien reicht. Fahne und Wimpel zahlt der König. Denn die Stadtväter weigern sich, die Unkosten zu übernehmen. In der Kirche von Saint-Sauveur wird das Banner schließlich öffentlich geweiht.

»Wenn Orléans fällt, trifft es das Herz des Königs!«, munkelt man unter den Leuten.

So zieht Johanna weiter, reitet voran. 200 Lanzen begleiten sie – und ein Jesus-Maria-Banner. Eine Lanze, ein Ritter, mehrere Bogenschützen und einige Knappen, insgesamt in etwa zehn Mann. Die Existenz der Jungfrau verbreitet sich wie Lauffeuer.

»Die Belagerer haben Angst vor der Hexe!«, heißt es im Volk. »Sie verstecken sich in ihren Befestigungsanlagen!«

So entbrennt die Vorbereitung auf den Kampf, man reitet nach Saint-Loup, um sich anzukündigen. Funkensprühend: die Jungfrau mit dem Banner! Die Engländer schreien vor Entsetzen laut auf, als ihr Heer die Mauern erreicht.

»Unsere Heilige!«, tönt es aufseiten der Franzosen.

Weit ruft man es über die Mauern der Stadt hinweg.

»Eure Hure!«, kommt es von den Engländern zur Antwort, von der Festung herab rufen sie es. Aus Johanna rollen die Tränen.

»Auf in den Kampf!«, lacht indes ihr innerer Gott. »Weiter geht es, nach Orléans!«

So stürmt die Jungfrau los und wird – zur Kriegerin.

13. Die Reise geht weiter

Als er Johanna an diesem Tag besucht, wirkt sie noch ausgemergelter als noch beim letzten Mal. Kauert neben ihrer Liegestaat, verdreht immer wieder die Augen nach oben. Besorgt sieht er sie an.

»Ich habe Fieber«, flüstert die Jungfrau und ihr Atem scheint kaum mehr als ein Hauch zu sein.

Tatsächlich, denkt er, ihre Stirn glüht.

»Der Fisch«, murmelt Johanna, während er versucht, sie mitsamt ihrer Fesseln auf ihre Liegestaat zu betten.

»Davon bin ich krank!«

»Wie?« fragt er, versteht nicht recht. Johanna scheint zu delirieren, oder?

»Cauchon! Er hat versucht, mich zu vergiften!«

»Bist du sicher?«

»Ja. Sie wollen mir übel … Eine Lagerdirne hat dieser d'Estivet mit den krummen Beinen mich genannt!«, murmelt Johanna.

Er streicht ihr über das Gesicht und lächelt innerlich. Die Beschreibung gefällt ihm. Tatsächlich ist d'Estivets Statur stämmig, er ist fast gleich breit als hoch und hat einen Gang, bei dem es aussieht, als würden sich seine Füße in den Boden schrauben. Und, ja, er hat krumme Beine. Loyseleur muss lachen. Doch dann wird er wieder ernst, denn das Antlitz der Jungfrau ist wie der Mond, scheint einen Moment lang zu lodern und im nächsten wieder völlig hinter einer Art Schleier zu verschwinden. Er lässt nach einem Arzt rufen, bleibt dann an Johannas Liegestatt und betrachtet sie. Als der Arzt das Verlies betritt, schreckt Johanna hoch und erbricht sich. Ein Schwall gelblicher Soße schwappt aus ihr, während ihr Körper zittert. Er kann es kaum mitansehen, spürt mit einem Mal wieder seine Liebe zu

Johanna. Der Arzt lüpft indes auch noch das Hemd. Er bemüht sich, wegzusehen, nur aus den Augenwinkeln nimmt er ihren Oberkörper wahr, die Nippel zwei Kirschkerne, kaum mehr, abgemagert ist die Magd. Der Arzt betastet Johannas rechte Seite.

»Johanna fiebert!«, meint er schließlich. »Man soll sie zur Ader lassen!«

Als man das Warwick mitteilt, erscheint dieser sofort. Er wirkt zunächst skeptisch, wackelt mit seinem Kopf, lässt den Gockelhals wieder froschartig hüpfen.

»Seid vorsichtig. Sie könnte sich selber töten!«, erklärt er.

Wenig später kommt auch schon Cauchon. Da erhebt sich die Jungfrau und beginnt zu schreien: »Mich wird man nicht berühren!«

Kaum mehr als ein glucksendes Lachen dringt aus Warwicks Kehle. Die Männer, sie ringen sie nieder.

»Hilf mir, Loyseleur!«, tönt es aus ihr und er kann kaum hinsehen, als sie ihren Rumpf am Bett festbinden. Er blickt zu Boden. Erst viel später, als die hohen Herren gegangen sind, findet er sich wieder, kann sich sammeln und Johanna Beistand leisten. Klein und eingefallen liegt sie da. Er kann es an ihrem Blick erkennen: Sie will bloß sterben.

»Käme eine gute Frau, die sagt, sie hätte eine Offenbarung von Gott über dich – würdest du ihr glauben, Johanna?«, fragt er, auf seine Rolle anspielend, die er als Spitzel eingenommen hat, um sie auszuhorchen. Die Frage passiert ihm, vielleicht ist es das schlechte Gewissen, denkt er später.

»Das würde ich herausfinden durch die heilige Katharina und die heilige Margareta!«, meint Johanna und sieht ihn matt an.

»Glaubst du nicht, Gott kann einer guten Frau etwas offenbaren, das dir unbekannt ist?«, will er wissen.

Johanna lächelt.

»Doch. Aber ich würde niemandem glauben, es sei denn, ich hätte ein Zeichen erhalten.«

Er nickt und wagt es schließlich, ihr immer wieder ein wenig über die Stirn zu streichen. Sanft und zart ist er dabei, wie der Wind.

»Gebt mir eine Hostie!«, bittet Johanna.

Loyseleur schickt nach einem Priester.

»Ich nehme aber nur den wahren Leib Christi!«, fügt sie hinzu.

Nickend betrachtet er ihr Gesicht. Wie viel Licht lässt sich ertragen? Er will es wissen, noch einmal, ja, einmal noch. So streichelt Loyseleur Johannas Hand. Mit einem Mal beschließt er, sie zu retten.

Die Lage spitzt sich zu: Am 28. April reist Philipp der Gute an, um den Herzog von Bedford, den Anführer des englischen Heeres, zu treffen, und schlägt eine Regelung vor, dass die Belagerung Orléans aufgehoben werden sollte, wenn er selbst im Namen seines Vetters von Orléans Gouverneure dort einsetzen dürfte. Außerdem sollte die eine Hälfte der Einkünfte an den König von England und die andere an den Herzog von Orléans gehen. Die Engländer sollten die Stadt betreten können, wie es ihnen beliebt. Außerdem fordert er eine Summe von 10 000 Écus. So geschieht es: Die Bewohner müssen den Brückenbogen von Orléans einreißen. Fastenzeit, kaum noch Lebensmittel, man ernährt sich von Salzhering. Der Herzog von Bedford leidet indes unter Wutausbrüchen. Der Versuch Philipps des Guten, das Geld aus einem kostspieligen Unternehmen zu nehmen, erzürnt ihn. Die Belagerung kostet das englische Regime in Frankreich 40 000 Livres, erzählt man sich im Volk. Immerhin aber kommt es zu Fortschritten auf anderer Ebene: Der Ring von Forts, den die Engländer gebaut haben, ist nun vollendet. Zusätzlich zu den Tourellen hat man noch weitere Vorwerke errichtet: Drei auf dem Südufer; auf dem Nordufer dann die etwas isoliert gelegene Bastille Saint-Loup. Diese sichert die Verbindung zwischen dem rechten Ufer, dem Nord- und dem Südufer. Die Jungfrau indes zieht von dannen, reitet mit ihrem flinken Pferd – wie der Wind – die Landschaft Frankreichs entlang, Tag für Tag. Ihr Mantel, denkt Johanna, er tanzt im Wind, dass es klappert wie Totenbeine. Dennoch: Es ist eine feine Musik. Denn der Krieg ist ihre Mission. Glutheiße Steine ihre Augen. Sie reitet über Felsen, weiß durch Gott von deren heimlichen Schlünden, deren Höhlen, dem Erdinneren. Weiß, dass darin die Göttinnen wohnen. Stets hat es die Großmutter doch erzählt, oder? Man setzt den Weg auch manchmal nachts entlang des Flussufers fort, Johanna sieht die Flammen, die über den Fluss gleiten, einander überholen, sich miteinander verbinden. Sie schlängeln, glitzern, eine sich aufringelnde Schlange sind sie in dem gewaltigen Fluss, der sich in den Weiten verliert. Striemen aus Tod im Leben, zerfallen zu Morast, wieder und wieder schwappt schlammiges Wasser gegen die krüppelhaften Gewächse. Immer wieder begegnet man Soldaten oder Vagabunden und der Anblick ist schauerlich. Es keuchen magere Brustkörbe, die wilden Nüstern der Pferde beben und ächzen, todgeweiht sind diese Gestalten nur noch Schatten, zu denen Johanna herabblickt. Langsam heben sich die Lider, eingesunken die Augen, die Höhlen tief und dunkel, langsam sterben sie und an ihnen ist nichts Irdisches mehr. Sie sind dünn wie Papier, denkt Johanna, und die Fliegen surren mit teuflischer Bosheit um sie herum, in der gleichzeitig ein letzter Friede liegt. Auf das Aas warten sie, denkt Johanna. Und es wird kommen, genau wie die Vegetation: Pflanzen überwuchern zügellos den Boden. Bäume sind Könige, sagt sich Johanna da und denkt, dass die Strebenden sich freuen sollten an ihnen und daran, dass sie nach und nach von ihnen umschlungen werden würden. Doch im Glanz der Sonne erkennt sie nichts Gutes mehr, wenn sie ehrlich mit sich ist. Überall nur Sterben. Alles hat die Form eines ruhelosen kahlen Traums bekommen, fremde Kontur Welt und die Erde nimmt das Gesicht eines entfernen Planeten an. Unbekannt scheint ihr das Leben mit einem Mal und nichts zu sein als ein Dickicht. Wie im tiefen Schlaf, denkt Johanna. Ja. Nur mühsam können die Augen sich durcharbeiten bis hin zu den Soldaten. Da sind sie also, die Krieger. Das Dickicht wimmelt von bronzeartigen Gliedern, die sich bewegen, gleißen, zittern und rascheln. Hoffnungslos ist der flammende Himmel in seinem heimtückischen Gewölbe und die Welt ihr fremd, undurchdringlich für menschliches Denken: Krieg. Erbarmungslos gegen alle Schwäche vergisst sie immer wieder sich selbst und sogar Gott unter den Toten. Die Wildnis flüstert ihr Dinge über sich ein, die Johanna nicht kannte: Schlaf, ein Geist, der wandert, so fliegt sie als Vogel. Über Blumen, Sträucher, Welten. Verdunkelte Sonne holt ins Licht hinein aus. Ein Abgrund. So wächst der Panzer. Laut hallt es in ihr, die Stimmen tönen, doch sie ist hohl. Nichts prallt in ihr auf in diesen Tagen, dass an Gottes Liebe erinnern würde. Johanna sieht den Abgrund. Sie hat die Schlichtheit verloren und ihr schwindelt. Die Reise wird fortgesetzt, dennoch. Da, Ströme menschlicher Wesen, die Johanna begegnen, immer wieder, um sie auszurauben. Sie besitzen nichts mehr als ihre Waffen. Speere tragen sie in den Händen, sie stürmen los, mit Bogen und Schild. Gras bewegt sich noch, doch alles hat sich schon klein gemacht vor dem Angriff, den sie und ihre Männer planen. Johanna lernt sie kennen: diese geballte Reglosigkeit, in der schon der Tod wohnt. Hin und wieder werden auch Tote oder Verwundete an ihnen vorbeigebracht.

Die Bahren schaukeln, sie strauchelt, die Träger stolpern weiter, sind das Burgunder, Engländer, Johanna weiß es nicht mehr, alles ist vermischt. Die Armknochen der Verwundeten schwenken lose und die letzte Glut ihrer Augen macht betroffen, denn sie schauen woanders hin, doch nicht zu Gott. Erschöpfung der Krankheit, denkt die Jungfrau, aber die Worte helfen nicht gegen die Angst.

Johanna ist müde, doch der Schatten in ihr ist mit einem Mal wieder zufrieden mit sich selbst. Sie geht an die Grenze. Das ist ihr Ende und es befriedigt sie auf seltsame Art und Weise.

»Du hast mich also, Gott!«, sagt Johanna.

Sie folgt der blauen Spur und gelangt in einen klaren Raum, von Sternenlicht durchfunkelt. Hell schimmert die Stille in ihm, denkt Johanna und lächelt. Denn Trost ist hier.

Klar ist ihr Verstand und im Licht. Alles sieht sie. In fürchterlicher Dringlichkeit. Eine Intensität, eine Art Spiegel, der sie gegen sich selbst richtet. Die Seele aber ist wahnsinnig. Allein in der Wildnis, mit dem Hass der Leute ist Johanna und schaut in sich selbst hinab in diesen Tagen. Das ist die schwerste der Prüfungen. Durch einen Spiegel betrachtet sie ihre eigene Wut, ihre Angst, ihre Ohnmacht. Hohl jedes Wort Gottes, das jetzt in ihr spricht. Hat nichts mehr von Lauten oder Gemurmel menschlicher Sprache. Die Stimmen in Johanna zerrinnen. Sie ist jetzt manchmal da, wo nur noch Gott ist. Fließt wie ein dunkler Strom. Und in diesem sieht Johanna ihre Zukunft. Ich werde tot sein, will Johanna denken. Doch sie kann es nicht mehr denken. Sie ist schon fort von sich. Finsternis. Da sind nichts als aneinander peitschende Bilder, Visionen, die sich in die Gegenwart hineinschieben. Undurchdringliches Dunkel. Späht Gott auf sie herab? Oder aus ihr heraus? Ist er ein Sonnenstrahl in der Schlucht? Aber wer sagt, dass Gott die Sonne ist? Vielleicht stimmt die Richtung gar nicht? Johanna findet sich nicht mehr. Von der eigenen Seele auf sich selbst zurück geworfen. Gott hinterlässt aber immer noch einen Abdruck in ihrem Gehirn, sanft und leise. Begleitet wird alles vom Murmeln des Flusses, von sich biegenden Bäumen, wenn sie den Weg entlangreiten, innen und außen ineinander verklammert. Johanna sieht Menschenmassen und der schwache Hall ihrer Stimmen dringt immer wieder durch ihre Stirn. Unverständlich ist er im letzten Schimmer, ein Goldfunken des Lichtes Gottes. So bleibt Johanna im Zwielicht, während sie weiterreitet.

Nun gelangt Johanna am 28. April ans linke Ufer des Flusses. In derselben Zeit erreicht, wie die Boten sie wissen lassen, der Hauptmann Florent d'Illiers, ihr Verbündeter, mit 400 Mann Orléans. Am Tag zuvor sind sechzig Mann eingetroffen, gemeinsam mit einer Herde Schweine. Johanna ist wieder frohgemut.

»Es wird weitergehen!«, sagt Gott.

Johanna steht jeden Morgen auf und schöpft neue Kraft. Manchmal kommt es ihr in diesen frühen Stunden so vor, als könnte der Tag nicht erwachen. Nebelschleier gleiten vorüber, kippen ins Blau, sind Vorhänge aus Geheimnis.

Die erfahrensten Soldaten hat Johanna um sich geschart. Allen voran Gilles de Rais und La Hire. Unterschiedlicher könnten die Männer nicht sein, die ihr Gefolge nach und nach kennenlernt. Gilles besitzt einen besonderen Ruf – doch der Mann dahinter, der in Wahrheit die Drähte zieht, ist La Hire, weiß Johanna Bescheid.

»Man gab ihm diesen Spitznamen!«, erklärt ein Soldat der Jungfrau eines Tages.

»Warum?«

»Von ›irae‹, Zorn!«

»Aber ist dies nicht auch ein Werkzeug, das zum Verlegen von Pflastersteinen benutzt wird?«, will sie wissen.

Der Soldat, der ihr die Auskunft gibt, nickt.

Johanna lacht.

Als sie La Hire dann sieht, begreift sie: Eigentümlich forsch schreitet er umher. Und sie kann es sofort erkennen: Er humpelt. Wurde einmal beinahe erschlagen, wie man munkelt. Von einem Stück eines Kamins, das auf ihn hernieder gesaust sein muss. Und sie begreift: daher der seltsam stampfende Gang. Als würde er den Boden treten wollen. Aggressiv sieht es aus, doch es ist nichts als die Konsequenz eines Unfalls, weiß Johanna Bescheid.

»Ich kämpfe am liebsten vom Sattel aus!«, sagt La Hire der Jungfrau, als sie sich kennenlernen.

Johanna versteht. Ständig tobt er, um seine Zerbrechlichkeit zu verbergen.

»Wie darf ich Euch nennen?«, will sie vorsichtig wissen.

»Na, La Hire!«, ruft er aus.

»Aber Ihr seid doch Étienne de Vignolles!«.

Er brummt und winkt ab.

»Alle fürchten Euch!«, lacht Johanna.

Wie ein Bär kommt er ihr vor – er, der sich da so selbstverständlich als der Hinkende bezeichnet.

»Ich weiß«, seufzt er.

Stille.

»Was denkt Ihr von mir?«, will der Kauz dann mit einem Mal wissen.

»Ich halte Euch für einen Glücksritter!«, meint Johanna und betrachtet ihn. Ja, er gefällt ihr. Sie hat keine Angst vor Andersdenkenden, nicht einmal vor Blasphemien. Gottes Augen schauen mit ihr durch La Hire hindurch, und sie leuchten ihn aus.

»Beichtet Eure Sünden!«, sagt der Kaplan einmal zu dem wütigen Feldherrn.

»Dafür ist keine Zeit!«, brummt La Hire. »Wir müssen gewinnen. Das ist jetzt wichtiger, oder? Es gilt, den Feind anzugreifen.«

Johanna bleibt hart.

»In Ordnung«, seufzt La Hire schließlich, »ich beichte, dass ich alles getan habe, was ein Kämpfer im Krieg eben tut!«

Da muss die Jungfrau wieder lachen. Der Kaplan ist irritiert.

»Ich meine es ernst! Ich bin bereit, zu beichten: Ich bin nichts als eine große Schuld!«, entgegnet der Bärige und betrachtet zunächst seine Anführerin und dann wieder den Mann Gottes. Schließlich seufzt er.

»Gott, ich bete zu dir, dass du für La Hire heute soviel tust, wie du wünschen würdest, La Hire täte für dich, wenn er Gott wäre und du La Hire!«, meint er letzten Endes murrend.

Der Kaplan sieht Johanna zweifelnd an. Sie aber muss schmunzeln.

»Danke!«, sagt sie. »Das reicht.«

Ja, La Hire. Ein hartgesottener Haudegen. Doch er akzeptiert Johanna und ihre Mission – und das als Erster! Es sei ihm dafür gestattet, im Kommandeurstab zu fluchen. Bald schon breitet sich darüber Unmut unter den Männern aus.

»Warum darf er das?«, fragt man Johanna eifersüchtig.

»Es ist keine Blasphemie. Es ist La Hire selbst. Er ist so!«, entgegnet sie schulterzuckend. Keiner begreift. Nur Gott gibt Johanna recht. Aber das reicht. So wächst ihr Gefolge, langsam und stetig. Den Weg setzt man fort. Das Einzige, was schützt in diesen Tagen, ist Johannas mit kleinen Glocken behängter Mantel, den sie sich machen hat lassen. Er vertreibt die Toten, so erzählt man sich heimlich. Ja, kurz hat sie diesen gegen ihre Rüstung getauscht.

Einen gibt es unter den Männern, der nennt sich Gilles. Er macht Johanna Angst. Denn Gott lüpft alle Vorhänge vor ihrem Blick und Johanna sieht genau – so auch tief in das Wesen von Gilles. Sie erblickt seine Zukunft: Viele Kinder würde er ermorden, bald schon. Doch sie schweigt dazu. Gottes Wege sind eigenartig. Und Gilles ist von höchstem Adel. Es ziemt sich nicht, ihn zu kritisieren! Dass die Idee des Bösen ihn anzieht, kann Johanna jedoch mit Schaudern erkennen.

»Einen Kindsmord hat er bereits auf seine Schultern geladen!«, sagt Gott. Mehr würden folgen. Er ist labil, kennt seine eigenen Grenzen kaum, wie Johanna erkennt. Schwankt zwischen den Extremen: einer übertriebenen Frömmigkeit, ja manchmal sogar abartigen Ergebenheit, und einer Haltung des Verbrechens. So auch jetzt. Buckelt vor ihr oder übertreibt, indem er Liebe heuchelt. Verschwendet Geld für seine Privatkapelle. Aus Angst, weiß Johanna Bescheid, aus Schuldgefühl Gott gegenüber. Dann noch der Kinderchor, den er unterhält und der mit ihm reisen muss. Johanna graust, als sie sieht, wie Gilles die jungen Mädchen mit gierigen Augen betrachtet, deren Münder wie bei Karpfen auf und zu gehen. Sieht seine Fleischeslust. Sie möchte eingreifen.

»Lass es«, sagt Gott.

»Aber die Mädchen ...«, wispert Johanna.

»Ich richte schon über ihn! Du brauchst ihn als Krieger!«, entgegnet Gott.

So schweigt Johanna.

Auf Feldern schläft man, Johanna bewegt sich wie im Traum, die Anstrengung macht alles dumpf. Sie legt die Rüstung kaum ab, aus Angst, doch der Panzer macht sie schwer. Es ist kaum möglich, in dieser harten Hülle zu schlafen. Und die Kriegstrommeln: Für einen Moment verwechselt Johanna deren Puls mit dem Klopfen ihres Herzens. In Johanna ist es rastlos. Dann wieder und wieder Müdigkeit. Ihr Vertrauen aber wankt nicht: Sie ist Gottes Jungfrau!

14. Krieg

Im Laufe des Gesprächs mit ihm scheint Johanna noch einmal Kraft und Hoffnung geschöpft zu haben, denkt er, als er an diesem Tag mit den hohen Herren den Turm betritt. Auch der Fisch ist verdaut und der Aderlass hat trotz Johannas Widerstand wohl sein Übriges getan: Die Lage könnte sich nun entspannen. Doch das Leben schlägt umso härter zu: Warwick will kurzen Prozess machen und endlich zu einem Geständnis gelangen.

Man führt Johanna zu den Folterwerkzeugen, um sie unter Druck zu setzen, zeigt ihr den Henker. Die Kriegerin betrachtet die Daumenschrauben, betrachtet das Rad, ein Rad aus Stacheln, ein Rad aus Dornen, denkt Loyseleur, wie grauenhaft, das auf der eigenen Haut zu fühlen, doch die Jungfrau zuckt nicht einmal mit den Lidern. Ausgezehrt ist sie und dennoch ist da ein Leuchten in ihr, als sie in einer Mischung aus Mut und Verachtung ein Schnauben ausstößt.

»Wenn ihr meine Glieder wegreißt von meiner Seele, dann werdet ihr es bereuen!«, sagt sie zu dem grobschlächtigen Mann mit den blonden Locken, der ihren Tod herbeiführen würde, so man sie verurteilte, und lächelt.

Der Satz erschüttert Loyseleur in Mark und Knochen. Warwick indes, der wie ein Hahn, den Hals reckend, hinter ihm steht, murmelt: »Es hat keinen Zweck. Diese Frau ist nicht zu bekehren!«

Auch Cauchon scheint dieser Meinung zu sein und seufzt leise, wobei seine Schweinsaugen noch mehr aus dem aufgeschwemmten Gesicht heraustreten. Dann meint er mir tonloser, fast heiserer Stimme: »Führt sie ab!«

Folter habe keinen Sinn, beschließt man daraufhin. Während man die Gänge zurück zur Zelle in der letzten

Etage des Turmes geht, tauscht der Bischof einen kurzen Blick mit Loyseleur. Er begreift. Es gilt, wieder ein wenig Zeit mit Johanna allein zu verbringen, sie auf sanftmütige Art zu einem Geständnis zu bewegen. Scheppernd zieht Johanna die Fesseln hinter sich her, wartet duldsam, dass die Soldaten sie wieder am Bett fixieren.

»Eines noch«, murmelt sie da und sieht ihn an. Loyseleur merkt, wie ihn nach diesem Blick gedürstet hat.

»Ja?«, entgegnet er bemüht sanft.

Wie abhängig er ist von ihrer Liebe, wird ihm da bewusst, fast wie ein Kind, das sich danach sehnt, gesäugt zu werden, sich danach sehnt, dass man sein Lächeln spiegelt.

»Ich will die heilige Kommunion empfangen!«, sagt Johanna, und immer wieder schwankt der Ausdruck in ihrem Antlitz zwischen Frömmigkeit und Tierischem, zwischen Wahnhaftigkeit und Gotteslicht. Er begreift nicht, hat keinen Rahmen für sie. Cauchon indes hat Johannas Bitte vernommen und schnipst kurz mit seinen rosig-fettigen Schweinsfingern in die Luft. Eine hoheitsvolle Geste der Macht, die in ihm die Sehnsucht hervorruft, zu erbrechen. Wenig später schon erscheint Warwick mit einer Monstranz und öffnet sie. Man reicht Johanna das helle, sonnenartige Gebilde. Diese aber schüttet den Kopf.

»Die nehme ich nicht!«, entgegnet sie.

»Warum?«, will er wissen.

Johanna blickt ihn an, mit diesen tiefen, tierischen Augen, die aus dem Nichts aufzutauchen und wieder in dieses hinabzugleiten scheinen.

»Gott sagt, die ist ungeweiht!«, erklärt sie.

Raunen, Staunen. Dann Stille.

Cauchon gibt ein Stöhnen von sich und winkt seinen Männern, fortzugehen – auch ihm. Mit traurigem Blick verlässt er den Raum.

»Die, die ihr helfen, hassen bloß den Bischof – sie aber liebt keiner«, murrt Warwick, als sie die Zelle verlassen.

»Ich verabscheue sie«, sagt auch Cauchon, »ihre Erscheinung hat aber mehr eine menschliche und natürliche Ausstrahlung als eine höllische.«

So verstreichen die Tage im Dämmer, als Johanna sich aufmacht in den Krieg. Schließlich ein Lichtblick: Der König sendet Waffen – und mit ihnen einen Mann, der sich Dunois nennt. Er ist jedoch auf dem anderen Ufer des Flusses. Johanna muss übersetzen und das gefällt ihr nicht. Denn Gottes Stimme in ihr hat einen anderen Plan. So nähert sie sich dem Mann, betrachtet den Feldherrn zunächst kritisch, bevor die Wut in ihr schließlich ganz und gar hochschäumt.

»Die Armee steht auf der falschen Seite des Ufers!«, ruft Johanna aus.

Dunois seufzt.

»Ich weiß«, gibt der Krieger zu.

»Warst du es, der mich durch den König hieß, hierher auf diese Seite zu kommen? Anstatt dorthin, wo Talbot und die Engländer sind?«, will Johanna wissen.

»Edle Jungfrau …«, beginnt der kleine Herr mit dem blassen Gesicht zu stottern, doch Johanna fällt ihm sofort ins Wort.

»Antworte!«, herrscht sie ihn an.

»Ich … ich gab diesen Rat, edle Johanna!«

»In Gottes Namen: Gottes Rat ist aber sicherer als deiner!«, schnaubt die Jungfrau.

»Aber es kommt noch ein zweiter Lebensmittelkonvoi und ehe dieser nicht da ist, gibt es nicht genug Proviant in Orléans! Ihr solltet nicht aufbrechen!«, erklärt er nach einigen

Momenten des Schweigens. Doch Johanna will davon nichts wissen.

»Gott hat auch die Fische vermehrt und das Brot«, meint sie bloß lapidar.

Stille.

»Du dachtest, du hättest mich getäuscht, aber du selbst bist es, der sich getäuscht hat!«, wettert Johanna. »Denn ich bringe dir bessere Hilfe, als du je von einem Soldaten bekommen könntest! Ich bringe dir die Hilfe des Himmelskönigs, verstehst du? Sie stammt von Gott!«

Immer noch kommen keine Worte aus Dunois. So zieht Johanna schließlich rauschend ab. Doch kaum hat sie ihr Zelt erreicht, da schickt Gott das Wunder, auf das sie gewartet hat: Der Wind dreht!

»Bitte überquert doch die Loire zu dem Dorf Chécy mit mir! Dort sind wir in Sicherheit«, fleht Dunois nun. »Man erwartet Euch ja ungeduldig!«

Johanna blickt ihn an. Wie klein er ist. Mit einem Mal scheint etwas in ihr zu zweifeln.

»Nein, ich will meine Soldaten nun nicht wegschicken! Sie haben alle gebeichtet und sind guten Willens!«, entgegnet sie.

Dunois seufzt.

Schließlich jedoch überzeugt man die Jungfrau. Johanna betritt das Boot. Ihre beiden Brüder, die sich ihr als Soldaten angeschlossen haben, folgen ihr, so auch ihr Page Louis de Coutes. Aber damit nicht genug: Sogar das Herz des Priesters hat Johanna nun endgültig erobert.

»Ich will mit!«, sagt Beichtvater Pasquerel, der ihr rasch nachkommt, als er von ihrem Aufbruch erfährt.

»Du gehst zurück«, entgegnet Johanna, »zur Hauptmacht nach Blois. Mit der Fahne! Man braucht dich da!«

Schweigen. Doch was bleibt dem Priester anderes übrig?

»Adé, Johanna!«, sagt er und seine Lippen zittern.

So überquert Johanna den Fluss. Die Landschaft fällt vor ihr ins Wasser. Der Himmel krepiert, glühende Lichter, sie sieht den Turm der Stadt aus der Ferne und Flammenräder rotieren, Lichtkreise sprühen Funken, sie tunkt ihren Kopf ein in Gottes Stimme, sieht den Kampf voraus. Die Jungfrau fühlt sich zugrunde gegangen, ach Johanna, tönt es in ihr. Feuer und Schlieren, Rauch auf der Wasseroberfläche, Gezwitscher von Schellen, Krieg, faltig und uralt das Land, weiß von Schnee. Dunkles, leises Wasser leckt an den Körpern der Schiffe. Die Mündungstrichter sind große geöffnete Münder, die Wasser verschlucken und alles um sie herum erscheint ihr wie längst vergessene Zeitstrudel. Immer mehr Visionen überkommen Johanna im Boot. Sie hört sie voraus, hört sie schreien, stöhnen, die Leiber ihrer Soldaten krümmen sich vor ihrem inneren Blick.

»Johanna!«, singt es schrill in ihr und sie sieht es – alles, sieht ihre Zukunft, doch sie muss weiter, obwohl der Anblick in ihr sie schaudern lässt: Wasser läuft aus den Augen der Soldaten, denen durch das Schaukeln des Bootes übel wird, denn kaum gegessen haben sie, ihr Erbrechen ist echt, das einzig Echte im Moment, neben dem Urinieren, dem Kacken, der Todesangst.

Die Stimmen ihrer Männer lösen sich erst in verzweifeltem Gekicher und später in Schluchzen auf. Sie wirft sich den Schatten hin, wird willenlos. Auf Gräbern tanzen, das sei die Existenz, denkt sie. In ihr das Schweigen. Da leuchtet ihr ein letzter Gott, auch wenn die Welt bloß an einem Fädchen hängt. Johanna sieht sich um. Falter hängen verschmort in der Luft, einzig der eigene Atem beruhigt. Der Versuch, sich auf den Moment zu konzentrieren, die Visionen fortzuschieben. Die Knochen durchnässt. Zungenfeucht die Bäume am Ufer. Die Blicke der Männer verlorene Brunnen. Tief. Gott könnte ein Wunderheiler sein, doch sie kann ihn nicht sehen, da ist nur Hunger und Leid. Alles, was Knospe war, kränkelt hier, denkt Johanna. Wer verändert die Welt? Johanna schaudert. Man hat sie mit einem blühenden Zweig in der Hand eingemauert. In dieses erbärmliche Leben hinein. Sie selbst trifft keine Schuld. Aber nun ist es zu spät. Der Zwang: Gott zwingt sie, zu leiden. Zwingt sie, am Leid zu sterben. Damit ihre Idee überleben kann. Johanna weiß es, sie weiß es jetzt schon. Doch sie macht weiter. Geruch nach Schlamm und Vollmond, als sie übersetzen. Johanna betrachtet ihr Spiegelbild im Wasser und fühlt sich nun alt. Sie kann es genau sehen: Sie trägt jetzt Falten um die Augen! Die Jungfrau greift nach ihrem Schwert, schneidet sich in den Finger, bis auf den Knochen.

»Lerne Demut!«, sagt sie zu sich selbst. Ein Rauschen. Flügelrauschen, doch nicht von Engeln. Denn zu wenig ist sie in diesem Moment an den Segen gelehnt und blattlos der Baum am Rande des Sees. Nur ein wenig Sonne blitzt auf in den dreckigen Wellenspitzen. Johanna wartet und hofft.

Um vier Uhr haben sie den Fluss überquert, der Wind wütet, auch in Johanna, doch er ist lebendig, singend, und darum auch irgendwie gut. Spannung, die in der Landschaft hängt und wie Blitze auch zwischen Augen und Mündern der Soldaten. Das Wetter ist schlecht. So erreichen Johanna und die Männer schließlich die Tore der Stadt, aber man will sie nicht einlassen. Johanna wartet, bis der Regen verstrichen ist, atmet im Zelt die Zeit ein und aus wie die göttlichen Stimmen. Schließlich ist es soweit. Jetzt, sagt Gott.

Endlich, denkt Johanna. Man trägt das Banner vor ihr her. Links, schwer bewaffnet, reitet Dunois. Johanna richtet eine

Botschaft an Talbot, den Anführer des feindlichen Heeres. Vor den Stadtmauern speit sie, schreit die Worte aus: »Sagt Talbot, wenn er mich fängt, soll er mich verbrennen. Wenn ich aber den Kampf gewinne, dann sollen die Engländer die Belagerung aufheben und zurückgehen!« Stille. Keine Antwort. Man verharrt in den Zelten. Johanna kehrt im Dorf ein.

Rasch aber verbreitet sich unter den Engländern ihr Ruf: »Johanna – sie ist eine Hexe!« Man schickt bald schon Herolde zu Johannas Heer, das in einfachen Häusern der Vorstadt untergekommen ist. Johanna indes tobt. Sie hasst den Herzog von Bedford jetzt. Und es beruht auf Gegenseitigkeit.

»Wer dich hasst, ist dein Meister!«, sagt Gott.

»Ich will den Kampf. Die Engländer nehmen mich nicht ernst!«, wettert die Jungfrau. »Sie schicken bloß Boten!«

»Beruhige dich!«, entgegnet Dunois, aber er kann die Jungfrau nicht beschwichtigen, Johanna mag ihn immer noch nicht leiden. Ohne Geruch scheint er zu sein, ohne Format, denkt sie. Er taucht vor den anderen unter, tarnt sich durch Unangreifbarkeit. Mit seinen von Schläfrigkeit benommenen Augen scheint er kaum schauen zu können.

»Johanna …«, versucht Dunois, sie zu besänftigen, wieder und wieder.

»Verschwinde!«, sagt sie ihm kalt.

Da lässt der Mann die Jungfrau in Ruhe, weil ihr Gesicht hart ist. Keiner kann sie jetzt noch erreichen, Johanna in ihrem Panzer.

Während der nächsten Tage, die sie im Lager verbringen, wird es harscher und harscher. Überall Schnee, der im Licht sprüht, hell in der Luft, am Boden Gebräu, Bracken, bissig sauer, nichts vom gewünschten Kampf, denkt Johanna, kein Himmel in Sicht. Nur Gott weiß früher als sie, wo sie hinwill: Die Stimmen suchen sie auf, in schöner Schlaflosigkeit, immer noch und immer wieder, wenn sie nachts am Ufer des Flusses entlangstreift. Dann ist alles Leben. Und Johanna wagt es erneut: Sie glaubt an ihre Mission, schickt Boten, trainiert ihre Kampfkünste im Lager. Bis nichts mehr gilt, bis es nichts mehr gibt: Sie muss weiter an ihr Ziel glauben. Johanna hat keine Wahl. Manchmal im Schlaf hängt Gott sein Haar über sie. Schwärzer als die Dunkelheit ist Gottes Haar und heller als der hellste Stoff im Raum. Er ist ein Streifen von Licht und ein federleichtes Bild. Das Haar ist stählernes Strahlen, gibt hin und wieder Zuversicht im Schlaf. Gott malt dann morgens lachende Lichter auf Johanna. Doch er hängt auch als Träne in ihrem Gesicht, weiß von den bevorstehenden Wunden. Dann verschluckt sie ihren Atem. Ungreifbare, unbegreifbare Welt. So kommt Johanna kurz zur Ruhe.

Fünf Tage später bricht Johanna wieder zu den Toren auf. Als sie beim Bollwerk vor der Stadt ankommen, sagt Johanna zu einem der Engländer, der gemeinsam mit einigen Soldaten vor der Stadt sein Lager aufgeschlagen hat: »Lasst meine Leute frei! Und wenn ihr es nicht tut, so wisset – ich, Johanna, bin Kriegsherrin! Also zieht euch zurück, oder ihr brennt!«

Erstaunt hebt der Bursche den Kopf. In dem Moment schon öffnet sich das Zelt, denn man hat herannahendes Hufgetrappel gehört. Es ist der Bastard von Granville, der das Heer hier anführt, weiß Johanna. Er baut sich nun vor der Jungfrau auf.

»Wir ergeben uns keinem Weib. Und auch nicht diesen ungläubigen Hurenböcken, die dir folgen!«, tönt es da aus seinem Mund.

Johanna ist außer sich, gibt dem Pferd die Sporen. Es heißt Federfuß und reitet wie der Wind zurück zu ihren Männern. Es ist Sturm, es echot, gibt den Orkan, der in Johanna tobt, mit seinen Hufen wieder.

»Wut bringt nichts«, sagt Gott, »du musst jetzt einen kühlen Kopf bewahren!«

Am nächsten Tag berät sich Johanna mit ihren Männern.

»Dunois soll mit einer Zahl der Hauptleute nach Bois gehen und der Armee Geleit geben«, sagt Johanna, »Jean d´Aulon wird ihn begleiten, ich bleibe!«

Es geschieht, wie sie befohlen hat. Die Menschen um Johanna und die Belagerer indes werden neugierig, sind Feuer und Flamme. Man will Johanna sehen. Schließlich zeigt sich die Jungfrau. Und sie, die einfachen Leute aus der Umgebung, werden nicht müde, ihr Antlitz zu schauen, wie sie mit Anmut und Leichtigkeit auf ihrem Pferd sitzt.

Noch ein Versuch, mit den Engländern zu verhandeln, schlägt fehl. Nun weiß Johanna Bescheid: Es gilt, die englischen Stellungen zu bekunden, um genau zu wissen, wie man gegen den Feind vergehen soll, so er nicht reagiert. Johanna zu Pferd, zu Fuß folgen ihr die Bewohner des Grenzlandes. Beinahe wie lästige Insekten.

»Hilf uns, heilige Jungfrau!«

Johanna schnaubt. Bald schon erreicht sie das Lager der Feinde mit ihrem Heer, aber siehe: Die Belagerer greifen Johanna nicht an. Sie lachen nur: »Seht, das Hexenweib!«

Doch diese Tatsache kommt ihr jetzt gerade recht. So kann sie alle Stellungen in Ruhe erkunden und weiß bald schon, wo sie Wunden schlagen kann.

Dunois ist, wie ein Bote berichtet, dabei, wiederzukehren – doch eine große Anzahl an Rinder- und Tierherden scheint ihn zu behindern. Johanna indes reitet weiter, quer durch die

Engländer hindurch, die ihre Streitkräfte entfaltet haben. Pasquerel, in der Mitte brav das Banner tragend, sieht sich um. Tatsächlich scheint keiner angreifen zu wollen! Die Soldaten kommen sich nutzlos vor, streifen schließlich enttäuscht zurück ins Lager. Johanna indes tobt, da man sie Hexenweib genannt hat, und fordert eine weitere Besprechung mit ihren Männern.

»Auch die Engländer schicken Vorräte! Mit dem Soldaten Fastolf!«, sagt Dunois, der inzwischen die Armee erreicht hat.

Johanna nickt: »Lass mich wissen, sobald dieser Fastolf hier ist! Wenn nicht, schlag ich dir den Kopf ab!«

Dunois zuckt auf und für einen Moment wird sein schläfriger Blick klar und kraftvoll.

»Ja, Johanna!«, sagt er. »Ja!«

Am nächsten Morgen ist es so weit: Die Engländer haben Feuer gefangen. Sie greifen an. Ein Herold pocht an die Tür der Jungfrau, doch sie weiß längst Bescheid, denn Gott schläft nicht. Johanna springt aus dem Bett, ruft sofort nach d'Aulon und Louis de Coutes, zwei ihrer starken Männer.

Laute Stimmen, die durch das Fenster dringen. Dann schickt sie nach ihrer Fahne und bricht zu de Coutes auf. Sogleich empfängt er sie. Gemeinsam reitet man erneut zum Burgunder Tor, in regem Galopp. Dazwischen: Verwundete, Schwerverletzte. Doch Johanna saust wie der Wind.

»Franzosen sind darunter!«, sagt man ihr, als sie die Stöhnenden erblickt.

Entsetzen flammt da in Johanna auf.

»Ich kann kein französisches Blut sehen!«, ruft sie.

Es macht sie noch kampflustiger – und lässt sie in ihre erste Schlacht reiten. Ohnmacht. Die Schlacht hat nichts von ihren Visionen. Fremdgesteuert. Welt in Schatten. Johanna sieht nichts. Sie ist ein Berserker, außer sich, während sie in Saint-Loup wütet.

Drei Stunden tobt der Kampf. Johanna pflanzt ihre Fahne am Rand des Grabens auf, verweigert den Engländern eine Gefangennahme gegen Lösegeld.

»Ich nehme euch so oder so gefangen!«

Die Verteidiger ziehen sich vorerst in den Glockenturm zurück, denn die Wucht der französischen Übermacht überrumpelt sie mit einem Male. Das ist Johannas Moment, doch sie findet ihn nicht. Er ist ein Loch, ist nichts als eine Leerstelle. Sie hat keinen Namen. Krieg. Es schweigen die Worte.

Sie gibt sich nicht mehr die Mühe, die Verstorbenen im Kopf zu zählen. Manche fallen einfach so aus dem Sattel, bleiben liegen in der Wüste der Kadaver. Eine schreckliche Monotonie. Ewig rinnen die Stimmen lautlos in ihrem Hirn, sind wie Vögel, doch sie kann sie nicht unterscheiden, nicht mehr verstehen, wer ist Gott, wer der Teufel? Die Gedanken scheinen ihren Schädel zu spalten, an ihren Schläfen pocht es, jedes Wort ist fremd im Kopf, schaukelt sich hoch. Wohin sind die guten Dinge verflogen? Alles verloren, denkt Johanna. Das Seil, das sie von ihrem Kopf aus mit Gott verbunden hat, ist nun nichts mehr als ein dünner Faden. Wie gewoben von einer Spinne bloß.

Die Verbindung: verloren. Gott ist nur noch groß, rätselhaft und fremd und sie ist ohne ihn, sie ist verloren.

Als alles vorbei ist, bricht Johanna in Tränen aus. Weint bitterlich.

Den Herold der Engländer, der ihr übergeben wird, lässt sie unversehrt, wenn auch in Ketten zurück. Was ist nur geschehen?, denkt die Jungfrau am Morgen nach der Schlacht. Alles war nichts als ein Wachtraum, oder? Gestern, denkt sie, haben fremde Augen aus mir geschaut.

15. Der Kampf geht weiter

Tag für Tag besucht er Johanna und immer ungeheuerlicher fühlt sich die Lage an.

Das Turmzimmer. Es ist lebendig, laut vom Atmen der Mauern, vom Heulen des Regens, denkt er. Das Licht von draußen fällt nur durch eine schmale Spalte zu ihnen herein, wolkengefiltert. Ein gefiederter Tag ist es, denkt er und betrachtet Johanna, wie sie kauert im Schattendunkel. Als wäre ihr Atem Gottes langsames Schwinden des Tageslichts. Johanna wird stiller und stiller mit der Zeit. Keine Wörter mehr auf ihrer Zunge. Dunkel bloß scheint alles um sie herum zu sein. Es ist, als würde der Geist sie langsam verschlingen. Alles an der Jungfrau bröckelt ab, mehr und mehr. Sie löst sich langsam auf, denkt er. Die Welt reißt an ihr. Droht sich über ihr auszudehnen, sie ganz zu verschlingen. Dünn wirkt sie und seltsam dunkel. In Loyseleurs Augen ist sie in ihre düstere Seite gehüllt. Verharrt sie, bleibt sie am Leben, um Gott noch mit ihrem Abgrund zu erreichen?

»Ich weiß nicht, was ich tun soll«, murmelt Johanna eines Abends, als er an ihrem Bett sitzt.

»Kämpfen!«, sagt Loyseleur da, obwohl er weiß, dass er sie eigentlich zu einem Geständnis überreden sollte. Er versucht, ihr Mut zu machen. »Und frisch gewaschen glänzen bei den Verhandlungen! Du hast das Gesicht, das ich siegen sehen will!«

Er atmet tief ein und aus. Endlich: Nun hat er die Wahrheit gesprochen. Nun hat er sich für eine Seite entschieden: für die andere. Jetzt ist er Johannas Diener. Jetzt ist er auf der anderen Seite der Wand. Oder?

Johanna schüttelt schwach den Kopf.

»Ich weiß nicht, Loyseleur!«

Er betrachtet die Jungfrau. Immer noch ist sie schön, auch jetzt, wenn auch kaum mehr als eine ausgezehrte Wunde.

Gott scheint als Luft in ihr zu summen, der Körper wirkt frei vom Käfig der Sprache, kristallklar und fast nur noch ein Hauch. Im sauren Licht des Raumes, in dem er da vor ihr hockt, berührt er jetzt beinahe die Ewigkeit, denkt Loyseleur und ist mit einem Mal glücklich. Johanna indes scheint zu leiden, kaum noch Kraft zu haben. Trotzdem ist ihr Denken auch in den nächsten Tagen eine Explosion von Licht, wenn sie die Sprache an ihn oder die Ankläger richtet. Gott schreibt ihre Geschichte, hat ihren Bauch gewölbt durch sein Wort und auch ihren Atem und Schritt, denkt Loyseleur.

Oder? Oder ist es bloß Wahn, der geschieht, wenn die Wunden zu stark werden und der Mensch seine letzte Kraft zusammennimmt, im letzten Licht leuchtet? Er weiß es nicht. Doch er sieht ein Strahlen um Johanna, ja, ein Glühen ist in ihr, trotz all der Entbehrung! Den ganzen Tag trägt er ihr Gesicht als inneres Bild mit sich herum, den ganzen Tag ist Loyseleur wie schwanger mit Johannas Antlitz, schlägt innerlich vor Glück um sich. Gott entfaltet sich, ein Korallenriff, riesig leuchtende Blüte, in ihm. Nie hat er etwas Ähnliches gefühlt!

So versucht er, Johanna bei der Verhandlung beizustehen. Man schont die Jungfrau nicht. Anstrengend sind diese Stunden für Johanna. Die Fragen prasseln auf sie ein. Schließlich ist sogar der träge Cauchon all der Unterbrechungen überdrüssig.

»Lasst sie sprechen, man versteht ja sein eigenes Wort nicht!«, meint er genervt.

»Du ruinierst unsere Ohren!«, schreit Warwick indes Johanna an.

»Lass uns in Frieden! Gesteh endlich!«, dringt man in sie.

Und immer und immer wieder kehrt sie wieder, wie eine Art Kreisel: die Frage nach Johannas Stimmen.

»Ihr sagt, Ihr seid mein Richter!«, meint sie dem Bischof gegenüber jedoch nur.

Cauchons Doppelkinn lappt über den roten Talar, als er den Blick aufrichtet, sie ansieht, als wäre er aus dem Schlaf wachgerüttelt worden.

»Ja!«, entgegnet er.

Johanna nickt.

»Seid vorsichtig mit dem, was Ihr tut. Denn Ihr begebt Euch vor Gott in Gefahr!«

Loyseleur muss innerlich lächeln. So gefällt sie ihm wieder, sein knabenkühnes Kampfkind.

»Ach ja?«

»Ich bin in Wahrheit von ihm gesandt!«, zischt Johanna.

Warwick lacht höhnisch.

»Glaubst du, du bist im Stand der Gnade?«, rattert er und zieht seine vogelartige Nase kraus, fährt mit den krallenförmigen, dünnen Händen über die Oberfläche des Tisches.

Eine Fangfrage, weiß Loyseleur und blickt Johanna an, um ihr zu signalisieren, sie möge aufpassen, was sie von sich gibt. Die Jungfrau nickt.

»Bin ich es nicht, so möge Gott mich hineinversetzen. Bin ich es, so möge er mich darin erhalten!«, sagt sie.

Er atmet auf. Wie klug sie ist, sein geliebtes Schaf.

»Das ist nichts anderes als das Zitat eines Gebetes!«, schnaubt Warwick, dem beinahe die Worte fehlen.

»Ja«, sagt Johanna, »ein Gebet von damals!«

Und nur Loyseleur begreift, was sie damit meint: ein Gebet von damals, von Johannas Kindheit, als alles gut war.

Nach der Schlacht lässt die Arbeit nicht lange auf sich warten. Johanna liegt noch in ihrer Ohnmacht, da tagt heimlich schon der nächste Kriegsrat im Haus des Schatzmeisters von

Orléans. Genau in dem Raum, in dem ein Wandgemälde die allegorischen Figuren Gerechtigkeit, Frieden und Einheit zeigt.

Man plant einen Scheinangriff. Schließlich holt man Johanna hinzu. In ihr streift ziellos ein Gott umher, als sie den Raum betritt. Alle Befehlshaber sind versammelt. Johanna ist paralysiert, sieht sich um. Aber zunächst spricht sie nicht. Erst allmählich erwacht sie aus ihrer Erstarrung und beginnt zu toben.

»Ihr tagt ohne mich. Ihr habt die Frechheit. Also bitte – sagt, was ihr beschlossen und bestimmt habt! Ich werde sonst noch viel größere Dinge geheim halten als ihr!«

Nun wird ihr vom geplanten Scheinangriff berichtet und Johanna verlässt wutentbrannt den Raum.

»Johanna, sei nicht zornig!«

Mit flehenden Worten läuft Dunois ihr hinterher, hechelt der wütenden Jungfrau nach.

»Ich war voll Hoffnung nach unserer Begegnung und dem Umschlagen des Windes!«, ruft Johanna.

»Und nun hast du mich hintergangen!«

»Ich lasse mich von keinem Weib anführen!«, ruft ihr einer der Ritter da nach.

Da hält Johanna inne und dreht sich um – ihre Augen funkeln.

»Aber ich war doch erfolgreich!«, herrscht sie ihn an.

»Außerdem ist sie der Liebling des Volkes!«, meint Dunois bemüht besänftigend.

»Ja!«, tönt es aus einer Ecke: auch La Hire und Gilles stimmen zu.

Man beschließt also widerwillig weiterzukämpfen. Johanna, noch halb ohnmächtig, sollte erneut ihr Ziel erreicht haben. So bricht sie mit Gilles und La Hire zur

Insel auf, auf der die restlichen Franzosen sich nach wie vor befinden.

»Kühn drauflos!«, ruft Johanna. »Im Namen Gottes! Jetzt nehmen wir Saint-Jean-le-Blanc ein!«

Motiviert sind indes auch die restlichen Soldaten. Die Nachhut aber streitet.

Der spanische Söldner Alfonso Pastada, einer von Johannas Soldaten, will der Jungfrau folgen, man fleht ihn aber an, im Lager zu bleiben, ein Streit entbrennt. Letzten Endes jedoch will bloß jeder beweisen, wie tapfer er ist, denkt Johanna. Eine hitzige Diskussion entfacht. Die Männer haben die Geduld verloren, jetzt sind sie wie Hunde: Sie folgen, beißen sich noch untereinander, sind der Jungfrau jedoch schon ergeben. So dringt man schließlich in die Festung ein, metzelt nieder, was sich noch vernichten lässt, man tötet die meisten der Feinde. Der Mangel an Disziplin, die Plünderungen erzürnen Johanna. Sie ist jetzt eine furiose Kriegerin in ihrer Ohnmacht. Um sie herum: Nacht.

»Behaltet die noch nicht Eroberten im Auge, sag ich!«, herrscht sie die Soldaten an, die an ihrer Seite wüten und toben.

»Ja!«, tönt es immer wieder. »Ja, ja!«

Dennoch wollen einige zu den Stadtmauern zurückkehren.

»Sollen wir unsere Männer im Stich lassen?«, entgegnet Johanna zunächst lapidar. Doch sie wird überstimmt. Da spricht mit einem Mal auch Gottes Stimme: »Du bist müde«, singt er in ihr Ohr, »halte ein!«

So also geschieht es. Man überquert noch einmal den Fluss, kehrt um. Die Stadt ist indes gut mit Vorräten versorgt. Wieder aber wird Johanna mit Plänen empfangen, die ihr nicht gefallen.

»Wir werden hier Stellung halten, bis der König kommt!«, teilt man ihr mit.

Da wölbt sich erneut Gottes Zorn in der Jungfrau, dreht sie zum Bogen, Hysterie in ihr und Johanna braust auf.

»Ihr habt euren Rat abgehalten und ich meinen. Und meiner wird umgesetzt. Wir erobern Tourelles. Pasquerel!«, ruft sie ihren Untergebenen. Dieser buckelt sofort heran.

»Ja?«, fragt er demütig.

»Morgen früh, noch früher als heute, stehst du auf und gibst dein Bestes. Bleib dicht bei mir. Denn das Blut wird über meiner Brust aus meinem Leib spritzen!«

Diese Furie, denken die Soldaten. Man seufzt. Doch Johanna hat das Eis längst gebrochen. Ihr Wort ist Befehl geworden, nach und nach. Die ganze Nacht also reges Kommen und Gehen. Die Bewohner des Dorfes, die Johanna bereits jetzt als Heilige verehren, bringen den Kriegern Essen. Sie werden erfrischt durch Nahrung, auch durch Wein. Ein Gelage! Man feiert und ist noch um einiges ermutigter, als man sieht, wie in der Ferne Saint-Privé mit einem Mal in Flammen aufgeht. Die Engländer haben es in Brand gesteckt, da die Eroberung von Saint-Loups und Saint-Jean-le-Blancs Schicksal ihnen wohl Angst gemacht hat. Johanna lacht.

»Es gilt, die Aufgabe zu erfüllen, die Gott mir gestellt hat! Und in Gottes Namen will ich es tun. Wer mich liebt, der folgt mir!«, ruft die Jungfrau aus, als sie auf ihr Pferd gestiegen ist.

Man umlagert sie, will sie noch einmal berühren. Jemand reicht Johanna einen Süßwasserhering.

»Behaltet ihn bis heute Abend, denn dann bin ich zurück und werde ihn essen!«, entgegnet sie jedoch nur und reitet zum Burgundertor. Johanna hört, dass der Befehl erteilt wurde, sie nicht passieren zu lassen. Doch lachend sagt sie dem Anführer der Truppe, der ihr da den Weg versperrt: »Du bist ein böser Mann! Aber ob du es willst oder nicht, die Kämpfer werden kommen und erhalten, was sie anderswo erhalten haben!«

So reitet sie an ihm vorbei und durch die Straßen, hat ein großes Gefolge einfacher Leute um sich geschart, Menschen, die aus dem Dorf stammen und sie anbeten. Schließlich trifft Johanna vor Les Tourelles ein. Sechs Uhr Morgen ist es. Auf der Hand liegt nun die richtige Taktik: Zunächst muss man die Erdwerke auf dem Südufer schützen. Dann erst kann Les Tourelles angegriffen werden.

Johanna hält sich für unsterblich in ihrer Leere, ihrer inneren Dunkelheit. Schatten durchreiten die Jungfrau. »Legt die Leitern an!«, befiehlt sie.

Und siehe, es geschieht: Die Sturmleitern werden an den Toren der Stadtmauern fixiert. Kaum ist dies passiert, schon greifen ihre Soldaten an, denn Johannas Gott brennt als Zorn in ihnen. Da kämpft man mit Äxten, Feuerwaffen, Schwertern, ja auch mit bloßen Händen. Künstliche Feuer. Die Luft scheint zu lodern. Wieder die Ohnmacht, eine Welt aus Schatten, in der der Blick nichts mehr sieht. Lichterloh stehen Häuser in Flammen. Johanna gibt ihrem Reittier die Sporen, umklammert krampfhaft die Zügel. Da – ein feindlicher Soldat nähert sich ihr mit seiner Lanze, bereit, zuzustechen. Das Pferd spürte den Angriff, weicht der Klinge seitwärts aus. Prescht in gestrecktem Galopp davon. Johanna hält den Blick dem Wald zugekehrt. Ein Flüchtlingsstrom reitet über die Ebene. Johanna treibt ihr Pferd zum Galopp an, reckt sich in den Steigbügeln auf und schwingt die Waffe, während sie sie aus der Scheide nimmt. Doch da saust ein schneller Gegenstand durch die Luft. Johanna spürt eine Art

Sirren, sie strauchelt. Fällt vom Pferd. Im Hinabgleiten fängt sich die Jungfrau noch einmal ab in der Umdrehung und versucht, aufzustehen. Die Beine aber wollen nicht mehr. Johanna lässt sich totenblass auf den Acker niederfallen. Ein Pferd wälzt sich, ist in seine eigenen Gedärme gewickelt, das Blut rinnt, Schwall um Schwall. Wo bringst du mich hin, Gott?, denkt Johanna und ihre Augen glänzen.

Unverständlich alles. Johanna ist verwundet – wohl durch einen Armbrustbolzen. Ein Pfeil steckt in ihrem Leib, begreift Johanna mit einem Mal. Sie hat es gesehen, davor schon, in einer Vision. Noch ehe sie nach Orléans kommen konnte. Doch nichts hat die reale Verwundung von der Schauerlichkeit ihrer Visionen, in Johanna ist Ohnmacht, Leere. Dennoch: Dem Körper tut es weh. Auch wenn sie gefasst ist. Man verarztet sie. Die Lider der Jungfrau zittern, erbeben, als man sich ihrer annimmt.

»Nun haben die Engländer endlich keine weitere Macht mehr über mich. Die Wunde ist Zeichen ihrer Verwirrung, ihres Unglücks. Mein Zeichen. Gott hat es enthüllt!«, wispert sie leise.

Sofort buckelt Pasquerel heran, nimmt die Hand der Jungfrau in seine. Johanna leidet.

»Gott holt dich von deinen Höhenflügen, Johanna!«, sagt da die Stimme Michaels. »Roh sein und zornig ist manchmal gut, man muss bloß wissen, wann … und wann die Zeit ist, Krieg zu führen!«

Da merkt auch die Jungfrau: In ihrem Wüten hat sie übertrieben.

»Lass uns einen Talisman auf deine Wunde legen!«, sagt der Gottesmann indes. Und dann, indem er Johanna ein mit Blattgold überzogenes kleines Schälchen aus seinem Talar kramt: »Die Soldaten haben ihn extra gebracht.«

Johanna schüttelt den Kopf.

»Ich würde lieber sterben. Es ist eine Sünde, wenn etwas gegen Gottes Gesetz geschieht.« Schweigen, Enttäuschung. Man reibt die Wunde mit Öl und Schweinefett ein, das allein lässt Johanna zu. Dann beichtet sie unter Tränen und Klagen. Mit einem Mal schwappt wieder der Schmerz aus Johanna, am Leben zu sein. Gott schweigt jetzt, die Visionen sind still in ihr. Die Gegenwart hält den Atem an. Johanna merkt, dass sie eine Wunde ist. Wieder einmal. Nun innen und außen. Nach der Behandlung verbindet man die verletzte Stelle mit einem Tuch und bringt Johanna in ihr Zelt. Der Kampf geht weiter und Johanna führt ihn im Geiste mit. Als die Nacht herankriecht, schreckt Johanna immer wieder auf. Träume jagen boshaft nach ihr. Der Himmel brennt stark in ihren Adern. Sie steht auf, blickt um sich. Dicke blaue Wülste scheinen ihre Venen zu sein. Es grollt der Donner in ihrem Kopf. Johanna verarbeitet innerlich die Bilder der Schlacht. Die Luft ist Feuer. Ob das Leben nur das ist? Im Kreis herumzuziehen und zu wüten? Sie vertraut nicht mehr auf die Führung der Gestirne, im Kopf braust der Wasserfall aus Worten, und sie sehnt sich nach dem Tal ihrer Heimat, der verwundete Arm tut weh. Doch sie kann es niemandem sagen, ist mundtot. Als hätte ihr jemand die Kehle durchgeschnitten, genau wie den Toten, die sie immer wieder vom Erdboden auflesen wollte während der Schlacht.

»Nur die Erfüllung meiner Prophezeiung ist Trost!«, denkt Johanna da. Und sie bricht – glühend heiß ist ihre Wunde in der Binde – erneut auf, um in den Kampf zu ziehen. Schon bald sieht man sie heranpreschen.

»Diese Furie hat sieben Leben, oder?«, lachen die Soldaten hinter ihrem Rücken. Doch in ihren Stimmen hört man Gott klingen: Sie haben Johanna liebgewonnen.

Bis gegen Abend greifen die Franzosen an. Dunois will das Gemetzel brechen, denn es scheint keine Hoffnung auf Sieg zu geben. Doch er hat Angst vor Johannas Zorn.

»Warte noch!«, sagt die Jungfrau.

Ihre Männer verlieren langsam an Kraft. Der Fahnenträger ist ermüdet. Er gibt die Fahne einem Basken und man bahnt sich den Weg durch das Feuer.

Als Johanna da ihr Banner in fremden Händen sieht, beginnt es in ihr zu brennen. Sie hat Angst, die Oberhand zu verlieren, greift sofort danach, so fest, dass der arme Kerl sie gar nicht halten kann, und brüllt: »Meine Fahne! Meine Fahne!«

Johanna schüttelt die Wimpel, das Tuch, rüttelt an dem Banner, so wie Gott aus ihrer Ohnmacht heraus rüttelt, wieder und wieder. Da zerrt der Baske so fest, dass Johanna sie ihm entreißen muss. Nach und nach sammelt sich die Armee, ein Raunen läuft als Welle durch die Soldaten. Man erinnert sich: »Wenn die Fahne in Richtung Festung weht, werde ich sie erobern!«, hätte die Jungfrau gesagt. Genau das tut sie nun auch! Tatsächlich: Das Banner zeigt zur Burg! Mit einem Mal schwappt wieder eine Woge des Vertrauens über die schon kraftlos gewordenen Krieger der Jungfrau, es bricht ein Begeisterungssturm los. Zwar ist die Brücke zur Festung hin eingebrochen, doch man findet eine schmale Dachrinne aus Rinde, an der ein Zimmerman sofort zwei weitere Hölzer fixiert. Danach wird eine Strebe angebracht. Eine Art Katzensteg. Über diesen dringen die Krieger vor, überqueren den Fluss zur Festung hin. Ein Wunder ist es, denn lang und schmal ist diese Rinne, sie ächzt.

Johanna indes brennt und wütet. Alles außer dem Sieg scheint der Jungfrau mit einem Mal wieder egal zu sein. Die Bäume zersplittern, Johanna ist im Leib eines riesigen wütenden Kraken, der Heer heißt, so ist nun einmal der Krieg. Wäre nur Sonne in den Dingen und etwas, das Wasser zöge, denkt Johanna, während sie auf die Rinne zureitet.

Doch es hilft nichts. Sie muss weiter. Man überquert also den Fluss, marschiert auf die Festung zu.

»Ergib dich!«, ruft Johanna laut aus. »Glasdale! Ergib dich dem König des Himmels!« So spricht sie mit zeternden Worten den Anführer der feindlichen Truppe an und ihre Männer sind zufrieden. Man errichtet ein riesiges Boot, darauf sind Fackeln, Pferdeknochen, Schuhe, Schwefel. Man zündet es an, um einen großen Brand zu entfachen. Was für ein Knistern und Prasseln! Die Soldaten hieven das lodernde Untier unter die Brücke, die Les Tourelles mit dem Ufer verbindet. Und siehe, alles fängt Feuer – auch die Männer, nun kämpfen sie wacker. Die Besatzung weicht zurück, nach und nach. Krieg. Johanna wird zu einem Tier. Sie liebt jetzt die Opfer, da sie Sünder sind. Da sie sie fürchten. Groß schreitet sie einher und der Boden wölbt sich unter ihren Schritten, als wäre sie die Sonne. Da gleiten die Landschaften langsam aus ihren Augen, ja, sie ist es, die die Welt malt, die das Bild macht! Sie, Johanna! Sie bringt die gesamte Welt hervor, oder? Mit einem Mal sind alle Sinne vertauscht: Johanna ist Gott, ein Gebälk, das sich bläht und in hellen Netzen um die Welt ausbreitet. Nicht umgekehrt. Allmacht!

Dafür wird Gott sie noch bestrafen. Jetzt aber jagt sie über Landschaften. Das Pferd: es flügelt, flattert dahin. Johanna kann nichts anderes mehr, als mit dem Wind dahinjagen, alles reißt sie mit hinein in seinen Lauf, in den Sturm des Kampfes. Der Wirbel ihrer Gelenke verrückt sich im Traben, sie sollte Schmerzen haben, sie spürt nichts. Bis dann, irgendwann, die Erschöpfung eintritt. Es singt in ihren Schläfen:

Triumph, Triumph! Sie klammert sich fest an dem Pferd. Da werden die Knöchel weiß und weißer, platzen schließlich auf. Die Haut bildet feine Risse unter dem Feuer des Regens.

Überall Brand und Sterbende, egal. Der Dauphin hat Augenkerne, denkt Johanna. Sie muss ihn krönen. Komme, was wolle. Das Sausen nackter Körper, sie fallen und fallen. Johanna wird übel, denn wieder ahnt sie ihr eigenes Ende voraus. Krieg. So heftig zucken die Körper unter ihren Blicken!

Ich will nicht, denkt die Jungfrau nun erneut. Aber Gottes Hände fliegen an ihr Gesicht: »Du musst!«

Weiß sind die Hände, blendend hell und schrecklich schön. Gottes Hände erschöpfen sie, reißen sie hin und her. Wringen sie aus wie einen Lappen. Johanna hält die Arme ausgebreitet, wie um alles zu umarmen.

»Ist gut, Gott, ich bin dein!«, ruft sie, während es um sie tobt.

Wind fegt durch ihr Inneres, das von Stimmen durchbrochen wird, Mondlicht glitzert, sie schluckt immer wieder das Meer Gottes, da ist sein Ozean in ihr, schwappt über die Jungfrau. Reglos starrt sie in die Szenerien der Schlacht, die Erinnerungen und das Vorausahnen sind Gläser aus Splittern, und alles, was sie herausbringt ist: »Dauphin!« und »Ich muss!«

Sie spricht nur zu sich selbst, und ruft sich erneut zum Kampf. Es ist eine Hölle, eine Hölle, die nicht aufhört, der Moment des Triumphes ist vorbei. Johanna ist jetzt wieder nur Werkzeug. Der Schatten treibt vor ihr her, während sie reitet.

Weiter!, denkt Johanna. Schließlich ist man ist gestorben. Tausendmal schon.

»Die Welt ist im Menschen, nicht umgekehrt!«, sagt Gott da. »Und du musst ich werden!«

Johanna weiß nicht, was er meint. Hier ist nur Ausbluten.

Sie schwitzt. Ich kann nicht, denkt sie. Ich will nicht. Ihre Haut tropft. Aber es ist zu spät. Gott ist wieder still, als sie weiterkämpft, in einer Art Ohnmacht. Nur ein einziges Mal noch sieht sie Gottes nacktes Gesicht. Quell ohne Anfang. Und da hat Johanna den Kampf schon fast gewonnen. Als Glasdale die Brücke erreicht, ist diese bereits von den Flammen verzehrt und zusammengekracht. Glasdale ertrinkt. Johannas Prophezeiung ist erfüllt.

»Welch ein Jubel! Sieg!«, tönt es unter dem Heer, den Dorfbewohnern. Alles jauchzt! Nur geringe Verluste haben die Franzosen erlitten, Hunderte verwundet. Johanna ist für einen Moment glücklich. Morgen wird sie den Salzhering essen. Für die Nacht aber bleibt sie auf dieser Seite der Brücke und feiert ihren Sieg im Schlaf. Es gilt, sich durch Gott vom Pfeil heilen zu lassen, oder?, denkt sie.

Am frühen Morgen kommt Johanna wieder zu sich. Im Dämmer schrumpfen die Blüten in sich zusammen, der Tag streckt die Schatten der Dinge und verjagt dann die Schatten. Den treibenden Schemen nachblicken, Mondlicht. Die fernen Lichter der Stadt erlöschen langsam, während Johanna sich aufmacht, um mit Gott zu sprechen.

Wenn die Flammen der Soldatenfeuer lodern, leuchten ihre Augen wie Sterne, denkt Johanna, während sie aufbricht, noch ganz in der Erinnerung an den Kampf verloren. Sie betrachtet die Landschaft. Im Norden breitet sich freie Wildbahn aus. Moos, Moschus und Sümpfe einer vergangenen Gegenwart. Seltsam unwirklich erscheint sie, die versengte Ebene nach der Schlacht. War alles nur ein Traum? Gelbes Gras biegt sich im Wind. Bewegt sich, treibt stetig dahin, dreht und wendet sich in sich selbst. Johanna betrachtet das Schlachtfeld und die Toten.

»Sind die Überlebenden Auserwählte?«, will Johanna von Gott wissen.

»Nein, eine Bürde ist es, nichts weiter«, antwortet dieser.

»Warum das alles?«, fragt die Jungfrau.

»Scheitern gliedert das Leben«, sagt Gott.

Johanna schweigt aus Angst. Aber ihre hohlen unausgesprochenen Worte hört er dennoch, ihr Gott, oder?

16. Rausch

In den nächsten Tagen wird wieder Johannas Männerkleidung zum Thema der Verhandlungen gemacht. Loyseleur versteht nicht. Als hätte man nicht schon oft genug davon gesprochen, denkt er und hört innerlich stöhnend den Worten Warwicks zu.

»Hat Gott dir befohlen, Männerkleidung zu tragen?«, will dieser wissen.

Johanna nickt.

»Alles geschah auf seinen Befehl! Und wenn er anders gewesen wäre, so hätte ich anderes Gewand angelegt!«, sagt sie und wirkt wahrhaftig wie eh und je dabei.

»Warst du dabei, als man Engländer tötete?«, bohrt Cauchon weiter nach.

»In Gottes Namen, ja! Warum verlassen sie unsere Heimat nicht?«, ruft Johanna aus.

Ein englischer Lord will applaudieren. Loyseleur merkt, wie eine heimliche Welle der Freude in ihm hochschwappt. In der Tat, die Jungfrau gewinnt nach und nach alle Herzen, denkt er.

»In der Tat! Ich wünschte, die Frau wäre Engländerin!«, meint nun auch der klatschende Herr, der sich als Graf herausstellt.

»Was fällt Euch ein?«, herrscht Warwick den Unterbrechenden an.

»Verzeiht«, meint dieser, »Johanna erscheint mir edel und gut!«

Da überfließt ein kurzes Leuchten das Gesicht der Jungfrau. Es scheint zu blühen, auf ihren Lippen, ihren Wangen, mit einem Mal kann er an der Knochenfrau wieder ihre einstmalige Schönheit erkennen.

Er sieht sie glücklich an.

Cauchon indes tadelt den Grafen. Dann wendet er sich wieder Johanna zu.

»Du hast ein Kind wieder zum Leben erweckt, so heißt es?«

Loyseleur blickt auf. Von der Wundertätigkeit Johannas hat er gehört. Die Jungfrau nickt.

»Ja!« sagt sie.

»Wie sah es aus?«, will Warwick wissen.

»Schwarz wie mein Wams!«, entgegnet Johanna. »Und die Frau rief: Gott hat es mir geschenkt, nur ich darf es dem Tod zurückgeben! Ich bin die Mutter.«

Johanna schweigt kurz.

»Ich fand, dass sie recht hat!«, fügt Johanna dann hinzu.

»Und dann?«

»Ich gab ihm Liebe! Dem Kinde!«

Loyseleur merkt, wie diese Aussage ihn erschüttert.

Später im Turm ist Johannas Blick wieder ein reiner Spiegel. Ihr Gesicht jedoch hat die Farbe der Krankheit. Sie scheint nur noch ein Schatten ihrer selbst zu sein. Er kann sie nur anschauen, immer und immer wieder, und ihm kommt es vor, als würden sich seine Augen nie mehr schließen. Johanna wirkt, als wäre sie in eine Art Wachschlaf gehüllt, eine dicke, haarige Wolke aus Gedanken umgibt sie, wie Glas, denkt er. Seine Wimpern fühlen sich schwer an, doch er kommt nicht zur Ruhe. Schaut, schaut und schaut. Der Wind pfeift durch die Gemäuer. Ihn fröstelt. Die Luft, die zu ihnen hereindringt, ist eine Hand, die zuschlägt. Sie peitscht. Faustschläge an den Wangen. Er fühlt sich schuldig. Nach wie vor. Denn er weiß: Jede Hilfe von ihm kommt nun zu spät! Wie hat Johanna nur so lange blank und klar bleiben können? Er begreift nicht. Hört sie sie tatsächlich, Gottes feine Stimme?

Wo aber ist dann jetzt das Füllhorn aus Gottes Wort, das sich immer über ihr ausgeschüttet hat? Licht dringt in den Turm herein.

Die Sonne nistet in Johannas braunem Haar. Er betrachtet ihr Antlitz. Das ist Glück, denkt er, und dass er sie liebt. Sie aber scheint im Dämmer zu sein, scheint in ihre eigene Tiefe hinabgesunken. Ob da tatsächlich noch Gott wohnt?

Die Krankheit der Menschen, das ist, dass sie Masken tragen, weiß er. Sie misstrauen einander. Nur Johanna ist anders, ein Spiegel, ist rein und wahrhaftig, nein?

»Dein Gesicht ist schön!«, sagt Loyseleur mit einem Mal und möchte weinen.

Matt sieht die Jungfrau ihn an.

»Weil es die Schatten aufnimmt«, entgegnet Johanna. »Das ist alles.«

»Die Schatten des Lebens?«

»Ja.«

Johanna lächelt müde.

»Ich bin eine schlechte Kranke. Aber ich habe auch ein Verfallsdatum. Wie jeder. Das ist alles.«

Er nickt.

»Die Schatten des Lebens. Ja.«

Der Tod Johannas scheint ihm nicht ertragbar.

Gott hätte das so nicht gewollt, oder? Dass sie hingerichtet wird. Doch die Menschen hören nicht auf ihn. Sie sind ungehorsam, begreift Loyseleur. Und wie wenig Güte sie haben! Ja, gütig ist allein der Mond. Die Gesichter der Menschen, die ihm bei der Gerichtsverhandlung indes begegnen, sind Larven, sind in sich zerrissen von zu viel an Gefühl. In ihnen herrscht die harte Zeit. Es herrscht der Krieg, der auch in den Augen tobt. Vor allem im Antlitz Cauchons: Das Gesicht des Priesters ist mehlig und hässlich. Loyseleur seufzt.

»Ich habe Hunger!«, sagt Johanna da mit einem Mal und schlägt die Augen auf.

Er lächelt. Schweigen. Loyseleur reicht ihr ein Stück Brot. Das ist alles, was er jetzt tun kann. Woher ihre Menschengedanken und Menschenhandlungen in manchen Momenten wohl kommen, fragt er sich. Vielleicht von ihren Händen, die so menschlich sind? Er betrachtet ihre Finger. Fremd. Hässliche Knorpel und Auswüchse haben sie – wohl von der Harschheit des Kampfes. Diese Knochen, ja, Johannas Hände sind traurig und alt, denkt er.

»Was sagt Gott denn jetzt?«, will Loyseleur leise wissen.

Johanna seufzt.

»Gott sagt, dass die Welt keinen Namen hat. Karten sind erfunden. Die Namen dienen bloß den Menschen!«

Und langsam schläft sie ein.

Und so geht es weiter. Wieder läuten die Glocken in Orléans und man hält Kriegsrat ab. Kanonen, Pulver, Karren, alles lässt man im Lager zurück. Auch die Engländer brechen auf, was bleibt sind sterbende und verwundete Soldaten. Die Brücke wird wieder aufgerichtet, dennoch ist es schwer, Streitkräfte über sie zu transportieren. Man beschließt, da man sich nicht auf die Langbogenschützen verlassen und nicht zu Pferde kämpfen möchte, zunächst feste Stellung zu beziehen. Den Gegner soll dies herausfordern. Johannas Heer ist motiviert. Man singt Hymnen und Responsorien. Sie lieben es, weiß Johanna Bescheid. Und sie brauchen es. Im Halbschlaf lässt sie alles über sich ergehen. Sie bezahlt acht Mönche, acht Totenmessen sollen sie singen. Johanna indes geht nach innen, sie redet mit Gott. Dann schläft sie den Schlaf der Verwundeten, lange, dumpf und traumlos. Wieder fällt sie in ein Loch. Aber Gott ist doch groß, oder? Und schon geht es weiter.

Man bricht nach Orléans auf. Zunächst eine Vorhut aus 6000 Lanzen, die im Wald schläft. Das Rittervolk hat schon ohne Johanna einen Angriff unternommen und erleidet eine Niederlage.

»Fürchtet keine Zahl!«, sagt aber Johanna, als sie kommt. »Denn wahrlich, ich sage euch, wir werden die Engländer angreifen!«

Nun ergreift sie die Fahne, führt die Franzosen an. Die ganze Nacht belagert das Heer die Stadt, alles steht in Flammen. Kaum einer findet Schlaf. Johanna fordert die Verteidiger zur Übergabe auf. Bald ertönen erneut die Trommeln. Johanna ruft zum Angriff.

»Vorwärts, edler Herzog, zum Sturm!«, schreien nun auch laut die Herolde.

Vier Stunden dauert der Kampf. Da erscheint ein Mann, der sehr groß, breit und gepanzert ist. Johanna wirft mit Steinen nah ihm – er stürzt die Sturmleitern um. Die Jungfrau trifft ihn mitten auf der Brust, er gerät ins Straucheln und fällt auf die Mauern zurück. Da ergreift Johanna die Fahne, erklettert eine Leiter, wird jedoch von einem Steinwurf getroffen. Dieser zerreißt die Fahne, und sie stürzt. Man ist aufgebracht. Der stählerne Helm ist zerschellt! Gott sei Dank aber trägt die Jungfrau den Eisenhut. Sie ist getroffen worden, rafft sich jedoch schwer verletzt auf und ruft den Männern laut zu: »Auf, Freunde! Seid guten Mutes! Gott verdammt die Engländer!«

Und so geschieht es schließlich – das feindliche Heer ergibt sich. Am Ende sind von der Besatzung nur noch fünfzig Mann übrig. Und in Johanna sammelt ein Gott seine Kraft. Eine Wolke tupft hell den Himmel an diesem Morgen und sie kann nichts anderes, als mit dem Blick umherzuwandern vor Freude. Wandern, wandern. Augen aus Licht.

Fein und tief ist die Welt und gleichzeitig stumm und schwer wie Steine, Johanna weiß gar nicht, wie ihr geschieht. Wie unbewegt wirkt alles, bleibt am dunklen Grund des Seins. Ohne Worte. Und die magischen Strahlen und Garben des Lichts, immer fremd. Das frische Gesicht der Welt, denkt Johanna, jetzt beginnt sie also neu. Aber auch Angst hat die Jungfrau, dass alles wieder zugrunde geht. Sonnenstrahlen kriechen in sie hinein, als dieser besondere Tag beginnt, der Tag ihres Sieges. Die Sonnenstrahlen lachen. Krabbeln wie Tiere. Wenn der Teufel verschwindet ist das, als würde einem der Schatten ausgehen, findet Johanna. Sie ruht sich an den Ufern des Flusses aus und versucht zur Ruhe zu kommen. Groß sind die Schwingen Gottes, oder?

Am 13. Juni schon kehrt Johanna nach Orléans zurück. Man feiert bis Dienstag in einer kleinen Ortschaft, die sich Meung-sur-Loire nennt. Hier gibt es eine Brücke mit englischer Besatzung, die Johanna und ihre Soldaten auf dem Weg auch gleich niedermetzeln. Das geht schnell. Das Leben, eine nie überstandene Gefahr, denkt Johanna da. Und die Mission ist manchmal eine Zwangsjacke: Krieg, Krieg, Krieg! Johanna hat Angst, zieht sich zurück in ihren Panzer. Denn sie weiß, dass noch mehr Schlachten folgen werden. Grau in grau sind die Tage und nebelig und verqualmt liegt das Feld schon nach wenigen Stunden da. Johanna leidet an ihm, doch sie reitet weiter. Denn man beschließt, nach Beaugency vorzudringen. So wird der Weg fortgesetzt. Nackt sehen die Bäume aus. Hin und wieder läuft noch ein Hund von da nach dort. Johanna sucht mit den Augen nach einem Zipfel Licht, doch die Himmelsdecke ist wolkig. Sie bemüht sich, wieder an Gott angebunden zu sein, doch die Bindfäden nach oben hin sind zart. Großmutter, denkt Johanna. Ein Schmetterling kommt bloß umso schöner aus der Puppe, oder? So raunt sie sich Hoffnung zu. Aber sie kann nicht – in ihr stockt etwas, will nicht weiter. Auch die Schlange ist doch funkelnder nach der Häutung, oder? Johanna bemüht sich, frohgemut zu bleiben: Alles wird gut, spricht die Jungfrau sich Kraft zu. Goldiger wird sie sein. Goldiger in Gott! Oder etwa nicht, nein? In lautlosen Wellen entrollt sich der Quell, an dem sie vorbeireitet. Nachts wälzt sie sich auf den Toten auf dem Acker. Winselnd kriecht ein Hund umher. Zerstreut liegt das Leben vor ihnen. Dass einer namens Richemont kommen würde, um sich zu beteiligen, heißt es bald. Dieser aber war vom Hofe verbannt worden, denn er hatte sich mit La Trémoille gestritten. Einmal hatte dieser sogar gegen den König rebelliert, wie man munkelt. Richemont ist hartnäckig und überzeugt von dem Sieg der Jungfrau.

Er schickt zwei Boten vor.

»Wenn Richemont kommt, gehe ich!«, sagt Alençon, einer der wichtigen Begleiter Johannas.

Sie fragt erst bei Gott nach und meint dann: »Du hast recht. Wenn nötig, kämpfen wir sogar gegen ihn! Schließlich hat er sich einmal schon gegen den König gewandt!«

Doch die Lage ändert sich. Es rückt die englische Ersatzarmee unter der Führung Fastolfs und Talbots heran. Johanna ist aufgebracht: »Zu den Waffen!«, ruft sie und beschließt nun, doch mit Richemont, dem Neuankömmling, zusammenzuarbeiten.

»Du bist zwar nicht durch dein Tun gekommen, aber du bist gekommen. Also mach eben mit!«, meint sie. Gott schweigt, nickt aber dann doch im hintersten Eck ihres Herzens.

»Seht, dass ihr alle gute Sporen habt!«, sagt Johanna.

So jagt man weiter durch die Landschaft, wird vom Feind gesichtet.

Als die Engländer die französische Schlachtordnung erblicken, denken sie, der Kampf stehe unmittelbar bevor. Sofort reagiert man. Das feindliche Heer schickt zwei Boten. Die Reiter steigen ab, die Bogenschützen positionieren sich. Es weht ein grauenhafter Wind in der Landschaft. Was jedoch tun die Franzosen? Sie warten! Da schicken die Engländer Herolde vor.

»Geht für heute schlafen!«, lässt Johanna ihnen ausrichten. »Morgen werden wir, wenn es Gott und seiner lieben Frau gefällt, mehr gegen euch ausrichten!«

Johanna spricht von sich in der dritten Person, wieder ist sie in ihre Ohnmacht gestreut in dieser Zeit.

Den Tagen entzieht sich fast die Farbe, weil sie ihren Forderungen nicht nachkommen kann, sie hält es kaum aus. Was soll sie hier nur? Alles scheint ein Versehen zu sein!

Nur bei Gott ist Trost, denkt Johanna. Seine Augen stehen so weit auseinander, dass sie im Stande sind, die gesamte Welt zu erfassen. Er regnet als kleine Tropfen in sie, vom Leib der Wolke Ewigkeit gerissen. Sie darf nicht im Schlaf und in ihrem Zelt verweilen, oder? Sie muss nach draußen.

Ja, hinaus – doch die Landschaft ist so voll mit Toten, dass sie leer ist. Allein Gott strahlt wie die Sonne. So hell, dass es blind macht. Soll sie? Nein, noch behält Johanna den Schrei in sich. Sie muss warten, bis sie angreift.

Hunger und Sehnsucht nach Schlaf.

»Man sieht Richemonts Banner nicht mehr im feindlichen Heer!«, wandert indes die Kunde unter den Engländern von Mund zu Mund. Wahrhaftig, dieser Richemont holt für die französische Armee noch einmal zwanzig Lanzen. Stark gewachsen sind sie nun dank des Neuankömmlings, weiß Johanna Bescheid und sie fasst Mut. Schon bald hat man die Engländer von allen Seiten umzingelt. Burg Beaugency ist schwer zu verteidigen: ein massiver Bau, im normannischen Stil des 11. Jahrhunderts gehalten. Ein Stückchen links vom Schloss erhebt sich die Kirche. Ein schmaler, alter Turm. Ideal für die Befeuerung, weiß Johanna. Hier muss sie angreifen, nirgendwo sonst. Das Gewirr der Klosterhäuser in den anderen Regionen würde wohl zu viel Deckung bieten, oder? Nacht bricht herein. Strapaziert sind die Engländer durch Richemont. Man vereinbart, dass sie gegen Mitternacht die Brücke übergeben würden. In Johanna lacht etwas auf, gnädig ist sie: Die Feinde dürfen abrücken, mit ihren Harnischen und ihrem Habe im Wert von einer Silbermark pro Mann. Das gestattet Johanna. Doch sie müssen schwören, dass sie erst nach zehn Tage wieder Waffen tragen würden. So also ziehen die Engländer nach Norden in Richtung Meung. La Hires Späher jedoch meinen in einem Bericht fälschlicherweise, die Engländer seien im Marsch gegen Beaugency. Und da Gott und die Stimmen in Johanna nicht klingen wollen, erliegt sie ihrem eigenen blinden Toben: »Wir müssen kämpfen!«, ruft Johanna, denn Panik bricht aus unter ihren Männern.

»Trägst du deine Fahne voran, Johanna, so folgen sie dir!«, sagt Richemonts Stellvertreter.

Gesagt, getan. Man lässt Fastolf und Talbot, die feindlichen Anführer, nun doch nicht abziehen. Ein Wendepunkt im Krieg. Johanna wird mehr und mehr zur Siegerin. Aufseiten der Feinde bekommt man Angst, beginnt, zu diskutieren: Talbot ist hitzig, Fastolf indes überlegt. Die beiden geraten sich in die Haare und ein Gegner, der in sich selbst ringt, ist ein schwacher Feind.

Fastolf rät, man möge die Garnison in Beaugency ihrem Schicksal überlassen. Talbot aber will eingreifen. Schließlich reißt er den anderen mit. Weiterhin setzt das Gemetzel sich fort. Die ganze Nacht über bombardieren die Engländer die Brücke. Da trifft die Nachricht ein, Beaugency habe kapituliert. Man bläst also den Angriff ab, will zur Basis zurückkehren. Alle bis auf Johanna. Wutentbrannt nimmt die Jungfrau die Verfolgung auf. Aus drei Gruppen bestehen die französischen Verfolger: La Hire und seine Männer sind die Ersten. Die Hauptmacht liegt nun laut königlichem Befehl bei Alençon und Richemont. Die Dritten sind Johanna und ihre Männer aus Chinon. Johanna gefällt das zunächst ganz und gar nicht. Sie ist Gottes Brut, das hochrangige Blut, oder? Dennoch, die Jungfrau scheint mit einem Mal voll Begeisterung, denn Gott fährt wieder tobend wie der Blitz in sie.

»Trefft sie kühn, sie werden fliehen!«, ruft sie ihren Soldaten zu. Einige Tage später verlieren diese ihre Fühlung mit Fastolf, man zweifelt und Johanna wird erneut um Rat gefragt.

»Reitet nur kühn weiter, ihr werdet gute Führer haben!«, entgegnet sie. Und mit wippendem Kopf, sodass das braune Haar nur so um ihr Haupt weht, ruft sie aus: »Seid unbesorgt! Die Engländer bekommen Angst, man beschließt, sich zu verschanzen. Es sollte keine Schlacht geben!«

Johanna behält recht. Und wieder beginnt die Ohnmacht, der Rausch des Kampfes: Rasch rollen die Ereignisse ab. Die Engländer reiten in vier Abteilungen. Die Vorhut ist bereits weit gelangt, erhält aber den Befehl, zurückzukehren. Talbot reitet dieser vorpreschend entgegen. Die Franzosen aber greifen sie an und schlagen Talbot und seine Gruppe in die Flucht. Man nimmt ihn gefangen, als er im Sattel sitzt, jedoch ohne Sporen. Da galoppiert Fastolf, dem dies nicht entgeht, auf die Vorhut zu. Er ist außer sich vor Wut und Verzweiflung. Er will kämpfen und muss seine Ehre retten.

Es ist die Schlacht von Patay, ja, so geschieht sie. Und Johanna kämpft, spricht wacker zu ihren Soldaten: »Haltet durch!«

Gott ist die Gabe von Silben in ihrem Mund, weiß sie. Durch Michael wie durch alle Münder der Welt tönt er, es gilt, in seinem Namen zu Haus zu sein, kodiert in seinem Blut. Es pulsiert in ihren Adern. Johanna bleibt stark. Sie lernt, in Gott zu klettern, leistet Schwüre, säubert die Wunden der Soldaten auf dem Weg. Johanna glüht in ihrem Körper, Gottes Sonnenschwerter durchbohren sie. Das Bild des Kampfes dräut vor ihr, Schwaden von schwarzer Farbe, so dunkel ist Gottes Schönheit: Du musst. Das ist Macht über die Seele, sagt Gott und Johanna wütet. Sie ist in Gott wie im Wasser, sein Wasser hat sie gefressen und sie entlässt ihr Bewusstsein in sein Meer. Meer, diese endlose Weite, keine Namen mehr, Hinabsinken. Sie wirbelt. Ein Schweben und Gleiten ist es, auf und ab taktet sich das Sein in endloser Weite. Nass, dunkel und dreckig. So schmeckt Gottes Präsenz und die Haut ist so leicht wie Luft, da wo Gottes Sonne sie schon ganz durchdringt, Wärme golden in sie hineingießt. Johanna will heilen. Johanna muss kämpfen. Gott ist wie Regen ins Meer in ihr Herz gefallen, er gähnt in ihr als Wind und umfasst sie mit flüssigen Klauen, er schüttelt an ihr und sie stirbt, aber sie ist so oft gestorben und im Tod immer wieder mit allem verschmolzen gehört sie jetzt Gott. Oder? So kämpft sie. Johanna würde siegen. Wieder.

Als man den ersten Trupp erledigt hat, geht man über, das Fußvolk niederzumetzeln. Die Gefallenen sind meist klein oder mittelgroß.

»Es lohnt sich nicht, Lösegeld für sie zu verlangen«, sagt Alençon, »also tötet sie!«

Ein Franzose aus dem Heer schreitet sofort auf einen der Soldaten zu, rammt ihm das Schwert in die Brust. Da schreit wieder Gott in Johanna auf.

»Nein! Sie sind doch schon besiegt!«

Mit einem Mal wimmert und weint es in der Jungfrau und die Verzweiflung, die Leere nach dem Sieg, dem Orgasmus, schwappt über sie. Schließlich lässt sich die Jungfrau von einem Pagen trösten. Dennoch, sie kniet sich hin, nimmt dem Sterbenden die Beichte ab. Den Rest der Armee verfolgt man bis Janville.

Fastolf begibt sich am nächsten Tag nach Corbeil. Talbot wurde gefangen genommen, er grollt Fastolf, da dieser die Flucht ergriffen hat. Schließlich führt man Talbot zu Johanna. Sie betrachtet ihn kurz, nahezu ohnmächtig, und nickt.

»Ich habe nicht an diese Wendung geglaubt!«, gibt Alençon zu.

Talbot spuckt aus. Richemont lacht.

»Wie auch immer, jetzt bist du unser Gefangener!«, zuckt Johanna mit den Schultern. Stille. Dann, von fern her, eine Antwort: »Ja!«

»Trotz des Sieges – ich wage es nicht, sie an den Hof des Königs zu bringen!«, murmelt Richemont mit einem Mal zu den anderen Kriegern und Johanna, durch die Gott tönt, hört seine Worte und ist erbost.

La Trémoille indes lässt Richemont sagen, er möge nun nach Parthenay zurückgehen. So geschieht es. Man beschließt, vorerst vor Ort zu bleiben und Kraft zu sammeln. Johanna indes drängt bald schon, die Reise zum Dauphin anzutreten.

»Es ist Zeit, zu dem guten König zu reiten und ihn nach Reims zu führen«, sagt sie.

Und wahrhaftig: Hat sie nicht in nur acht Tagen die Engländer durch ihre Gewalt aus allen Plätzen geworfen, die sie an der Loire hielten? Immer mehr Männer strömen zu ihrer Fahne, geben zu erkennen, dass sie allein wegen ihr, der Jungfrau, kämen! Ein Grund mehr, an sie zu glauben, ja? Johanna also drängt voran. Es gilt, den König in Reims zu salben. Dafür muss sie die Erlaubnis einholen, Troyes zu erobern, oder? Am liebsten möchte die Jungfrau sofort aufbrechen. Doch man weigert sich, vorschnell aufzubrechen. Die Tage bleiben harsch, die Männer wollen nicht zu Kräften kommen. Regen fegt über das Land. Ringsum herrscht diesiges Licht. Nur die Stille des Baches ist vom Schlachtfeld aus zu hören.

Das Haar fließt Johanna über die Schultern, während sie immer wieder durch die Natur geht, nach Gott sucht. Wann wird die Armee sich entschließen, aufzubrechen? Bäume ragen schwarz und schartig in die Höhe. Johanna ist blind vor Siegessucht. Und sie will mehr davon. Dem Blinden bleibt keine Zeit.

»Nichts kündigt sich an, bevor es uns umstößt!«, mahnt Gott sie.

Johanna sieht seine Worte und sie sind wie Halssehnen, die im Lichtschein hervortreten.

»Ich will weiter. Zum König! Da hin!«, ruft sie bittend.

»Wo und wohin kennt der Blinde nur vom Hörensagen!«, sagt Gott.

Johanna schweigt. Denn sie weiß: Sein Atem geht nach dem Herzen der Erde. Die Atemwölkchen sind im Licht zu sehen. Dennoch, die Bäume stehen bleich wie Knochen hinter dem Fenster.

»Die Geburt bestimmt unser Ende. Überall zeigt sich der Tod«, sagt Gott, »stirb jetzt ein bisschen hier, damit du dann in Ruhe weitergehen kannst.«

Erstmals zieht Johanna den Panzer aus. Ihr Haar ist ein Schleier, es fällt ihr über die Schultern. Die Sonne taucht den Himmel in tiefes Nachtglühen. Dass immer einer für alle steht, denkt sie. Sie betrachtet ihr Gesicht, um dessen

Spiegelbild das Wasser des Sees Schlieren zieht. Johanna betrachtet sich: Krank ist sie geworden im Kampf. Es scheint, als würde nur noch die Hauthülle die Knochen zusammenhalten. Als würde sich der Sonnenschein verkriechen wollen an die Ränder der Welt.

»Ruhe dich aus«, sagt Gott, »bloß kurz!«

Johanna fällt in tiefen Schlaf. Die Armee hat kaum noch Vorräte, aber die Freude ist groß. Karl ist am 23. Juni zum Aufbruch bereit. Endlich! Nun ist Johanna der Heeresmarschall. Sie reitet in ihrer Kriegsrüstung – der schönste Hauptmann, den es gibt! Wenn im Heere ein Schrei erklingt, eilt sie doch stets zu Pferd oder zu Fuße heran, gibt Mut, gibt Härte und mahnt. So nimmt die Jungfrau auch sofort die Fahne, als sie erfährt, dass der geliebte Dauphin unterwegs ist, und reitet ihm entgegen.

»Haltet brav Wache!«, rät sie ihren Männern, als sie aufbricht.

Wie herrlich diese Sommertage. Das, denkt Johanna, ist also Glück und mit einem Mal saust wieder ein Gott in ihr. Vor dem Schloss des Königs in Auxerre jedoch schließt die Stadt die Tore. Johanna ist verzweifelt. Wie konnte es so kommen? Das Zögern, sich zu unterwerfen, sei Teil der Haltung des Herzogs von Burgund, so munkelt man.

Tödlich ist die Angst vor Plünderungen. Die Bewohner der Stadt wenden sich nun an Trémoille, zahlen ihm Bestechungsgelder in Form von 2000 Ècus. Johanna ist zornig. Ein Leichtes, hat sie gedacht, würde es sein, die Stadt zu erobern und weiter zum Dauphin vorzudringen! Doch drei Kanonenschüsse bloß als Begrüßung! Johanna tobt. Sie kennt das schon: der Zeitraum, das Warten, das Verhandeln. Fast scheint der Dauphin sie umarmen zu wollen, so sehr freut er sich. Doch zunächst gilt es, anzukommen. Johanna aber, so erschöpft sie auch ist, kann keine Ruhe finden. Wenig später schon klopft sie an sein Privatgemach.

»Komm so schnell es geht, die Krönung zu erlangen!«, ruft Johanna laut. »Denn meine Stimmen haben gesagt: Geh, geh Kind Gottes und ich will dir helfen!«

Die Männer um sie herum sind sichtlich verlegen, doch das ist Johanna egal.

»Habe keinen Zweifel, du wirst gekrönt werden!«

17. Krönung

Wieder und wieder dringt man ein in Johanna in diesen Tagen. Sie aber weigert sich, zu gestehen, sie habe Ketzerei betrieben, bleibt trotz allem wacker und wortgewandt, ihre Zunge eine Schlange – und er bewundert die Jungfrau dafür. Tatsächlich gibt es keinen Doktor, wie groß und gelehrt er auch sein mag, der bei einem Verhör mit Johanna nicht zusammengebrochen und sprachlos geworden wäre, bestätigt auch Jean Tiphaines, einer der Verfasser des Gerichtsprotokolls, gegenüber Loyseleur. Er beobachtet Johanna, wie man ein geliebtes Kind beobachtet: Durch die Aufmerksamkeit der hohen Herren scheint Johannas Selbstachtung zu wachsen. Kaum ist sie aber in ihrer Zelle, fällt ihr Gesicht zusammen, wird ein Gesicht in Scherben. Er versucht, sie zu stärken durch seine Anwesenheit, sie an ihre Aussagen zu erinnern, damit sie sich nicht widerspricht – doch es scheint kaum notwendig, denn die Jungfrau weiß genau über all ihre Worte Bescheid.

»Alles, was ich Gutes getan, ist auf Gottes Rat geschehen!«, erklärt Johanna wiederholt vor dem fetten Cauchon, den Loyseleur inzwischen genauso zu hassen begonnen hat wie den hageren, gockelartigen Warwick. Denn dieser zwingt ihn, Johanna zu einem Geständnis zu bewegen, setzt ihn so mehr und mehr unter Druck. Loyseleur hat Angst. Er weiß nicht weiter, sucht Ausflüchte, Argumente. Bei den gemeinsamen Besprechungen gibt er schließlich unumwunden zu, dass man Johannas Kraft kaum bannen kann. Über die Liebe zu ihr, die ihn ergriffen hat, schweigt er.

»Schlau ist sie, diese selbst ernannte Jungfrau, oder?«, meint auch Warwick verbittert, und seine Lippen ziehen sich zu einem Strich zusammen.

»Ja!«, bestätigt man unter den hohen Herren.

So verstreichen die Tage und ähneln einander: Immer wieder, die Gerichtsverhandlungen, Loyseleur denkt, er sei in einer Art Schleife gefangen, die Fragen, sie wiederholen sich, das ist das Fegefeuer, denkt er, es gibt kein Entkommen, jeden Tag derselbe Wahnsinn! Man stößt zu Johanna vor, doch sie weigert sich, Schuld zu bekennen. Cauchon spricht ein ernstes Wort mit ihm und erneut versucht Loyseleur, sie zu bewegen, zu gestehen.

»Widerrufe sie, diese Stimmen!«, flüstert er ihr zu, als er sie in ihrer Zelle auffindet, ganz erschöpft. Johanna schüttelt den Kopf.

»Das kann ich nicht!«, sagt sie leise, ihre Stimme kaum mehr als ein Hauch.

»Warum nicht?«

Ein Flüstern, das aus dem kleinen Körper dringt: Ein Blick, der die Welt nicht mehr sieht, der so weit fort von sich ist, dass er alles durchschaut, wieder und wieder. Von der eigenen Seele auf sich selbst zurückgeworfen bin ich, denkt Loyseleur da. Gott hinterlässt einen Abdruck in seinem Gehirn, wenn er Johanna ansieht, sanft und leise.

»Ich glaube wohl an die Kirche auf Erden. Aber für meine Taten und Worte verlass ich mich lieber auf Gott!«

So leise die Worte auch aus ihr gehaucht werden, so stark und kraftvoll klingen sie doch. Da wächst in Loyseleur mit einem Mal die Wut. Diese Verstocktheit!

»So störrisch!«, ruft er aus und seine Hände krampfen sich zu Fäusten zusammen, werden wütende Bälle, die er am liebsten gegen Johanna richten würde, damit sie ihr das Gesicht zertrümmern.

»Was mein Tun betrifft, so möge man es nach Rom zum Heiligen Vater bringen«, murmelt Johanna und krümmt ihren Körper zu einem Ei, so schließt sie sich in sich selbst ein. Loyseleur erhebt sich aufgebracht. »Er möge kommen und mich richten!«

»Von so weit her kann man den nicht holen. Auch nicht für eine Johanna. So ist es!«, sagt er und verlässt schnaubend den engen, traurigen Raum.

Cauchon stellt ihn auch sofort zur Rede, er hat am Gang vor der Zelle auf ihn gewartet, die Hände in seinem Talar vergraben.

»Gesteht sie?«, dringt er in ihn.

Loyseleur schüttelt den Kopf.

»Es ist zwecklos!«

Cauchon seufzt. Seine kleinen Äuglein treten mit einem Mal wieder aus dem massigen Gesicht hervor, während er sich die vom Alkohol aufgequollenen, geröteten Backen reibt.

»Soll man sie foltern?«, fragt Cauchon, und es klingt nicht einmal wütend. Auch er scheint am Ende seiner Kräfte zu sein.

»Nein. Es wird keinen Erfolg haben«, antwortet Loyseleur lapidar.

Cauchon überlegt.

»Lasst sie uns zum Friedhof führen! Vielleicht jagt der wackeren Jungfrau ja der Anblick der Toten ein wenig Angst ein.«

Ideen über Ideen! Längst glaubt Loyseleur nicht mehr daran, dass diese Bemühung etwas bringen könnte. So stapft er an diesem Abend vom Turm nach Hause und betrachtet traurig die Landschaft. Die treibenden Wolken, sie schließen den Mond ein. Dunstig und trüb wird der Himmel zu einem Feld aus Fremde. Wind soll aufkommen und endlich alles fortfegen, denkt er. Die Welt ist im Krieg, sie stirbt und Gebirge und Seen liegen wie ehedem, als wäre nichts geschehen!

Wie geht das, fragt sich Loyseleur. Es muss einen Gott geben, sagt er sich dann. Einen, der groß ist. Und in ihm tönt wieder nur ein einziges Wort: Johanna!

In den nächsten Tagen erhält Johanna, die auf ein Zeichen vom Dauphin wartet, Besuch: Es ist Bruder Richard, ein emsiger Geistlicher, der nach seiner Karriere in Paris in Troyes sesshaft geworden ist. Er begrüßt Johanna mit freundlichen Augen, doch die Jungfrau ist zunächst skeptisch. Es scheint ihr, die Bürger hätten ihn geschickt, sie zu prüfen, aus Angst, sie käme nicht von Gott. Als er sich nähert, schlägt Richard ein Kreuzzeichen, besprengt die Jungfrau mit Weihwasser. Johanna lacht.

»Komm nur, ich werde nicht wegfliegen!«, sagt sie und betrachtet den kleinen Mann mit den tief liegenden Augenhöhlen. Richard ist Franziskaner, der Anfang ihrer Begegnung nicht vielversprechend. Johanna bleibt zunächst auf Abstand, hat ihren Panzer fest verschlossen in diesen Tagen. Was nicht Dauphin heißt, wird in Eis gehüllt, so soll sie sich schützen, sagen die Stimmen. Oder? Doch ihr Widerstand bricht, denn die kleinen Augen des Mannes blicken durch die harte Hülle hindurch, scharf und doch gütig und Johanna wird wieder zum Spiegel, wird Begegnung in Gott. Ja, man beginnt sich zu lieben. Nach und nach gefallen Johanna die Geschichten des von vielen als wahnhaft bezeichneten Bruders immer mehr, da sie vom Weltende handeln und den inneren Bildern gleichen, die sie während der Schlachten gequält haben und die manchmal nachts in ihr Turmzimmer hineinkriechen.

»Der Antichrist wird kommen!«, sagt Richard, und Johanna betrachtet ihn dabei zärtlich, als würde sie ein leidendes Kind betrachten. Sie geht mit ihm nach innen und findet in seinen Schilderungen ihre Visionen wieder, sie hört seine flammenden Reden an, Tag für Tag. Auch, wenn sie in seinen Notizen liest, wird sie an ihre inneren Bilder erinnert. Der Geistliche mag recht haben, sagt sich Johanna, ja, die Welt steht in Flammen.

»Da kam ein Kind mit sechs Beinen und vier Händen aus dem Mutterleib. Sie vergrub es, doch der Bürgermeister ließ es wieder ausgraben und im Beisein einer Priesterin genau beschauen. Später erfasste ein Maler mit genauer Sorgfalt die Proportionen«, liest die Jungfrau in Richards Notizen und ist begeistert.

»Wenige Zeit danach brachte ein Mutterpferd einen Hasen zur Welt anstatt eines jungen Fohlens, während ein anderes ein Rösslein, weiß wie ein Lamm und mit hellen Löckchen, gebar.«

Sofort fängt Johanna Feuer, widmet sich der Lektüre der apokalyptischen Texte, die Richard ihr da geborgt hat, denn der Dauphin kommt zu keiner Entscheidung, was Troyes betrifft, und die Tage sind lang. Johanna fällt hinein in die Worte Richards in diesen Stunden und eine Welt aus Abgrund öffnet sich in ihr: »Ein sich verändernder Stern in mannigfaltiger Gestalt wurde gesichtet, Nebensonnen und Kometen gesehen. Seltsame Zeichen erschienen am Himmel, gefolgt von einem Kometen, lang und gelbrot, einer vermischten Blutfarbe gleich. Von den Sternen ging ein wolkenfarbener Strom aus, länger als ein Kometenschweif, begleitet von vielen langen Spießen in blassrosa Farbe. Zwischen diesen sah man große Flammen, die hell und feurig leuchteten. Sie flimmerten durcheinander, als lägen sie in fließendem Wasser aus Blutstreifen. Es sah aus, als ob alles durcheinander strebte!«, liest er Johanna vor. So vergeht die Zeit, und die Freundschaft zwischen ihr und dem Geistlichen wächst.

Einen Teil seines Lebens hat Richard jenseits der Mittelmeere zugebracht. Von dort berichtet er, vom heiligen Bernhardin und den Mönchen, die Selbstgeißelung betreiben, eigene eiternde Wunden aufkratzen und sich zu Tode hungern. Johanna weiß Beschied. Inzwischen interessiert sich die theologische Fakultät für ihn und verfolgt ihn. Er predigt das Jahr der Wunder. Auf alles ist er erpicht, was heilig sein könnte – so auch auf Johanna. Die Jungfrau ist geschmeichelt und dadurch gewinnt er mehr und mehr ihr Vertrauen. Sie braucht wahnhafte Köpfe, die ihr Toben begreifen, es nähren und weitergeben, munkelt man unter den Soldaten. Bald schon stellt Richard Behauptungen über die Jungfrau auf, die sich rasch unterm Volke verbreiten: »Sie besitzt soviel Macht, dass sie die Geheimnisse Gottes kennt – genau wie die Menschen im Paradies!«, wispert er und seine Worte sind Lauffeuer. Johanna wird noch bekannter und das gefällt ihr. Sie beschließt, Richard müsse ab jetzt ihr Beichtvater sein. Gemeinsam mit ihm nimmt sie die Kommunion ein – und sammelt weitere Visionäre: so auch Katherine de la Rochelle, eine junge Frau, die von Heiligenerscheinungen berichtet. In den Augen ihrer Feinde wird ihr die Verbindung mit Richard zwar wenig nutzen, weiß Johanna, denn der kleine, gekrümmte Geistliche hat einen Ruf als Hexenmeister – aber genau das gefällt der Jungfrau. Trotzdem – man lässt sie lange am Fuße der Stadt warten. Auf den Wunsch, Troyes betreten zu dürfen, wird nicht reagiert, die Idee der Krönung bleibt vage.

Bruder Richard indes klopft apokalyptische Reden: »Sät gute Bohnen, der, der kommt, wird sehr bald kommen!«

»Meint er Karl?«, fragen sich die Leute im Dorf.

Die Mehrzahl der Soldaten kehrt schließlich, müde geworden, zurück zur Ausgangsbasis. Johanna verharrt jedoch. Nach einigen Wochen darf sie ihre Sache endlich persönlich vortragen. So betritt sie mit festen, wippenden Schritten den Audienzsaal, kniet vor dem Dauphin nieder und richtet messerscharf folgende Worte an ihn: »Seid Ihr bereit, zu glauben, was ich jetzt sage, edler Dauphin? Befehlt

Eurem Volk doch zu kommen! Ich werde Euch in drei Tagen in die Stadt Troyes führen. Liebe, Kraft und Mut! Und der falsche Burgunder – dem wir es donnern!«

Karl schweigt.

»Wenn wir sicher wären, sie zu bekommen, diese Stadt …«, meint der Kanzler indes flüsternd.

Mehr Worte braucht Johanna nicht, sie fasst diesen gestammelten Satz als Zustimmung auf, die Jungfrau kann nicht mehr warten, sie reitet sofort zu ihren Soldaten zurück und schreit aus vollem Halse: »Auf zur Festung!«

Und früh am Morgen schon betritt sie dann die Stadt, um die Einzugszeremonie des Königs vorzubereiten. Die Dorfbewohner, gebannt durch Johannas Erscheinung, lassen es wie durch ein Wunder geschehen. Und damit nicht genug: Am nächsten Tag bereits darf die ganze Armee Troyes betreten! Den Dauphinisten ist es mit einem Male erlaubt, die Tore zu passieren – trotz der Anwesenheit der englisch-burgundischen Besatzung. Ein Knistern liegt in der Luft, Johanna riecht den Erfolg.

»Ich bin eine Gewinnerin, ja«, sagt sie den Stimmen.

Die aber schweigen. Johanna reitet weiter, erkundet die Umgebung. In Wahrheit besteht die Stadt aus zwei Städtchen. Die Jungfrau trabt neugierig die Häuserreihen entlang. Eng sind die Kaufmannsviertel, eine besondere Stimmung liegt in der Luft, die zur Kapitulation führt, noch ehe der Kampf begonnen hat. Johanna wird beobachtet.

»Ein einfaches Ding ist sie!«, munkelt man über die Jungfrau.

»Wie die Hofnärrin, die des Herzogs von Burgund, oder?«

»Ja, die Blonde! Madame d'Or heißt sie, oder?«

So tönt es zwischen den Waschweibern von Mund zu Mund.

Johanna schweigt, stark und fest verankert ist sie in ihrem Panzer. Das Lachen wird ihnen vergehen, weiß sie Bescheid. Trotz der Lästerungen würde man ihrer Ausstrahlung erliegen.

An der Spitze der Truppe, die Johanna nun folgt, reitet der König. Eine große Anzahl von Rittern folgt hinter ihm her. Stramm halten sie ihre Lanzen. Wimpel flattern im Wind, senkrecht nach oben. Sie holen den König ein, die Bürger. Ein jeder will einen Blick erhaschen. Johanna! Wie sieht sie aus? Da reitet die Braunhaarige, flammend, das Haar ein brauner Kranz um ihr Gesicht. So neigen sie sich – die Soldaten der Feinde. Es passiert, ist ganz einfach: Sie senken die Lanzen vor dem König zum Salut. Johanna hat wieder ihr Ziel erreicht. Dennoch ist die Jungfrau labil. Die Stimmen zweifeln, wenn sie sprechen. Meist jedoch schweigen sie in dieser Zeit. Der Trupp indes arbeitet sich weiter vor. Man zieht zur Burg der Erzbischöfe und kämpft um Gefühl und Sympathie der Einwohner. Johanna gelingt es in wenigen Tagen, deren Herzen zu erweichen. Die Stimmung ist gut und dennoch: Johanna hat Angst. Noch ist nichts gewonnen, keine Krönung in Sicht: Die Reimser bitten per Bote um Zeit zur Beratung. Johanna denkt an die Heiligen, an die Märchen der Großmutter erinnert sich mit einem Mal. Die Geschichten in ihrem Kopf kreisen umher und sie mit ihnen, zieht ihrer Wege, zeichnet die Geschichten innerlich nach. Die geheimen Göttinnen, von denen die Großmutter immer berichtet hat. Vor dem Einfall der Hunnen in Worms sind sie geflüchtet: Einbede, Warbede, Wilbede, so haben die Kinder es heimlich am Fuße des Feenbaums gesungen. Das sind die starken Frauen. Sie heilen, auch jetzt, in den Zeiten der Pest, helfen beim Kinderkriegen. Gegen Krankheit helfen die Schicksalsfrauen, Großmutter Erde, Schwester Wind, Frau

Wasser, hat die Großmutter gesagt. Die Allschenkerinnen – Johanna ruft jetzt nach ihnen. Denn Gott schweigt und die Heiligen ebenso.

»Seid ihr da?«, fragt Johanna ins Dunkel immer wieder.

Aber um sie herum nichts als Schlachtfelder. Dann ist es, als wohne in Johannas Kopf kein Gott mehr, und auch keine alten Göttinnen. Da wohnen bloß noch Särge! Zugig und kalt ist es in ihrem Hirn.

»Wir müssen drängen!«, schüttelt Johanna den Kopf. »Es gilt, den Dauphin zu krönen!«

Richard nickt.

»Wir arbeiten daran!«, sagt er.

Johanna seufzt.

»Das geht nicht schnell genug!«

Sie weiß, ihr Leben wird kurz sein. Sie weiß, sie hat keine Zeit. So dringt sie durch ihre Boten und Herolde weiterhin in die Bewohner der Region ein.

Bald schon haben die Reimser keine Wahl, sie wollen ihr Schicksal mit dem des Königs verbinden. Und so geschieht es, flirrend wie in einem Traum: Schließlich sind die Bewohner der Stadt überzeugt.

Um drei Uhr morgens betritt man die Kathedrale, um Nachtwache zu halten. Schließlich werden die Ritter geschlagen. Die Riten, man kennt das ja. Dann werden die Tore geöffnet. Zu den Klängen des Veni creator spiritus tritt er auf, der Dauphin. Klein und mit Güte, wenn auch nicht mit der Güte eines Herrschers. Dennoch: Johanna glaubt an ihn, bewacht ihn lachenden Auges, kann es kaum glauben. Wo ist nur Gott? Sie will nach ihm rufen: erfolglos. Die Krönung ist eine Prozedur. Vier »Geiseln« holen die »Heilige Ampulle« aus der Kirche von Saint-Rémy: Einer ist Gilles de Rais, voll in Rüstung, das Banner erhoben in der Hand. Denn so ist die

Regel. Der erste Gesandte reitet voran, er kehrt mit der kleinen Glasflasche wieder. Aus dem 12. Jahrhundert stamme sie, hat man Johanna erzählt. Darin das heilige Öl. Im Leib einer goldenen Taube mit vier Füßen und Krallen aus Korallen ist sie eingeschlossen, der Vogel selbst in eine Art Platte aus Silber eingepasst, die auch vergoldet ist. Kostbare Steine funkeln an ihr. Die Platte hängt um den Hals des Abts. Johanna staunt, in ihr atmet mit einem Mal die Ehrfurcht. So leistet Karl am Hochaltar den Krönungseid und wird gesalbt.

»Ich werde Frieden mit der Kirche halten!«, verspricht er, ihr König, und in Johanna schimmert es stolz auf. Der junge Karl, er trägt Locken in diesen Tagen – lachend und klar ist die Welt!

»Ich werde in Gnade und Gerechtigkeit regieren!«, verspricht der Dauphin nun laut, es dringt durch die Halle der Kathedrale, zerbrechlich und zitternd, so spricht er, Johannas Werk, Johannas Kind, ihr Karl. Regnault de Chartres, der Kanzler des Dauphins, gibt seinen Segen. Was folgt, ist ein Voranschreiten des Spiels, alles Tanz und Tarnung, aber Johanna trägt die Rüstung, ist dennoch berührt, Gottes Friedenstaube streift ihr Herz mit den Flügeln, denkt sie, oder – und wispern da die Stimmen nicht: »Du hast es gut gemacht, kleine Jungfrau?«

Doch sie ist sich nicht sicher.

»Die Rebe kann keine Frucht bringen von sich selbst!«, heißt es in der Predigt. Das Johannes-Evangelium, so weiß man Bescheid. Johanna lächelt. Sie ist sich treu geblieben, oder? Auch, wenn die Stimmen schweigen: Die Luft lässt sie mit einem Mal atmen! Wie sie durch die Nase strömt, organisch. Weiß gepustet sind die Tage in Schnee und Watte und alles bricht auf in Johanna, um neu zu beginnen. Nach oben steigen die Gefühle, wie im Inneren einer Kathedrale, wenn man in ein Gewölbe hochsteigt. Ich bin die Kirche, in der ich stehe, denkt Johanna da, und: Triumph!

So geht die Zeremonie weiter vonstatten, Karl wird durch Alençon zum Ritter geschlagen. Der Bischof schreitet zur Salbung. Nun treten die engsten Vertrauten des Königs auf. Zwölf sollten es sein, doch leider: Drei der Anführer fehlen, glänzen durch Abwesenheit, haben es nicht so rasch in die heiligen Hallen geschafft. Und noch eine Abweichung: Johanna ist anwesend. Eine Frau, an vorderster Front, an der Seite des Dauphins! Das ist anders, als es sein sollte, wispert man sich hinter vorgehaltener Hand zu. Johanna hört es. Wie alle Stimmen des Volkes. Sie ist ein Kind ohne Ränder, trotz Panzer. Johanna nimmt es jedoch kaum wahr. Die Rührung schwappt über sie, schlägt in ihr Wellen.

»Schaut«, raunt man sich zu, »die Jungfrau!«

Ja. Sie weint, als sie ihn gesalbt sieht! Ihn – ihr Kind.

»Junger Karl!«, flüstert es in Johanna. Wie das Rascheln von Engelsflügeln klingt es, heimlich und zart. Johanna kniet sich am Boden nieder. Denn es ist ein Sturm in ihr, der seit ihrer Kindheit tobt. Sie umfasst seine Beine, weinend.

»Nun ist der Wunsch Gottes erfüllt!«, ruft die Jungfrau laut aus. »Nie hat man Dinge gesehen wie in den letzten Tagen!«

So vollzieht sich das Ritual. Um zwölf Uhr mittags schließlich ist die Zeremonie vorüber. Für den Rest des Tages reitet Karl umher und zeigt sich den Menschen der Stadt in seiner Krone. Johanna indes ist erschöpft vor Freude. Die Last der Welt lag auf ihren Schultern, und nun zerbricht sie – ganz ohne Stimmen, ganz ohne Gott. Am liebsten würde sie nur schlafen, doch begleitet die Jungfrau Karl auf seinem Reitzug. Alle drängen sich um sie, möchten sie an ihrem Ring fassen, sie berühren.

»Ob ihr Ring magisch ist?«, raunt man sich zu.

Und damit nicht genug – auch er, der ferne Träumer, der sie nicht gehen lassen wollte, ihr Vater nämlich, er kommt! Im Gasthaus zum gestreiften Esel kehrt er ein. Johanna ist berauscht vor Freude, hat jedoch kaum Zeit, einen klaren Gedanken zu fassen. Was da alles eingehalten werden muss! Nicht nur die Prozession dauert ewig, es gilt auch, die Tradition zu wahren: Handschuhe werden verteilt unter den Rittern, wie es der Brauch ist. Einer geht dabei verloren. Man ist verzweifelt. Der Dauphin kann das Bild des gelassenen Herrschers kaum aufrechterhalten.

»Hilf mir, Johanna!«, wimmert er, wieder Kind an ihrer geharnischten Brust, als es Abend wird und die Rituale kein Ende nehmen.

»Ich bin doch keine Zauberin!«, entgegnet die Jungfrau da nur. So kommt endlich die Nacht herbei.

Johanna sinkt in tiefen, traumlosen Schlaf.

18. Verzögerungen

Die Lage wird nach und nach schwieriger. Loyseleur weiß: Die Pariser Doktoren sind unzufrieden mit seiner Arbeit. Sie nennen Cauchon, der ihn beauftragt hat, einen provinziellen Ignoranten. Wie ein Zeck sitzt das Wissen um Johannas Tod in seinem Nacken. Er hat Angst um sie – eine Angst, die mit jedem Tag mehr und mehr anschwillt. Da jedoch kommt ihm Isambard de la Pierre, der Assistent des Inquisitors, zur Hilfe. Er dirigiert Johanna bei all ihren Aussagen, hilft mit Blicken, dass sie sich nicht wiederholt, ihre Worte stets sich selbst treu bleiben.

»Erstens danke ich dir und der ganzen Gesellschaft, dass ihr mich in Hinsicht auf meinen Glauben gemahnt habt! Aber ich bin nicht der Absicht, mich vom Rat Gottes zu trennen! Was den Eid betrifft, so kann ich nur sagen, dass ich die Wahrheit sprechen werde!«, tönt es aus der Jungfrau, während sie Isambard bei jeder Frage wiederholt verstohlen ansieht. Doch auch Warwick hat die Blicke gesehen. Nach der Verhandlung reißt er den Mann beiseite und attackiert ihn heftig für sein Tun.

»Schurke, einmal noch und ich lass dich in die Seine werfen!«, schnaubt der Mann, der wie ein magerer Hahn aussieht und Loyseleur immer mehr anwidert. Kaum eine Stunde verstreicht bis zum nächsten Verhör – Isambard fehlt. Verzweifelt scheint Johanna da, während Loyseleur mit der Angst kämpft. Wie lange wird es noch dauern, bis seine geliebte Kriegerin brennt? Schon bald gibt es neue Sympathisanten: Jean de la Fontaine und Ladvenu, zwei Geschworene, kommen der Jungfrau zur Hilfe. Und ihr Beistand wirkt: Johanna erklärt Cauchon nun, dass sie sich der Kirche Gottes unterwerfe. Freilich reagiert der Earl von Warwick verdutzt.

»Wer hat die Jungfrau umgestimmt?«, fragt er Loyseleur.

Dieser zuckt mit den Schultern. Da tobt der Earl, verbietet nun allen drei Männern, Isambard, Jean und Ladvenu, die Jungfrau zu treffen. Nur er, Loyseleur, darf noch immer zu ihr und sie beobachten durch das Loch in der Wand.

»Wie betest du denn?«, will er eines Abends, als er wieder mit einem Stück Brot bei ihr aufkreuzt, wissen. Johanna sieht ihn an, müde, doch ihr Gesicht entflammt bei der Frage.

»Ich spreche nach innen«, sagt sie.

»Ja?«, fragt Loyseleur.

»Ja!«

Er sieht sich um. Der Turm – als wäre Gott in der Wand verschwunden. Die Nacht ist riesig und kracht. Loyseleur reicht Johanna das Brot und riecht dann an seinen Fingerspitzen, dem letzten Rest an Leben, der ihm von Johanna zu bleiben scheint, presst sie an die Nase. Johanna sieht ihn schläfrig an. Er merkt, wie ihr Mund offen steht, und denkt dabei an Jesus. Loyseleur fühlt sich mit einem Mal wie er, er fühlt sich gekreuzigt. Löcher in der Haut, an Händen und an Füßen, dünn, die Fäden seines Blutes, das Blut seiner Gedanken. Ihn schaudert.

»Manchmal träume ich von meiner Kindheit«, sagt Johanna da, »ich habe meine Großmutter sehr geliebt!«

Er weiß nicht, was er sagen soll. Diese Worte schneiden, die Vertrautheit tut ihm weh, so glücklich macht sie ihn.

»Die Großmutter«, fährt die Jungfrau fort, »sie fehlt mir!«

Loyseleur seufzt. Langsam flutet das Abendlicht herein und die Gedanken fallen ins Leere, verpuffen als Sternschnuppen. Gott wird schon wissen, was geschehen soll, versucht Loyseleur sich zu beruhigen. Der Schlaf schleicht indes umher, schiebt sich wieder über die Jungfrau. Als sie einnickt, ist ein Frieden in ihm.

Am nächsten Tag jedoch schon treibt es die Jungfrau wieder früh aus den Federn. Wie mit Engelsschwingen behaftet, streift sie durch die königlichen Räume. Noch ist das Ziel nicht erreicht: Johanna schreibt nun einen Brief an den Herzog von Burgund, fordert den Frieden.

Während die Armee weitermarschiert, kommen stets neue Nachrichten von Bedford. Er behauptet, dass er Karl verfolge. Er fordert ihn auf, stehen zu bleiben und sich mit ihm zu schlagen. »Entweder im Lande Brie, wo wir beide sind, oder auf der Île-de-France, die nahe liegt!«, verkündet er darin. Dass das eine Lüge ist, weiß Johanna. Und sie beobachtet seine Märsche und Gegenmärsche, überlegt, wie weiter zu verfahren sei. Am 14. August will Karl nach Montépilloy reiten. Ein Hügel: Man würde genau sehen können, wie der Feind tatsächlich verfuhr. So bricht Johanna auf. Der Berg hochragend. Sie arbeiten sich an seinem Gestein ab und wandern. Im Gras wachsen Mimosen, deren Stängel lang und dornig sind. Der Flaum der Blumen ist rosa, fein und dunkel sind die Blätter, falten sich bei der kleinsten Erschütterung zusammen. Plump und grau sind bloß die Leiber der Fliegen, saugend und brodelnd indes die Sinne, die Hitze sticht. Insekten schwirren um Johanna herum. So ist dieser Sommer hier auf dem Hügel. Durch die zitternde Hitze hindurch steht sie da, die Jungfrau, und hält Ausschau.

Da kriecht das Licht aus der Ebene. Vor ihrem Blick läuft das Wiesenland sich zur Schlucht aus, als wäre es ein Leichtes, sich zu verwandeln. So zirpen Zikaden, während ein Land zerreißt in Johanna. Da hört die Jungfrau wieder ihre Stimmen, sie klingen nach innen. Johanna will leben und Frieden bringen! Ein kleiner Lichtkreis wölbt sich in ihr und sie fühlt eine namenlose Sehnsucht. So errichten die Jungfrau und ihre Soldaten im August auf den Feldern unterhalb des

Schlosses am Hügel ein Lager. Gleichzeitig bezieht Bedford Stellung kurz vor Senlis, das sich in der Nähe befindet. Er will über die Furt, doch diese ist schmal. Nur ein oder zwei Pferde auf einmal lassen sich sicher hinüberbringen. Zu wenige! Die Franzosen indes hegen den Plan, die Engländer an der Furt zu fassen. Sie nähern sich reitend, doch der Feind hat den Fluss schon überschritten! »Dieser Bedford«, höhnen Johannas Männer, »typisch! Immer sprengt er vor, ähnlich hitzig wie die Jungfrau selbst ist er, oder?«

Am nächsten Tag stößt Karl zur Armee Johannas, die vorgeritten ist. Etwa 7000 Mann rotten sich jetzt zusammen. Erneut teilt die Jungfrau ihre Männer ein, wohlweislich diesmal. Sie hat Erfahrung gesammelt: Die Hauptmacht, das sind Alençon und Vendôme, das Scharmützel La Hire, Dunois und d'Albert sowie sie selbst. Diese Hauptmacht bildet die Vorhut. So können sie die Engländer abfangen. Bedfords Zahl ist kleiner, als man gedacht hat. Johanna ergreift die Fahne, reitet an der Front mit ihrem Pferd voran. Ein erbitterter Kampf beginnt. Zwei Kanonen können an der Flanke der Engländer positioniert werden. Da aber wird La Hire von den Burgundern, die noch aufseiten der Engländer kämpfen, vertrieben. Alençon bleibt hartnäckig und sucht nun ein geeigneteres Mittel, die Engländer in die Knie zu zwingen. Der Feind Bedford indes rührt sich nicht von der Stelle. Johanna schlägt um sich, sie ist in schlechter Verfassung, ihr Gemüt ist unruhig. In ihr fließen Stimmen und Entscheidungen ineinander. Zu lang weilt der Krieg, zu groß ist die Sehnsucht nach Frieden. Johanna ist unschlüssig, Gottes Stimme dumpf. Heiß ist der Tag, eine Staubwolke steigt aus dem ebenen Sande hoch. Bedford reitet davon, um Verstärkung zu holen. Zu viele Bogenschützen sind es, die sie ihm entgegenschickt. Insgeheim freut sich Johanna und sie kämpft wacker.

Staub wird aufgewirbelt, dass man Freund und Feind kaum noch unterscheiden kann. An den Gegnern eilt man vorbei, La Trémoille treibt sein Pferd an. Das sich aufbäumende Tier stürzt jedoch, sinkt zur Seite. Zertrampelt ist der Boden. Eben geht die Sonne unter. Beinah trifft ein Lanzenstich den fallenden Hauptmann, Johanna kann ihn gerade noch in die Höhe ziehen. Er spuckt Blut aus, scheint schwer verwundet. Klammert sich mit nach oben hin verdrehten Augen an die Jungfrau. Johanna hievt ihn auf ihr Pferd und bringt ihn ins Lager. So wird es Abend.

Der König indes reitet nach Crépy, um zu schlafen.

»Ich bin bereit, mit Bedford zu kämpfen!«, meint Karl zum Abschied.

Johanna nickt.

»Ich bin stolz auf dich, mein Dauphin!«, sagt sie und lächelt ihn an.

Währenddessen ist unter den Engländern die Wut groß: »Dieser Karl, er hat die Krone ganz Frankreichs gefordert! Dabei erhob der Herzog von Burgund selbst keinen Anspruch auf die Krone! Wie soll es nun weitergehen?«, wettert man erbost. Schließlich macht die burgundische Gesandtschaft Johanna Vorschläge: Man will die französische Monarchie unterstützen. Die Idee besteht darin, einen festen Frieden mit den Burgundern zu schließen.

Über Johanna sinkt für einen Moment die Ohnmacht der Freude, als ihr dies zu Ohren kommt. Tatsächlich – würde Frieden kommen, das Geliebte aus ihrer Kindheit zurückkehren, dieses innere Klingen, die heiteren, unbedarften Tänze am Feenbaum? Die Jungfrau hofft und ist voller Unruhe.

Man verhandelt noch, da bekommt Johanna einen Brief von Jean IV., der vom Papst beschimpft worden ist. Er bittet

Johanna, sie möge ihn mit dem hohen Herren versöhnen. Diese jedoch entgegnet, dass sie im Moment in Paris sei und nicht richtig antworten könne. Das wird man ihr später noch vorhalten, vor allem bei den Gerichtsverhandlungen. Doch die Stimmen schweigen noch, was Jean IV. betrifft, und Johanna denkt bloß an den Frieden. Dann endlich – die Hauptmacht der Belagerer trifft am 26. August ein, woraufhin in Paris eine Kundgebung stattfindet: Die drei Kammern schwören, dass sie in dieser Stadt in Frieden und Einheit wie in Gehorsam zum König von Frankreich leben wollen. Johanna kann es kaum glauben und reitet rotwangig und knabenkühn in der Hauptstadt ein. An die 200 000 Einwohner leben in Paris dieser Tage. Die größte und bedeutendste Stadt der Christenheit, weiß die Jungfrau Bescheid. Kein Wunder, dass Bedford als Regent und Philipp der Gute als Gouverneur an der Stadt interessiert sind, denkt Johanna, während sie die ersten Tage innerhalb der Mauern der Metropole verbringt. Sie plant, kalkuliert, fasst ihre Vergangenheit im Kopf zusammen. Der Friedensvertrag. Der Vertrag von Troyes. Alles scheint gut zu gehen. Nach und nach gewinnt Johanna die Burgunder in den unterschiedlichsten Städten für sich und spielt sie so gegen die Engländer aus. Die Belagerer erkennen, dass die Pariser die Befestigungen verstärken. Geschütze drängen heran, positionieren sich auf den Wällen. Fässer voller Steine werden bereitgestellt, zu den Mauern transportiert. Barrikaden werden errichtet. Ein Hauptquartier für Johanna lässt man erbauen. Dann aber geschieht ein Missgeschick mit ihrem Schwert: Eine Prostituierte, die das Heer ständig begleitet, mag Johanna aufgebracht haben, denn sie versetzt ihr einen Schlag mit der flachen Klinge ihres Schwertes, sodass dieses zersplittert.

»Was ist nur in die Jungfrau gefahren«, fragen sich die Soldaten, »warum auf einmal derart viel Moral?«

Oft verfolgt Johanna die Lagerdirnen. Gleichzeitig geht das Gerücht im Volk um, dass die königliche Waffenschmiede das Schwert nochmals habe zusammenfügen wollen, doch sei es erneut zerbrochen. Ob die Jungfrau an Kraft verliert?

Wie auch immer, die nächste Schlacht muss geschlagen werden: Man hält sich hinter einem kleinen Hügel in Deckung. Reisigbündel werden mitgebracht, die die Gräben füllen sollen, damit man sie überqueren kann. Johanna steigt vom Pferd, um die Stärke der Befestigung zu erproben. Daraufhin erklimmt sie den Kamm neben dem trockenen Graben. Es ist das Signal für ihre Männer.

»Angriff!«, schmettert die Jungfrau laut ihren Feinden entgegen.

Das Feuer und die Beschimpfungen sind dicht, Schreckensrufe, die Bevölkerung strömt aus den Kirchen hervor, doch der innere Aufruhr, auf den Karl gehofft hat, stellt sich nicht ein. Johanna hat das Wasser und seine Tiefe mit ihrer Lanze geprüft, reitet direkt durch die Gräben hindurch.

»Ergebt euch im Namen Jesu!«

In Deckung des Kamms schleppt sie sich zwischen den Fronten hin und her. Schließlich verharrt sie am Ufer, dirigiert das Heranschaffen und Anbringen der Bündel, die die Brücke errichten sollen, sodass man übersetzen kann. Zornig ist die Jungfrau, tobend und erbost, da der Graben tief ist und die Arbeit schwer. Einige der Ratgeber des Königs ziehen ihre Truppen ab. Indes wütet der Kampf und es kommt zu Verlusten.

»700 Tote!«, weiß der Herold zu berichten.

Johanna hegt Groll, doch fasst sie sofort wieder frischen Mut. Gott ist gut, sagt sich die Jungfrau. Sie steckt einen großen Stall außerhalb der Mauern in Brand, reitet fackelnd auf ihrem flinken Pferd dahin, metzelt nieder, was sie erwischen kann. Schleierlos ist der Himmel, ein Auge Gottes, das sie ansieht. Johanna. Sie gibt sich jede Blöße jetzt, denn sie hat keine andere Wahl. Ihre Liebe ist ein Weinen des Leibes. Sie ist eine Feuerschrift, Nässe und Augen aus Wunden. Sie braucht keine Hände mehr, denn alles geschieht ja durch die Hände der Heiligen!

In diesem Moment entdeckt Johanna das menschliche Bedürfnis nach Schrei, Feuer: Das Holz brennt und geht im Wasser in die Knie, lautlos. So beugt auch Johanna sich vor ihrem Gott, wieder und wieder. Von weit her kann sie die Ebene sehen, alles scheint sehr flach. Ob sie nun zum Kern vordringt, zum Ende der Schlachten, fragt sich Johanna. Da ist Gottes Wort ein Berg. Johanna schleppt die Welt am Buckel, vom Himmel bis zur Erde. Mit aufgerissenem Mund. So reitet Johanna durch die Häuserreihen und setzt alles in Brand, kämpft so gut sie kann, von Visionen gepeitscht. Ein Teil der französischen Besatzung ist von Johanna jedoch enttäuscht. Man tuschelt, sie habe an Kraft eingebüßt, alles sei ihr zu Kopfe gestiegen. Schließlich kommen ihre Kameraden, um sie zu holen.

»Bei meinem Stand, der Platz wäre gefallen!«, ruft Johanna, die sie wegtragen müssen.

Man bringt die Tobende so nach La Chapelle. Johanna ist verwundet, doch sie bittet Alençon darum, zu einem neuen Angriff zu blasen, und das schon am nächsten Morgen. Karl ist verzweifelt, weiß nicht weiter, hält Ratssitzung. Schließlich entscheidet er sich jedoch für den Rückzug. Der Dauphin hofft auf Verhandlungen mit den Burgundern in friedlicher Form. Auch hat es keinen Aufstand in der Stadt gegeben, wie man es sich gewünscht hätte. Dazu gesellt sich die Furcht, die La Trémoille auch prompt vor allen Männern ausdrückt: »Es wäre nur ein unnötiges Gemetzel, würde Paris durch Gewalt genommen!«

Am 13. September schließlich ist es also soweit. Nun zieht der König aus Saint-Denis ab. Missmutig folgt Johanna, deren Stimmen schweigen. Der Beginn ihres Scheiterns ist hier angelegt, sie weiß es mit einem Mal. Aber da zeigt sich wieder der Erglüher mit seinen Flügeln, hell und weich wie ein Schatten aus Schnee.

»Ertrage dein Schicksal. Geh zurück. Gehorche!«

Und die Jungfrau tut, wie er verlangt. Sie erhält keine Erlaubnis, wieder ins Feld zu ziehen, und soll sich Wochen der Muße gönnen. Johanna bemüht sich um innere Ruhe, auch, wenn in ihrem Hirn die Mission hämmert. Sie wird nun bei Margaret La Tourloude untergebracht, die bereits Karl VI. als Beraterin gedient hat, und gehört jetzt zum Gefolge der Königin in Selles. Die hohe Dame bleibt in ihrem Haus, schläft bei Johanna.

»Hast du nicht Angst, in die Schlacht zu ziehen?«, fragt sie Johanna, deren umherschweifende Gedanken ihr nicht entgehen. Johanna lacht. Schüttelt nur den Kopf. Man versucht, sie abzulenken: die Messe, man betet Rosenkränze, oft kommen andere Frauen und bringen heiligen Tand und andere Geschenke mit, bitten die holde Jungfrau um Beistand. Johanna ist freigiebig mit Almosen.

»Ich bin zum Trost der Armen und Bedürftigen gesandt!«, erklärt sie, doch in ihr ist keine Freude. Lichtlos die Tage.

»Sie reitet wie der beste Soldat, hat Waffen, ist aber unschuldig!«, sagt die Beraterin den anderen Frauen und so munkelt man heimlich: »Ob sie tatsächlich noch Jungfrau ist?«

»Egal! Ihre Reitkunst scheint großartig zu sein!«

Ein Geschnatter und Geschwätz unter den Damen, Johanna, knabenkühn und Kämpferin, kann es kaum ertragen. Doch sie zwingt sich zur Demut, spielt die Spiele der Zerstreuung mit. Man begibt sich ins Badehaus und Johanna lauscht an den Abenden dem Gesums der anderen Mädchen, die neben ihr in den Betten schlafen. Es ist normal, weiß Johanna Bescheid: Mädchen schlafen hier mit Mädchen, so wie auch sie damals, im Dorf ihrer Kindheit. Und sie lässt es über sich ergehen. Bloß die alten Frauen mag die Jungfrau nicht, dazu ist sie inzwischen zu eitel. So wird Johanna langsam ruhiger und sammelt ihre Kräfte.

»Sei vorsichtig!«, ruft da ein Gott in ihr.

»Wieso?«

»Das Leid ist nicht vorbei, Johanna. Du hast bloß eine Pause bekommen!«

»Wie meinst du das?«

»Die Pause heißt Leben!«

»Verstehe!«, murmelt Johanna nach innen, doch sie begreift es nicht ganz.

»Was heißt das, Gott?«, will sie dann wissen.

»Lebe«, entgegnet der lachend, »genieße, denn gewiss ist es bald zu spät!«

So zieht der Winter ins Land. Man bemüht sich, Johanna bei Laune zu halten. Alles geschieht ihr zu Ehren: die Gesänge, das Geschnatter der Weiber, die Kirchenbesuche. Für sie und die heilige Gottesmutter. Schließlich hebt der Dauphin die Magd und ihre Familie sogar in den Adelsstand. Sie sollte sich freuen, doch in ihr nichts als Unmut.

»Sei dankbar!«, rät ihr Michael.

»Es reicht nicht!«, herrscht sie ihn an.

»Warum nicht, Johanna?«

»Ich will nicht adelig sein.«

»Was willst denn?«

»Frieden will ich«, sagt Johanna, »Frieden im Sieg.«

»Geduld!«, mahnt der Engel.

Aber Johanna wird lustlos und lustloser mit jedem Tag. Nichts interessiert sie mehr.

Sie will nur noch regungslos im Bett liegen. Will grübeln und in einer Art Höhle zwischen Laken geborgen sein. Keine Liebe mehr zulassen – außer die zu Gott. Denn die Liebe behindert die Arbeit. Um sie herum bewegt sich nichts, ist nichts als Sterben: An die Grenze des eigenen inneren Sumpfes zu gehen, das bedeutet das Leben, denkt Johanna.

Endlich aber ist es so weit: Im Herbst 1429 wird ein Angriff gegen den Kommandanten Gressard unternommen, denn der königliche Rat hat es beschlossen. La Trémoille hat den Feldzug gefordert. Johanna wäre lieber nach Frankreich gegangen, aber die Ritter meinten, sie müsse La Charité belagern. So beginnt der Kampf mit einem direkten Vorstoß auf Gressard. Die Angreifer sammeln sich in Bourges. Doch die Garnison leistet Widerstand. Die Franzosen werden zum Rückzug gezwungen. Der Hauptmann d'Aulon wird an der Ferse verwundet, kann ohne Krücken kaum noch gehen. Er sieht die Jungfrau in einer kleinen Gruppe zurückbleiben.

»Was machst du da ganz allein?«, meint Richard widerstrebend.

Johanna lächelt.

»Ich bin nicht allein, ich habe 50 000 Mann und ehe die Stadt nicht fällt, verlasse ich sie nicht!«

In der Jungfrau bäumt sich sofort etwas auf, als sie fortfährt, ihre Truppen zu motivieren.

»Jedermann soll Reisigbündel und Weidenruten mitnehmen, wir bauen eine Brücke!«

So geschieht es. Im Sturm wird die Stadt eingenommen. Die Einnahme, später nennt man sie auch Sieg der Engel, sieht Johanna voraus. Die Truppen wüten. Sie rauben den Kirchenschatz, rauben die Habe der Einwohner, plündern und brandschatzen. Wie schön die Kirche in Saint-Pierre ist, mit ihrem romanischen Tympanon! Ihr Inneres weist eine Statue des heiligen Michael auf, ihres Michael, den Johanna liebt! Sie lässt an die Bewohner von Reims schreiben und informiert sie über die Eroberung von Saint-Pierre, bittet um Hilfe für den nächsten Feldzug. Will Pulver, Pfeile und andere Vorräte.

Orléans sendet alles, auch Soldaten, dennoch, die Belagerung von La Charité, die nun folgen soll, stellt sich als Fehlschlag heraus. Die Engländer übermannen Johanna, obwohl man sie davor beschossen hatte. Zur gleichen Zeit streiten Johanna und Bruder Richard miteinander. Schließlich kommt Johanna widerwillig bei Adeligen unter. Doch die Frauen und ihr Geschnäbel am Hofe nerven, mehr noch als in der letzten Unterkunft. Ihre Zerbrechlichkeit widert Johanna, die Panzerfrau, die Tiergewordene, mehr und mehr an.

Auch mit Katherine de la Rochelle, einer Visionärin der Zeit, gerät sie in Streit. Johanna spricht vom Feenbaum ihrer Kindheit vor ihr – dass dies ein Fehler war, würde sie schon bald erkennen.

»Bist du doch nach La Charité aufgebrochen, obwohl es da so kalt ist?«, meint Katherine daraufhin bloß abschätzig. Auftrumpfend streckt sie ihr ihren Leib entgegen: »Schau, ich bin prall!«, scheint dieser zu sagen. »Ich kann Leben geben, wenn ich will!«

Johanna schaudert. Dann schlägt sie die Augen nieder vor Wut. Diese Katherine! Blass und leuchtend ist ihre Haut. Aus brauner Seide ihr langes Haar. Marmoriert. Wie sie leuchtet. So schimmert der Himmel in silbriger Bläue. Sie weiß nichts vom Leid der Welt, denkt Johanna.

»Mich besucht nachts eine in Gold gekleidete Frau, die sagt, ich soll durch die guten Städte reisen und der König soll mir Herolde und Trompeter geben, um ausrufen zu lassen, dass ein jeder, der Gold, Silber oder verborgene Schätze hat, sie herschaffen soll – und diese werden deine Soldaten bezahlen«, prahlt Katherine dann und Johanna betrachtet ihren angeschwollenen Busen.

Sie glaubt ihr nicht. Wacht des Nachts bei Katherine, um zu prüfen, ob sie tatsächlich von Heiligen aufgesucht wird. Dabei sieht sie dem Mondlicht zu, wie es groß wird. Sie spürt die Berührung der Sterne auf der Haut und etwas in ihr tanzt. Aus einer Perle hat Gott den Mond geschaffen, denkt Johanna. So hängt er schillernd am Himmel, gleich wie die Sterne. Satt und klar in der glimmenden Dunkelheit. Nachts wachsen aus den Ästen die Schatten und verschlingen sich mit ihnen. So auch jetzt. Johanna wacht an Katherines Bett. Die heilige Frau jedoch sieht sie nicht. Und auch die Stimmen schweigen. Hochstaplerin, denkt Johanna.

»Sei demütig!«, wispert Gott.

»Du bist eben nicht würdig!«, kommt es bloß aus Katherine, als Johanna ihre Erscheinungen anzweifelt, wobei sie die kleine, weiße Nase rümpft. »Dir zeigt sich die Heilige nun einmal nicht!«

Johanna ist angewidert.

Wie viel diese Damen plaudern, denkt sie und betrachtet Katherine abschätzig. Ihr Reden macht die Runde, von Mund zu Mund. Nur sie, Johanna, will immer bloß schweigen.

Ganz kann sie das selbst nicht verstehen. Sie ist ein nicht abgeschossener Pfeil. Ein Geheimnis. Und Johanna wird härter und härter in diesen Tagen, vor allem jetzt, nach der letzten Niederlage. Ja, Johanna wird zum Stein. Zuerst versteinert sich das Äußere: die Glieder, die Kuppen, die Sohlen.

Auf die Leere des Tages warten: wie die Tiere. Und da dann hineinkriechen. Als Haare und Nägel schwebt sie zwischen Leben und Tod, gibt langsam ihre Mission auf. So verstreicht die Zeit.

Johanna ist traurig. Eine freudige Sache jedoch ereignet sich: Beurkundet wird ihr Adelsstand nun wie versprochen, und zwar von Georges de la Trémoille. Der König schenkt ihr und ihren Brüdern auch ein Wappen, mit einem azurblauen Hintergrund, ein Schild, das Lilien zeigt, von einem Schwerte gekrönt. Sonst geschieht nichts. Johanna kehrt in die Stille der Landschaft ein, wie damals in Domrémy. Ein Tag ähnelt hier dem anderen. Die Zeit ist an den Wolken zu erkennen, wenn ihre Schatten über den Häusern schwanken. Krumm und gebückt drehen sich die Erinnerungen oft und immer wieder in Johanna um. Hin und wieder scheint der Mond hell. Gleitet über die Häuser, verwandelt die Plätze an manchen Stellen in leuchtende Flecken. So fließen die Strahlen zusammen. Es raschelt eine Nachtbrise durch Blätter, die heftig zittern. Fahles Licht zieht Fäden in Silber und hängt über der Landschaft hinter der Burg. Alle Nebel strömen weg, lösen sich. In Tau gebadet ist das Gras. Im Wald wirken die Strünke und Äste wild und fremd durcheinander, keiner weiß, wie, keiner weiß mehr etwas, denkt Johanna. So wird es Winter und es wuchern die nackten Kronen der Bäume vor ihrem Blick, schonungslos. Und manchmal hockt Gott starr in der Landschaft und ruft: »Johanna!«

Sie sieht ihn an und hat Geräusche von Rädern im Kopf, die sich drehen, drehen, wieder und wieder: »Ich muss weiter!«, rattert es in Johanna.

Ein Drängen liegt dicht in der Luft. Der Himmel flechtet düstere Laute in die Jungfrau ein. Er ruft nach ihr. Wieder und wieder. Doch Johanna darf nicht mehr in die Schlacht ziehen. Was folgt ist ein harscher Winter und Stille. »Ach bittrer Winter, wie bist du kalt!«, singen die Stimmen in Johanna. Sonst nichts.

19. Gefangenschaft

Die Sorge in Loyseleur wird größer und größer mit den Tagen. Er beschließt, mit Johanna zu reden, sie möge gestehen, denn er weiß, er würde es nicht ertragen, die Magd brennen zu sehen.

»Fleh um Gnade, Johanna!«, bekniet er sie.

Die Jungfrau jedoch bleibt störrisch, verzieht vor ihm den sinnlichen Mund zu einem Strich.

»Ich will mir nicht jedes Glück erbetteln!«, sagt sie.

»Ich habe Angst, dich zu verlieren!«, gibt Loyseleur zu.

»Ich gehöre dir nicht, darum kannst du mich nicht verlieren«, entgegnet Johanna jedoch bloß, und fügt hinzu: »Die Sterne leuchten von selbst für alle, oder?«

»Außerdem«, fährt sie grimmig fort, »wenn alles getan ist, so werde ich drei Söhne haben, von denen einer Papst wird! Das habe ich damals auch Baudricourt gesagt, meinem Kumpanen.«

»Ehrlich?«, lacht er.

»Ja. Aber der Hauptmann sagte dann: ›Ich möchte dir auch so ein Kind machen – es sollen nämlich ranghohe Männer sein und ich wäre selbst gern so einer!‹«

Er merkt, wie er eifersüchtig wird.

»Und du, Johanna?«

»Ich antwortete, dass dafür keine Zeit sei und dass dies schon der Heilige Geist besorgen werde«, lacht die Jungfrau da.

Einen Moment lang schweigt Loyseleur.

»Wie kann ich Gott finden?«, fragt er Johanna dann.

»Das Geheimnis liegt in der Verlassenheit, in der Leere. Da geht das Licht um«, antwortet sie matt, »such ihn nicht.«

Er versteht, was Johanna damit sagen will: In die Stille mischt Gott sich am liebsten ein, das hat auch Loyseleur erkannt. So hilft er den erblühenden Blumen ins Licht, aber er tut es heimlich.

»Manchmal sehne ich mich nach meinen Schwestern«, sagt Johanna da und wird zart wie ein Blüte vor ihm. Er sieht durch ihr Gesicht hindurch den Tod schimmern.

»Ich dachte, du hättest nur eine Schwester?«, fragt Loyseleur erstaunt.

Johanna winkt ab.

»Nein, die fleischlichen, die meine ich nicht. Ich meine Mond, Stern und Erde!«, antwortet Johanna. »Und Wind!«

Mit einem Mal muss er lachen und sieht sie an. Es ist, als berühre ein Strahl ihren Leib, der nicht vom Licht kommt, das durch das kleine Kerkerfenster dringt. Milch heißt das Lächeln, das sie ihm hier schickt, denkt Loyseleur, und wie poetisch plötzlich seine Gedanken sind. Ja, Johannas Lächeln! Es ist unwiderstehlich. Es ist so nah am Leben! Genau wie die Zwiebel, die zweiundzwanzig Häute um ihren Leib gebunden hat und dabei von außen ganz unschuldig ist, denkt er auf einmal, und gar nichts weiß vom Glück ihrer Schichten! Er möchte etwas entgegnen, doch in ihm ist eine fremde Leere. Er muss auf den Sätzen kauen wie auf Knorpeln. Kaum kommen sie heraus. Loyseleur blickt aus dem Fenster. Wässrig werden seine Augen vom Tauen der Luft. Es riecht nach Leben.

Nicht mehr antworten, abwarten, denkt er. Denn alles, was er jetzt sagt, kann nur falsch sein. Er betrachtet Johanna. Da lächelt sie – und die Luft schwirrt vor Wärme. Es sammelt sich schwebend eine Bläue zwischen ihnen.

»Wir haben etwas gemeinsam«, wispert die Jungfrau da.

»Ja?«

Johanna nickt.

»Für die anderen sind wir anders!«

»Ja«, gibt er zu.

Dann Schweigen.

»Sei still«, wispert Johanna.

»Ich habe nichts gesagt«, entgegnet er und gibt sich einen Ruck. Dann nimmt er die Jungfrau an der Hand. Gott streift in ihm umher, leise. Jedes ihrer Worte: ein Zweiglein neuer Weisheit und nutzbringend. Ringsum erhebt sich stets Raunen, sobald sie den Raum betritt. Doch nicht aus den Mündern dringt es, nein, vielmehr aus den Augen und den Gewändern der Menschen! Johanna ist ihnen aber stets gleich fremd. Wieder betrachtet er sie und wundert sich. Einmal sah er eine Fliege auf ihr sitzen – sie schlief ohne Angst.

»Lass auch die Gedanken still sein!«, sagt Johanna da und Loyseleur fühlt sich ertappt.

»Ja«, sagt er leise.

Als es Frühling wird, ist Johanna im großen Schloss von Sully an der Loire, das Georges de la Trémoille gehört, zu Gast. Königlich wird sie behandelt, hat Richard und d'Aulon dabei. Die Jungfrau bleibt Trösterin, kann sie zunächst nun einfach keine Kämpferin sein: Als Johanna hört, dass die Stadt von einer Belagerung bedroht sei, beruhigt sie die Bürger. Sie sagt, der Krieg würde kommen. Doch es bleibt still. Mitte Mai dann tagt die Gesellschaft von Regnault de Chartres, dem Kanzler des Dauphins, und Vendôme, der Generalleutnant des Königs in Paris. Nun ist der Moment, Johanna riecht Blut, unternimmt Angriffe auf die Stellung der Feinde, die in der Nähe lagern, jedoch erfolglos. Die Sturmangriffe funktionieren nicht, die Verluste sind groß. Trotzdem gelingt es, Franquet, den Anführer, gefangen zu nehmen, mit der Absicht, ihn gegen Lösegeld freizulassen. Johanna ist stolz auf ihr Vorgehen. Der Bischof von Senlis aber protestiert. Franquets Verbrechen seien zu groß. Man solle ihn enthaupten. So seine Worte. Da Johanna ihm vertraut, hört sie schließlich auf ihn. Doch der Wind hat sich gedreht, zu den

Stimmen Gottes mischen sich andere Einflüsterer. Johanna ist erschüttert: Die engen Vertrauten haben sich geändert, der Panzer muss verhärtet, die Richtung geändert werden. Jetzt sind nur noch Männer wie La Hire bei ihr. Sie hat aufgehört, das Schwert zu tragen, nur hin und wieder sieht man sie mit einem, das sie einem Burgunder abgenommen hat – wie eben diesem Franquet. Dass es gut für Hiebe und Stiche ist, weiß sie. Und sie erprobt sie, innerlich. Ja: Johanna ist gewalttätig geworden. Durch und durch Soldatin. Und es nagt an der Jungfrau, dass sie sich noch immer nicht bis nach Paris vorgearbeitet hat. Doch als sie in Lagny ist, kommt man zu ihr. Ein Kind sei gestorben, man bittet sie zur Statue einer wundertätigen Jungfrau, die schon während der Pest gewirkt hat. Sie möge sich doch an dem Gebet beteiligen, bekniet man die kämpferische Magd nun. Johanna willigt ein, doch sie wird starr, als sie das tote Wesen betrachtet. Das Gesicht scheint ein Spiegel aus Schatten zu sein. Sie sieht das tote schwarze Kind an. Eine Larve. Und kurz ist da Hass. Wie hat Gott die Welt nur so zerbrechlich gestalten können? Diese Wunde des geöffneten Mundes! Sie fühlt ein Grausen. Doch dann überströmt tiefe Liebe die Jungfrau. Im Dunkeln tappen meine Tage, denkt Johanna, da, das tote Kind. Leblos. Ein Neugeborenes. Verzweifelt funkeln die Augen der Frau.

»Heile es, Johanna!«, ruft die Frau aus.

Schwarz wie ihr Rock ist das Kind. Schwarz und leblos. Johanna stockt. Sie legt ihren Arm auf das Wesen. Da pocht es und plötzlich hebt das Kleine den Blick – und atmet noch einmal!

»Man taufe das Kinde!«, murmelt Johanna.

Es gähnt kurz und stirbt dann in Frieden. Die Jungfrau, stumm vor Ohnmacht, segnet es und man begräbt es in geweihter Erde. Das Kind von Lagny.

»Johannas Wundertätigkeit, sie ist bewiesen, oder?«, geht da sofort die Kunde von Mund zu Mund. Johanna aber ist gespalten. Sie weiß, Unheil steht ihr bevor. Oder? Schwarz wie das Gesicht des noch einmal erblühenden Kindes ist ihr Leben. Und sie begreift: Bald wird ihre letzte Schlacht geschlagen sein.

Compiègne indes wird von den Burgundern belagert. Johanna beschließ, sich dorthin zu begeben, am 13. Mai 1429 trifft sie in der Stadt ein. Menschenmassen scharen sich um sie, alle drängen sich, wollen die Jungfrau sehen. Kurz nachdem sie die Messe gehört hat, bekommt sie drei Krüge Wein von den Honoratioren der Stadt. Bald danach bricht Johanna in aller Ruhe mit ihrer Streitmacht auf, um weiterzuziehen.

Am 15. Mai kommt sie zwischen Dämmerung und Sonnenaufgang im burgundischen Hauptquartier in Noyon an und unternimmt einen Überraschungsangriff. Die Verluste auf beiden Seiten: je dreißig Mann. Das Kriegsglück bleibt den Burgundern treu, der Wind hat sich längst gedreht. Johanna wird schon bald zum Rückzug nach Compiègne gezwungen.

Am 18. Mai geht sie nach Soissons, hofft, die Brücke benützen zu können, die sich dort befindet. Doch der Kommandant des Ortes verweigert ihr den Einlass. Der Hauptmann von Soissons, ein gewisser Guichard Bournel, plant nämlich, die Stadt an den Herzog von Burgund auszuliefern.

Soissons verhandelt mit Philipp dem Guten bereits wegen eines Waffenstillstandes – und Johanna ist mit einem Mal sich selbst überlassen. Da jagt ein Wutanfall den anderen und die Jungfrau schreit lauthals, sie würde den Hauptmann vierteln, wenn sie ihn in die Hände bekäme. Züngelnd eilt sie so zurück, beschließt ihre Freunde in Compiègne zu sehen. Aus Sicherheitsgründen bricht man erst gegen Mitternacht auf, Johanna allen voran.

Die burgundische Armee vor Compiègne indes fasst etwa 600 Mann. In drei Gruppen ist sie eingeteilt. So aufgestellt, dass die Verbindung zwischen der Stadt und dem rechten Ostufer abgetrennt ist. Es gelingt Johanna nicht, zu passieren. Sie wird zum Rückzug gezwungen, harrt widerstrebend einige Tage vor Ort aus. Am 23. Mai will Johanna erneut aus der Stadt ausbrechen. Truppen des Jean de Luxembourg schneiden ihr den Weg ab. Ein heftiger Kampf tobt. Der Stadtkommandant Guillaume de Flavy lässt die Zugbrücke hochziehen – viel zu früh. Johanna wird vom Pferd gerissen. Als sie ankommt, ist sie ungestüm wie eh und je. Mit ihrer auf 500 Mann geschrumpften Armee wagt sie einen weiteren Ansturm. Zum großen Teil rasten die Soldaten im burgundischen Lager – und sind somit ohne Waffen. Johanna greift sofort an. Doch die Männer werden von Jean de Luxembourg entdeckt, der den Alarm hört.

Auch der Herzog von Burgund schreckt auf. Johanna tut das Äußerste, aber die Engländer haben sie bereits gesichtet und schneiden ihr den Rückzug ab. Sie werden so stark bedrängt, dass die Zugbrücke hochgezogen werden muss. Zwischen dem Stadttor und dem Dammweg ist Johanna nun eingesperrt. Der Feind drängt an die Jungfrau heran, fasst sie mit Stößen am flatternden Schoß ihres scharlachroten Mantels, der mit Gold bestickt ist, und zieht sie aus dem Sattel.

»Ergib dich!«, ruft Perceval de Cagny, einer der Feldherren.

»Ich habe einem anderen als dir geschworen und meinen Eid geleistet. Wort werde ich halten!«, geifert die Jungfrau bloß. Johanna wird in Ketten gelegt.

»Meine Kinder und Freunde«, ruft die Jungfrau aus, als man sie abführt, »ich verkünde euch, dass ich verraten worden bin und bald dem Tod überliefert werde. Ich bitte euch: Betet für mich und Gott!«

Wie ein Schlachtvieh wird die Jungfrau auf den Schauplatz geführt. Wird beäugt vom König von Burgund. Ja, Philipp der Gute, er begafft seine Gefangene, spricht einige Worte. Dann erbittet er den Rat der einflussreichsten Mitglieder der Pariser Universität sowie der wichtigsten Priester. Man schreibt an den Papst in Rom. Am 23. Mai dann eine weitere Nachricht. Der Burgunderfürst Philippe richtet einen Brief an die Bewohner der Stadt: »Gott der Herr hat mir die Gnade erwiesen, die Frau, die auch unter dem Namen Pucelle bekannt ist, gefangen zu nehmen! Ich bin ihrer habhaft geworden!«

»Widerspenstig ist diese Johanna, wie schauerlich!«, tönt es unter den Bewohnern.

Eine maskuline Angelegenheit ist es indes auch für die hohen Herren, allen voran den Gelehrten Jean Beaupère und den Bischof Cauchon, die nun heranstreifen, um ihren Prozess zu führen.

»Raffiniert ist sie, wie nur Frauen es sind«, munkeln die Gerichtsvollstrecker schon bald.

Keiner begreift, denkt Johanna: Sie ist ein Baum, der heimlich in die Breite wächst. Heilig ist sie doch! Und sie will weiter, will Paris erobern und es von den Engländern und den Burgundern befreien!

1430: Johanna ist in Gefangenschaft. Die Sympathien in Paris gelten den Burgundern. Die Gelehrten dort sind Johanna also feindlich gesinnt. In enger Verbindung mit ihnen steht auch Pierre Cauchon, der Bischof von Beauvais. Er ist vernetzt mit dem englischen Regime in Frankreich, zieht da seine Fäden. Auch bei Bedford mischt er mit – und außerdem als Berater des jungen Heinrich VI. Der Gottesmann, weiß Johanna, denn die Stimmen flüstern es ihr ein, hat ein persönliches Interesse an der Sache. Mehr als jeder andere war Johanna an seiner Vertreibung aus Beauvais, das sie wie viele andere Städte im Sturm erobert hat, verantwortlich. Scheinbarer Mittelsmann ist er zwischen Franzosen und Engländern – doch stimmt das gar nicht! Denn in Wahrheit pocht sein Herz für England, weiß Johanna. Zweideutig jedoch seine Lage: Cauchon will Rache üben, Johanna jedoch nicht töten, denn er ist ein Mann Gottes. So lässt er verlautbaren, dass Bedford bis zu 6000 Livres Lösegeld für Johanna zahlen würde. Dennoch – die Verhandlungen dauern ihre Zeit. Das liegt vor allem an Jean de Luxembourg, dem rauen Krieger, der hart verhandelt. Er will Johanna zurückkaufen, wenn sie verspricht, nie wieder Waffen zu tragen.

»Lass deine Scherze!«, entgegnet diese und lehnt ab.

Ob sie Angst habe, fragt man Johanna da.

»Ich weiß – die Engländer werden mich hinrichten lassen. Weil sie denken, nach meinem Tode gewinnen sie Frankreich!«, sagt die Jungfrau bloß und spuckt aus.

Schließlich kauft Bedford Johanna – zum großen Teil mit Geld aus der Privatschatulle des Königs. Earl von Warwick, ein Priester von hagerer Gestalt, schaltet sich ebenfalls ein.

»Hüte dich vor diesem Mann!«, wispern die Stimmen Johanna zu.

Warwick ist ein hochmütiger Gockel, weiß die Jungfrau schon bald Bescheid. 1428 war ihm der junge Heinrich anvertraut worden. Er ist in Rouen, wo auch der junge König weilt. Will seine Stellung erhalten. Das heißt: Weg mit der Jungfrau!

»Er wird dein größter Feind während des Prozesses sein!«, sagt Michael zu Johanna. Und er soll recht behalten. So verbringt Johanna die Tage in Gefangenschaft.

Die Dämmerung kriecht als Schatten über die Ebenen. Sie schmiegt sich über die Hügel, schleichend, umschließt sie, umschließt Johanna letztendlich ganz, die nur noch schlafen möchte. Sie darf kaum essen, nur hin und wieder trinken. Das tut sie gierig: ein warmer Stoß, der in den Magen fließt, wieder und wieder. Der Geborgenheit des Mostes, denkt Johanna. Könnte sie ihm noch einmal folgen! Sie erinnert sich, als sie das erste Mal Wein trank, damals, mit Baudricourt, und alles erscheint fern. Die Tage sind Perlenschnüre. Immer wieder dieselben Glieder. Heute, morgen, übermorgen. Glieder in Ketten.

»Ich falle und die Augen sind schief!«, denkt die gefangene Johanna.

Es ist, als würden Adler ihr im Herzen hin und her springen.

»Mit dem Bauch atmen!«, sagt Michael.

Aber Johanna ist in Ketten und alle Wände fallen um, wieder und wieder. Schwestern flattern um sie herum, aber nur noch als Erinnerungen, wie Vögel. Sie schreit nicht. Sie möchte, aber sie kann nicht. Sie hat mit einem Mal keine Rippen unter der Haut. Sie muss auf einen Gerichtsbeschluss warten. Sie schläft nicht. Die Decke drückt sie zusammen.

Sie bräuchte jetzt den Atem der anderen, denkt sie. Wo sind nur die Engel geblieben? Ihr Mund ist ein See, der sich mit Speichel füllt. Schleimfäden langziehen. Unbeweglich stehen die Falten in der Welt und die Sprache verkümmert im Alleinsein.

Die Engel haben kein Blut mehr. Auch nicht aus Rubinen. Ich schwimme im Ichfeuer, sagt sich die Jungfrau. Lacht über sich selbst. Die Luft ist Glas. Trennt von den Dingen. In den Bauch atmen, sagt sich Johanna. Speichel spritzt ihr aus dem Mund, da wo Mondlicht die Welt fleckt. Die Decke schrumpelt zusammen. Und alles bin ich, denkt Johanna. Und wie fremd sie ist. Verbrennen, denkt sie: Hier ist bloß Nacht.

Man führt sie zu einem Treffen mit dem Priester Cauchon, in ein Zimmer, das ihr Angst macht.

Tote Tiere hängen an den Wänden. Aufgesperrt hat der Pferdekopf seine Augen. Ein Steintisch mit Drachenfüßen, sie sieht das feine Nervengeflecht am Schädel des fetten Priesters, seine malmenden Züge. Bauchig, amorph, aufgereiht. Gekreuzte Schwerter hängen an den Wänden. Er trägt einen schwarzen Mantel mit Goldplättchen besetzt. An den Wänden auch Münzen, Speere, Gebissstangen. Man betet ihn an, diesen Cauchon, alles rauscht, bewegt sich her und hin, hin und her, wieder und wieder. Prächtig gekleidete Priester erscheinen, bewegen sich träge, sie singen, sie heben ihr Sprechen in Höhen, sind ein klingendes wogendes Kerzenmeer, das gegen sie, Johanna, wettert, schwenken Weihrauchgefäße, sind ein einziger großer Raumklang. Aufgerüstet haben die Engel in ihr, doch Johanna kann den Kampf nicht antreten. Sie ist zu schwach.

Die Jungfrau sieht Cauchon an, aber sie hat keine Augen. Das Entsetzen hat ihr den Blick herausgeschraubt. Sie sieht nicht, Dunstschichten legen sich über alles, wie Dunstschichten über dem Meer, Schicht um Schicht verschleiert es, sticht und keine Sonne, kein Licht in Sicht. Nichts als Nebel. Wo bin ich?, denkt Johanna. Die Dämmerung in ihrem Kopf schiebt sich langsam über alles. Nur noch Platz und Luft, Platz und Luft für Gott, der inzwischen wieder nach ihr ruft. Rötlich überschäumt vom Leben, hingeträumt zu sich selbst wird Johanna in diesen Tagen. Kaum noch pulsiert Leben in ihr, doch sie bäumt sich auf, mit letzter Kraft, immer, wenn man sie befragt.

»Bist du die Jungfrau von Orléans?«, will man wissen.

»Ich bin die, die Merlin folgt, zum Wohle des Mondes!«, möchte Johanna sagen.

Doch in ihr schweigt es.

Glas ist die Luft, denkt Johanna und sieht durch alles hindurch. Verholzt scheint ihr Blick, er tut weh und ist mühsam. Dennoch: Ihre Augen sind offen.

»Du bist nicht ansprechbar!«, tönt es da.

Ihr Herz ist ihr fremd, scheint in einer Vitrine zu ruhen. Qual des Beschreibens vor Gericht. Die Worte, die Sätze, sie sind nichts als Bandagen, die sie von den Dingen wickeln muss, wieder und wieder. Johanna fühlt sich schutzlos wie nie. Zart sein wollen und wie ein Kind, ohne Worte, feinfühlig in die Welt hingestreut und verbunden mit ihr wie ein Baum, nicht nach den Regeln des Sehens funktionieren. Johanna will sich in Gegenwarten zeigen. Herzstück werden. Eine Quelle in der Quelle, Kind sein und Erde in einem, Teil des Sternenzeltes, ein Geschlecht des Himmels.

Doch nun ist es zu spät. Die letzte Schlacht ist geschlagen. Das ist Johannas Schmerz. Sie kann nicht mehr umkehren jetzt und das weiß sie. Man hält die Menschen dunkel, weiß Johanna. Ganz plötzlich, sodass sie sich selbst nicht sehen können. Das ist eine Strategie. Kindheit: Was da gehört wird allein, bleibt nahe, so begreift Johanna jetzt. Im Kiesel der Erinnerung rennen heimlich die Feen und in ihrer Wut beißt sie den Insekten die Köpfe ab. Wie vielseitig die Welt ist, sagt sie sich nun. Wir dunkeln so an uns, denkt Johanna. So verstreicht die erste Zeit der Gefangenschaft lautlos, im Dämmer. Nichts wollen und doch nicht nichts tun können. Wie Fische aus der Tiefe kommen die Worte und wollen doch auch nicht zu Gott gehen, können kaum atmen, denkt Johanna, oder?

Sie war nichts anders als eine Puppe, begreift Johanna. Käme sonst nicht der Dauphin, um sie zu retten?

Sie wünscht sich ins Tal der Apfelblüte, an einen Baum der Heiligkeit, der der ihre ist, der ihre allein, denkt Johanna. Ihr Feenbaum. Sie träumt sich fort, sieht aus dem Fenster. Silbrige Gewänder trägt da der Mond, oder? Alles gerät dort in seinen Anfang hinein, als wäre nichts. Milchig nährt sie hinterm Vorhang der Stern in seinem Geheimnis, denkt Johanna, obwohl der Tod auf sie wartet?

Der Tod, die undurchdringliche Zone, oder? Hier scheint kein Licht passend. Hier kommt keine Erinnerung hin. Aus Protest beginnt sie zu hungern.

Heimlich denkt sie an die Göttinnen ihrer Kindheit: Deren Haare sie ein goldener Wasserfall, der zu Boden hängt, hat die Großmutter erzählt, oder? Teppichhaar, Quellhaar aus Gold stellt Johanna sich vor und vor ihrem inneren Auge sieht sie die Göttinnen am Felsen sitzen, um dieses Haar zu kämmen! »Wenn sie Strähnen verlieren, verwandeln die sich in wundersame Pflänzchen! Die Arnika ist aus dem Haar einer Göttin, die Pflanze mit höchster Heilkraft!«, sagt mit einem Mal die Stimme der toten Großmutter in Johannas Kopf. »Sie beschützt die Tiere und ihr Tag ist ein Heiltag. Der Mai ist ihr Monat, das ist der Sonnentag, ihr Tag, sie ist die heimliche Göttin des Christentums. Vergiss das nie, Johanna!«

Johanna weint.

»Gott, du!«, ruft es aus ihr.

Gott, diese Wundergabe von Mund zu Mund! Doch er ist ihr fremd geworden.

»Klagestimme bin ich!«, sagt Johanna.

»Du bist Herbstwind und inneres Kind«, antwortet ihr der heilige Michael. Aber er spricht jetzt nur noch selten. Nachts starren und schweigen die Wände im Turm, scheinen sie erdrücken zu wollen. Trostlos die Stille im Zimmer, in dem man allein leben muss. Fensterscheiben klirren. Johanna hat Angst.

Im Turm ist Johanna sogar eingekerkert in der Luft. Die Mauern schließen sie ein. Sie kann nicht mehr schreiten. Aber auf Händen trägt sie ihr Leid. Johanna hasst diese Enge. In der Stickigkeit des Raumes ist die Welt der Sterne beraubt und Gott fehlt da. Sie sehnt sich nach der Großmutter, dem Leben auf dem Land. Nur ein paar Bücher sind ihr vertraute Zuflucht. Das Herz der Stadt unten ist lichterhell und schlägt nach ihr. Man bindet ihr die Arme ab, sie denkt an Winde. Man sticht ihr in die Seite, Blut ringt, sie ruft den Regen zur Hilfe. Dass es rinnen soll wie er, sagt Gott. Sie nimmt sich an ihm also ein Beispiel. Ihre Hände wollen immer noch blühen wie Wiesen, sie will in diesem Turm wohnen wie in einem Himmelszelt. Doch das ist schwierig. Denn nun ist das Seil, das Gott ihr von dort oben schickt, bloß noch ein welker Faden. Fetzen von Erinnerungen zerrasen, rasen an Johanna vorbei, zerren an ihr. Die Beine schrauben sich von selbst in den Boden. Immer wieder wird sie ohnmächtig in diesen Tagen.

Gott, diese kostbare Blume, blutet jetzt in Johanna.

Licht und Unendlichkeit leuchten die Sterne und alles leidet und preist und leidet doch, bis hin zum Tau, sagt sich die Jungfrau.

Mit Spinnen ist die Nacht des Turms beladen. Johanna hat keine Kraft mehr. Sie kann nicht einmal mehr zerstören. Der Hunger frisst eine Höhle in den Bauch.

Ihre Tür war offen, weiß Johanna mit einem Mal. Sie hat den Dauphin eingelassen, wusste auch, dass sie damit ihre

Sicherheit verjagte. Sie verriet ihn nicht, vertrieb ihn nicht, obwohl sie ihn sah und erkannte. Nun aber hindern die eigenen Wunden sie daran, ihn weiter zu pflegen.

In Johannas Kopf wohnt kein Gott mehr. Da wohnen bloß noch Särge! Zugig und kalt ist es. Die Luft ein Gemisch aus Feuer und Messing. Hässlich. So wenig Natur und so viel Mensch in dieser Enge des Turmes. Die Welt der Menschen ist geometrischer Betrug. Abgezirkelte Welten. Alles eingerahmt. Die Häuser schlucken Menschen und die Menschen sind sich selbst in diesen Häusern fremd. Nur in der Natur sind sie näher bei Gott, erkennt die Jungfrau da. Gott ist Johanna jetzt durch die Menschen fremd geworden. Sie eingeschlossen im Turm und weiß nicht weiter. Das Leben schweigt.

20. Der Sprung

Der Rest ist Warten. Hat Johanna geglaubt, sie würde nur in ein geistliches Gefängnis gebracht werden? Man weiß es nicht. Alle bitten Cauchon in diesen Tagen, der Bischof möge sie in eine Einrichtung der Kirche schicken.

Auch Loyseleur bekniet ihn. Der Bischof aber lehnt ab.

»Ihr Unwille macht alle wütend. Ich verlöre mein Gesicht, wenn ich sie jetzt nicht hinrichtete!«, sagt er. Und die Jungfrau scheint die Zuspitzungen zu spüren. Am nächsten Morgen ereilt ihn eine schreckliche Botschaft: Johanna, sie hat versucht, sich durch einen Sprung aus dem Turm, in dem man sie untergebracht hat, zu töten. Sofort stellt er sie zur Rede.

»Warum hast du das getan, Johanna?«, fragt Loyseleur sie, als er mit der Gefolgschaft am nächsten Tag das Gefängnis betritt.

»Warum bist du vom Turm gesprungen?«

»Lieber will ich sterben, als von Engländern gefangen zu sein!«, murmelt Johanna.

»Wolltest du dich töten?«, dringt er in sie.

»Nein, ich sprang. Gott befahl es mir. Durch den Sprung glaubte ich zu entkommen. Das ist alles!«, entgegnet Johanna.

»Aha! Ist dies Magie?«, fragt Loyseleur, bemüht, etwas Leichtigkeit in das Gespräch zu bringen, denn er ist betrübt bis an den Tod.

Johanna lacht nur.

»Im Bann des Magischen stehen die Richter selbst, die mir magische Praktiken vorwerfen«

Loyseleur seufzt. Er betrachtet Johanna ratlos.

»Und? Was sollen wir nun tun?«, meint er dann leise.

»Nichts habe ich jemals ohne Erlaubnis der Stimme getan!«, entgegnet Johanna bloß.

Und matt, fast tonlos, fügt sie schließlich hinzu: »Geht zum König. Er weiß mehr.«

»Du bist es, zu der ich spreche, und ich sage dir, dein König ist ein Ketzer und Schismatiker!«, ruft Loyseleur da aus, verzweifelt, denn Johanna vor seinem Blick ist bloß noch Lufthauch, eine Feder, die er mit jedem Tag weniger fassen kann.

Da ringt wieder ein Gott in der Jungfrau um die Übermacht. Loyseleur kann es sehen. Das war zu viel. Zu viel. Und mit einem Male zerbricht seine Hoffnung aufs Neue.

»Bei meinem Glauben und auf mein Leben hin! Er ist der edelste Christ aller Christen und liebt seine Kirche!«

Mit zusammengezogenen Augenbrauen, schwach, aber dennoch eindringlich, sieht sie ihn an und sagt: »Sprecht nicht so von meinem König! Er ist ein guter Christ!«

»Unterwirf dich der Kirche!«, wispert Isambard da, der neben Johanna an der Liegestatt kniet und mit einem Mal klein und eingefallen wirkt und die Hände ineinanderkrampft, sodass die Knöchelchen weit hervortreten. Johanna schüttelt den Kopf.

»Darauf habe ich schon geantwortet«, herrscht sie den hohen Herren an, »ich unterwerfe mich ihr – und an erster Stelle Gott!«

Die Bischöfe sind ratlos, schütteln die Köpfe, er und Isambard beknien sie, bedrängten sie, sich rückhaltlos zu unterwerfen.

»Ihr gebt euch große Mühe, mich zu verführen!«, tönt es nur fremd aus der Jungfrau. Sie scheint nur noch ein Schatten ihrer selbst zu sein und schüttelt immer wieder und wieder den Kopf. Schließlich gibt Cauchon ein trauriges Seufzen von sich.

»Lasst uns gehen«, sagt er.

Und dann, fast tonlos, gebrochen, noch in das Hallen der Schritte hinein: »Johanna von Orléans, Ihr seid des Todes!«

Die nächsten Tage verstreichen in Angst. Ihre Anhänger – wo sind sie? Wie konnten sie sich bloß so rasch mit ihrer

Gefangennahme abfinden! Weder die Stadtbürger von Reims noch der Hof, nein, keiner versucht, Johanna loszukaufen! Nach Burgund bringt man sie am 11. Juli. Johanna bleibt dort einige Monate. Die Dame de Luxembourg, die Mutter des Herzogs, sie allein ist ihr gnädig und versucht, Johanna zu helfen. Doch es bringt nichts. Bedford, der englische Regent, verhandelt lange mit dem Hause Luxemburg. Der Bischof von Beauvais, Pierre Cauchon, ist es, der schließlich eine Entscheidung trifft. Er bietet bis zu 10 000 Livres, wenn man ihm Johanna übergebe. Johanna willigt ein. Besser so, als in die Hand der Engländer zu fallen, oder?, denkt sie.

»Wenn Gott retten will«, sagt Meister Guillaume Aimery, einer der Theologen der Universität bei einem der ersten Verhöre, »dann greift er selbst ein. Was braucht er ein Bauernmädchen, was braucht er Soldaten!«

»Im Namen Gottes, die Soldaten werden weiterkämpfen und Gott wird den Sieg verleihen!«, entgegnet Johanna nur schnaubend.

Man zeigt Aimery einen der Briefe, den sie verfasst hat.

»Ist dies dein Brief?«, will der Gottesmann wissen.

»Ja!«

So tönen die Verhöre und nachts hocken böse Schatten unter Johanna. Wie Wildnis sehen sie aus, sie kriechen aus den Wänden des Turmes. Körper aus Leben, ein ungezähmter Leib um Johanna, der sie anblickt, der wie ein Gott aus den Baumkronen auf sie herabblickt und bis ganz nach innen. Sich der Wildnis zuzukehren, ihrem Dunst und dem Geheimnis der feuchten Erde, denkt Johanna, wie damals, und sie sehnt sich nach ihrer Kindheit und der Großmutter. Doch verborgen kauert jetzt die Verwesung in den Dingen und wartet auf sie im Turm, in dem man sie eingekerkert hat.

Undurchdringliche Nacht ist die Welt, denkt Johanna. Sie hat Angst: Sie muss dieser Finsternis entkommen. Wo wohnt bloß Gott? Und mit einem Mal geht alles leicht, die Fenster, die Stimmen: »Spring!«, sagen sie.

Und Johanna stürzt sich aus ihrem Turmzimmer.

Nach ihrer versuchten Flucht aus dem Turm jedoch wird es bald schon wieder lichter. Der Tod, er will nicht kommen. Denn die Jungfrau hat den Sturz überlebt. Straft ihr Gott sie? Johanna begreift nicht. Die Stimmen, die um sie klingen, sind andere jetzt. Sie haben keine Züge von Heiligen. Es sind die der Inquisitoren.

»Ein Wunder!«, raunt man. »Sie hat sich nichts gebrochen!«

»Wie ist das bloß möglich?«

Johanna fühlt sich müde, doch der Schatten in ihr ist mit einem Mal zufrieden mit sich selbst, als man sie zurück in ihr Verlies bringt. Aber Gott und das Leben, denkt sie dann.

Sie will doch ihren Mantel wiederhaben und ihre tönenden Glocken! Vergebens.

Ein Rauschen: Jemand reißt ein Loch in die Luft. Ist es Michael? Johanna blickt auf, aus dem Schlaf, dem Delirium, sie weiß es nicht. Wo bleibt ihr Engel? In ihr ein Rufen, wieder, wieder und wieder.

»Ich habe Angst!«, sagt Johanna zu Gott.

»Wer liebt, für den ist Ich ein sinnloses Wort«, entgegnet dieser nur.

»Gut – aber was aber dann?«

Dazu schweigt jede Stimme. Die Heiligen in ihr verrinnen. Der Inquisitionsprozess indes setzt sich fort, denn die Jungfrau ist bei ihrem Sturz kaum verwundet worden. Von Häresie fühlt sich die Kirche bedroht in dieser Zeit. Ängste und Befürchtungen. Und dass es immer um Macht geht, weiß Johanna. Das hat mit den Göttinnen zu tun und mit ihrer Magie.

»Jeanne la Pucelle, grausam hast du Menschen getötet!«

»Das stimmt nicht!«, entgegnet Johanna.

»Es ist so!«, wettert Cauchon, der Anführer des Inquisitionsprozess.

»Keine Einzelnachweise nötig, sie spaltet die Kirche! Der Verdacht, er ist notorisch!«, raunt die Meute.

»Ja!«

Nur einer befindet sich unter den Männern, der an sie glaubt, denkt Johanna. Loyseleur nennt er sich, er kommt immer wieder in ihre Zelle. Vertrauliche Gespräche führt er mit der Jungfrau. Doch Johanna täuscht sich: Es handelt sich bei ihm um Cauchons Diener. Er gibt den Inhalt aller vertraulichen Gespräche mit der Jungfrau wieder, um ihre wahrhaftige Schuld festzustellen.

Der Inquisitionsprozess indes ist auch ein politischer. Die Zeit verrinnt, Johanna im Turm, Johanna, die Jungfrau, eingesperrt. Am 21. Februar 1431 die erste öffentliche Vernehmung.

»Schwöre auf die heiligen Evangelien!«, so Cauchon.

»Auf was soll ich sonst schwören?«, entgegnet Johanna spöttisch.

»Antworte auf alle Fragen wahrheitsgemäß!«, dringt Warwick in sie.

»Wie soll ich sonst antworten?«, sagt die Jungfrau spöttisch.

Der Mann stutzt.

»Was heißt das?«, fragt er und reckt seinen Gockelhals.

Johanna stößt ein Lachen aus.

»Ich weiß nicht, was Ihr wissen wollt, und so kann ich Euch nicht sagen, was ich sagen werde!«, erwidert sie.

»Hast du je über die Offenbarungen gesprochen, die du von Gott erhalten hast?«, dringt man wieder in die Jungfrau ein.

»Bei meiner Seligkeit: Fragt mich doch …«, tobt sie »… nach Dingen, die ich Euch nicht sagen werde. Vor allem, was die Offenbarungen betrifft. Ihr könnt mich vielleicht zwingen, etwas zu sagen, was ich versprochen habe, nicht zu sagen. Aber ihr bürdet Euch damit eine harte Last auf. Ihr mutet Euch zu viel zu!«

Die hohen Herren verfahren hart mit ihr. Johanna aber verharrt in ihrem Panzer. Schwerarbeit ist es, die Jungfrau zu verhören, so munkelt man schon bald.

»Eine Filia superba scheint sie zu sein!«, poltert Warwick. Und weiter: »Hochmütig ist sie!«

»Ketzerin!«, stimmen die anderen hohen Herren zu.

»Sie akzeptiert die Autorität des Gerichts nicht!«, wettert Cauchon, sodass sein fettes Doppelkinn nur so labbert.

Johanna lernt den Hunger wieder kennen, das Eingesperrtsein und das Leid. Johanna übt Demut. Die eigene Unwürdigkeit anzunehmen, macht dankbar, sagt sie sich.

»Wir sind im Übergang. Das fügt uns zusammen. Wir sind nicht allein«, tröstet Michael sie in diesen Tagen. Dann umarmt er sie und sie wird ein Ei mit dem Engel. Umarmung – wenn Schenkender und Dankender eins sind, oder?, denkt Johanna da. Sie übt die Freude an der Rohheit der Wurzel. Still geht das Herz unter, sodass Gott in die Mitte kommt. Johanna tritt den Rückweg an: den Weg hinabgehen, endlich, denkt Johanna. In ihre Kindheit. Abschied nehmen. Sie kann jetzt sehen wie in einem Wachtraum. Johanna ist mit allem verbunden. Sie ist der Sonnenstrahl, der in ihr Turmzimmer leuchtet. Sie ist die Wände, sie löst sich in der Welt um sich herum auf. Doch warum tut es so weh, will Johanna von den Stimmen wissen. Da mahnt Gott sie, als alter Klang. Er ist wie die Stimme der Großmutter und die des Vaters zugleich: »Freude und Leid, sie sind ineinander verklammert, Johanna. Das eine schimmert immer mit als Kehrseite der Münze!«, tönt er.

Johanna ist still in diesen Tagen.

An die Großmutter denkt sie. Wieder und wieder. Und an diese tiefe Liebe von vor langer, langer Zeit. Ja, ihre Großmutter, die den Tod als Abenteuer sah, das sie näher an Gott heranführte. Müde war sie, als sie starb, die Großmutter – und sie hat sich versöhnt. Langsam, kontinuierlich. Allen sagte sie, man möge das Fenster öffnen. Dass sie fliegen kann, die Seele. Ganz am Ende. Vögelchen. Sonst nichts. Mit der Luft ist die Großmutter dann verweht, erinnert sich Johanna. Johanna macht es eben anders. Sie wird wohl brennen. Sie geht mit dem Feuer, denkt sie. Aber da tönt auch wieder die Schönheit der Kindheit aus ihr: Die Tiere sprachen damals und ihr fielen alle Sterne zu, erinnert sich Johanna. Und wieder bäumt sich etwas auf in ihr.

»Ich will leben!«, sagt Johanna im Gebet.

Schwach geworden widerruft sie ihre Aussagen vor den hohen Herren, da auch Loyseleur sie dazu drängt. Doch bereits am nächsten Tag rügt sie Gott dafür – und Johanna zieht ihr Geständnis zurück.

»Auch in der Unendlichkeit kreuzen sich zwei Parallelen nicht!«, sagt Gott.

Johanna versteht.

»Es ist also vergebens, leben zu wollen?«, fragt sie.

»Ja.«

So verstreichen die Tage: Die Befragungen, der Turm. Die Sonne sendet ihr Licht aus, zieht Fäden. Die Hitze zieht sich zu, scheint Johanna fast zu ersticken. Die Welt ist aus Gas. Dunstig das Dunkel, das zwischen ihr und der Welt hängt. Reden macht die Runde von Mund zu Mund, die hohen Herren schwappen in Wortschwall um Wortschwall über

Johanna, die Jungfrau aber wird immer stummer. Nimmt alle Kraft für die Verhöre zusammen. Wird härter im Panzer und zerbricht gleichzeitig in sich. Ganz kann sie das selbst kaum verstehen.

Sie ist ein nicht abgeschossener Pfeil. Ist ein Geheimnis. Zuerst versteinert sich das Äußere: die Glieder, die Kuppen, die Sohlen. Auf die Leere des Tages warten: wie die Tiere. Und da dann hineinkriechen. Als Haare und Nägel schwebt sie so zwischen Leben und Tod. Johanna ahnt es bereits: Sie wird brennen.

21. Hinrichtung

Sie ist sich selbst fremd geworden, denkt Loyseleur, als er Johanna abholt. Eine, die sich geschlagen gegeben hat. Nur noch Haut und Hülle. So führt man die Jungfrau aus ihrem Kerker.

»Früher«, flüstert sie ihm da zu, »da war die Welt ein Wunder. Ich ging oft hinaus, mit Vorliebe nachts, besonders gern zur Stunde des Gottesdienstes, um allein zu tanzen. Bei meinem Feenbaum. Dann ging ich um die Quelle herum, hängte in die Äste des Baumes viele Kränze, sang Lieder und Zauberformeln. Sie kamen von der Großmutter, sie waren meine Kraft.«

»Wo ist dieser Baum, Johanna?«, fragt er, obwohl er die Antwort weiß.

Jetzt gilt es, jedes Wort von ihr festzuhalten. Denn sterben wird sie. Von ihm fortsterben. In Loyseleur weint es.

»In der Nähe von Domrémy steht er. Er heißt Baum der Frauen. Und zu denen gehe ich auch immer noch, zu diesen Frauen. Innerlich. Andere nennen ihn Baum der Feen. Daneben ist die Quelle. Die Fieberkranken trinken angeblich daraus, hat Großmutter erzählt!«, sagt Johanna. Und verklärt ist ihr Blick, als sie fortfährt: »Früher bin ich herumgesprungen mit den Mädchen, dort, beim Baum, aber als ich wusste, ich müsste nach Frankreich, da habe ich damit aufgehört!«

»Warum?«, fragt er.

Jedes Wort zählt jetzt, denkt er. Er ist ein Lippenklauber, denn Johannas Stunden sind gezählt.

»Gott wollt's nicht mehr!«, murmelt sie.

Irgendwann wird das Gras hoch genug sein, mein Gebein zu verdecken, denkt er. Moos wird durch meine Rippen gewachsen sein und ich werde hohl sein, nur noch Mondlicht. Und in ihm wohnen. Und Loyseleur sehnt sich nach seinem

Tod, als er Johanna betrachtet. Er kann es sehen: Sie gibt sich geschlagen. Und er sehnt sich im Stillen danach, mit der Jungfrau mitzugehen. Der Rest geschieht wie im Zeitraffer. Der Andrang in der Kathedrale ist groß. Sie betreten diese durch eine Seitentür des Friedhofs von Saint-Ouen. Loyseleur begleitet sie. Jetzt gibt es nichts mehr, außer ihre Hand zu halten. Sie besteigt das Gerüst. Eine erhöhte Plattform, alle können sie sehen. Unten Cauchon, Kardinal Beaufort, der Bischof von Noyon. Und mitten drin bläht er sich stolz auf wie ein Gockel: Warwick.

»Ich wäre lieber in Flandern«, sagt Guillaume Erard, der die Predigt halten muss.

Loyseleur nickt nur, als er sich auf seinen Platz begibt. Fremd sieht die Welt aus.

Cauchon hat zwei Urteilssprüche: einen, der Johanna sofort verdammt und einen, der etwas länger dauert. Isambard und Loyseleur drängen Johanna noch ein letztes Mal zum Widerruf. Sie aber will davon nichts wissen, das spürt Loyseleur sofort. Johanna hat eine Grenze überschritten.

Sie stirbt jetzt und Johanna stirbt ganz, wie sie auch ganz gelebt hat. So schäumen in der Jungfrau noch einmal die Wogen hoch. Wie eine Untote sieht sie aus, als sie sich aufbäumt, angebunden, ausgestellt, da auf dem hohen Gerüst. Sie schreit dem Bischof zu, er sei ein Verräter.

»Man beleidigt mich!«, entgegnet der.

»Rate ihr zu widerrufen!«, wispert Erard ihm noch einmal eindringlich zu.

Doch in Loyseleur ist die Ohnmacht zu groß. Und er weiß: Es ist zwecklos.

»Ich rate dir an die universale Kirche zu appellieren!«, murmelt er dennoch mit letzter Kraft.

Johanna schüttelt den Kopf.

»Jetzt oder man verdammt dich!«, dringt Isambard verzweifelt in sie ein. Er ist den Tränen nahe.

»Man muss doch Johannas Seele retten!«, knirscht Isambard daraufhin, als keine Antwort ertönt, Loyseleur zu. Dieser aber sinkt in sich zusammen.

Drei Tage, in ihnen hat eine Ewigkeit Platz. In drei Tagen wird das Urteil gefällt: Tod durch Verbrennen. Johanna betrachtet sich im Spiegel, vor der Hinrichtung, ein letztes Mal. Erschrickt vor ihrem zerstörten Gesicht.

»Bin das ich?«, fragt sich Johanna und betrachtet schaudernd ihr in Gefangenschaft lang gewordenes Haar.

»Ja. Dein Haar wird noch im Grab weiterwachsen!«, lacht Michael.

Und Johanna, die keine Wahl mehr hat, lacht mit. Klar ist ihr Verstand und im Licht. Alles sieht sie. In fürchterlicher Dringlichkeit. Eine Intensität, eine Art Spiegel, der sie gegen sich selbst richtet. Die Seele aber ist wahnsinnig. Allein in der Wildnis, die der Hass der Leute ist. Johanna schaut in sich selbst hinab. Das ist die schwerste der Prüfungen. Durch einen Spiegel. Hohl jedes Wort. Nichts mehr von Lauten oder Gemurmel menschlicher Sprachen. Die Stimmen zerrinnen. Da, wo nur noch Gott wohnt, ist Johanna jetzt. In ihr fließt ein dunkler Strom.

Ich werde tot sein, will Johanna denken. Doch sie kann es nicht mehr denken.

»Du hast das Brot mit mir geteilt wie meine Großmutter am Fluss für die Fische«, sagt Johanna zu Loyseleur, der sie immer wieder in der Zelle besucht und stärkt.

»Ich danke dir!«

Er ist der letzte Kontakt zur Außenwelt. Johanna verfällt. Sie ist schon ganz fort von sich. Finsternis. Undurchdringliches

Dunkel. Späht Gott auf sie herab? Ein Sonnenstrahl in die Schlucht? Aber wer sagt, dass Gott Sonne ist?

Johanna kann nichts mehr erkennen. Weiß nicht, wo ihr Körper endet, wo das Licht beginnt.

Sie begreift. Tot wird sie sein. Ein Großteil ihres Lebens fehlt ihr.

»Ich will nicht sterben, Gott! Du bist grausam. Ich habe nicht genug gelebt. Und nicht genug gesehen!«

Wie Libellen schießen die Erinnerungen an ihr vorbei, wieder und wieder.

»Man gibt, was man hat. Mehr geht nicht!«, sagt Gott.

»Du bist grausam!«

Der Rest ist Warten. Die Minuten werden lange, zäh und dicht. Dann der Henker: Er kommt, herrisch und schön in seinem Mantel. Johanna kann ihn schon von Weitem sehen. Mit seinem Karren fährt er heran, sie abzuholen. Die Menge um Johanna murmelt, unter Rauschen wird sie abgeführt.

»Du handelst zu milde«, wispert Warwick Cauchon zu, »man sollte sie foltern!«

»Sie hat doch am Friedhof eine Form unterschrieben«, entgegnet dieser, »dass sie sich der Kirche unterwirft!«

»Aber sie hat die Worte nur lachend gesagt!«, geifert indes der Earl.

Noch einmal dringt man an diesem letzten Tag in Johanna ein: »Hast du die Stimmen der Heiligen nun gehört, oder nicht, als du abschworst?«

»Die haben mir am Donnerstag gesagt, was ich tun sollte. Sie baten mich, abzuschwören. Doch die Heiligen haben nicht recht. Hätte ich gesagt, Gott hat mich nicht gesandt, dann würde ich mich selbst verdammen. Aber Gott hat mich in Wahrheit geschickt!«

Cauchon seufzt. Nun ist es eindeutig klar: Sie leugnet ihre Visionen nicht. Das heißt, dass Johanna sterben muss.

Da ist die Stimme Gottes, nur noch ein großes Dunkel, und Johanna bricht zusammen, wird wahnhaft. Wo ist ihre Fahne, die mit der weißen Taube, geblieben? Nichts als Schatten die Stimmen, sie drehen sich nach innen. Spitzen und Ränder. So sucht sie verzweifelt bei Engeln Trost: sinnlos. Sie ist ein Lämmlein, denkt Johanna. Das Rattern der Räder des Henkerswagen erscheint ihr unendlich laut. Es geht zum Richtplatz: sterben. Wenn der Himmel doch bloß ein anderes Zimmer wäre, in das man gehen könnte, denkt Johanna, oder ein Garten, den man einfach so betreten kann.

Mit einem Mal ist es hell und wie schön diese Blumen sind, sagt sich die Jungfrau. Johanna sieht die Welt um sich herum nicht mehr klar, Visionen kommen wieder über sie, dennoch weiß sie es: Ja, sie ist verurteilt. Verurteilt zum Sterben. Aber sie will doch leben, denn Gott ist eine Geranie, kommt in Massen und überschwemmt sie, rosa und schreiend, ja, eine Blumenflut, ist eine Sonne, die sich in trägen, schwülen Wellen auf sie herabergießt. Gott ist wie eine Handvoll Erde und einmal angefangen, in ihn hinabzuschlupfen, kommt sie gar nicht mehr aus. Ihr Körper, eine Pflanze mit Gliedmaßen, mäandernd, der ewigen Sonne ausgesetzt, ja, mäandernde Melodie, wandernd, wieder und wieder, Schritt und Tritt in Blumen, lauert Gott ihr auf. Sucht in ihr das Steuerruder, immer noch, auch jetzt, ganz am Ende. Es ist wie eine Sucht.

»Gott!«, ruft es in Johanna.

Die Heiligen ruft die Jungfrau da an. Redet sich Mut zu: Sie hat Angst. Doch jeder Baum überlebt die Umarmung des Schnees, oder?, sagt sich Johanna. Sie fasst es zusammen. Ihr

Leben. Es zerfällt. Sie fasst es zusammen. Sie zerfällt selbst. Wie der kleine Mann aus Salz, der im Meer schwimmen ging und sich auflöste.

Ist das die Umarmung Gottes?, fragt sich die Jungfrau. Sie kommt sich vor wie eine aus der Zeit gerissene Figur. Das Tragbare wird immer unerträglicher, denkt sie. Zirkelt die Kreise um Menschen, Dinge, Leben, Welt.

»Schnürt sie fest!«, tönt es da.

Der Henker, er tut es. So soll es andauern, bis Johanna verbrannt ist, ganz. Bis Fleisch zu Asche geworden, oder? Und Johanna wird an einen Pfahl gebunden, der auf einem Gerüst ist, das auf Gips steht.

»Verlest das Verdammungsurteil!«

Da: Johanna wird schwankend.

»Ich möchte abschwören!«, wispert sie, schreit es von ihrem Pfahl herab.

»Sie muss brennen!«, tönt es von allen Seiten.

Die Jungfrau knickt ein. Was soll es, sie erstickt an sich selbst und ihren Erinnerungen, sie lodert schon. Noch einmal tobt es in ihr, bäumt sich auf.

»Nein«, ruft sie, mit einem Mal wieder klar, spöttisch, Tier, »nein, es war die Angst vor dem Feuer. Ich schwöre nicht ab. Niemals. Lasst mich brennen!«

Was folgt, ist eine lange Predigt, Ermahnungen Cauchons, der Urteilsspruch durch die Zeit, das Gebet Johannas, die Soldaten sind müde und hungrig. Johanna bittet Isambard de la Pierre, zu der nahen Kirche von Saint-Sauveur zu gehen und das Prozessionskreuz zu holen. Dann fängt Johanna Feuer. Sie lodert.

»Sie haben mich um mein Leben betrogen«, denkt sie, »Karl, wo bist du?«

Johanna will in Ohnmacht sinken, will nicht leiden.

»Wir dürfen uns nicht um unseren Tod betrügen!«, sagt Michael da. »Er gehört zum Leben. Aber wir dürfen auch nicht den Tod der anderen sterben.«

Johanna bleibt also wach. Johanna spürt das Feuer, das an ihr hochkriecht. Johanna leidet.

»Und es stirbt immer nur ein Teil«, flüstert der Engel.

»Und was stirbt?«, wispert sie atemlos.

»Das, was uns meist hindert: das Menschsein in Fleisch!«

Johanna nickt, der Rauch beginnt sie immer dichter einzuhüllen. Langsam wird Johanna allen Blicken entzogen, verschwindet hinter Nebel.

»Es dauerte lang, bis sie starb, ausnehmend grausam war die Hinrichtung!«, wird der Henker später sagen.

Die Zuschauer hören sie indes rufen, hören sie Gott und die Heiligen, im besonderen Michael, anflehen und Katharina. Als der Scheiterhaufen hoch auflodert, ruft sie nach Weihwasser, laut schreit Johanna dann noch einmal: »Jesus!«

Danach lässt sie den Kopf sinken. In ihr wechseln Erinnerungen und Bilder einander ab: Die Hitze brütender Schwüle steigt um Johanna auf und sie erinnert sich an das Sirren und Singen der Steine in der Landschaft ihrer Kindheit, wieder und wieder.

Noch einmal erblickt sie all den Reichtum. Natur wiederholt sich nie, keiner ist wie der andere! Und es tut ihr mit einem Mal leid, getötet zu haben.

So stirbt die Jungfrau. Endlich hört sie, wie im Schlaf, auf, der Mittelpunkt der Welt zu sein. Es heilt sie von innen nach außen heraus, endlich.

Die Lider beben ein letztes Mal. Sonnenversengt ist die Einöde der Landschaft ihrer Kindheit, durch die sie in der Erinnerung noch einmal schreitet. Wolken aus Insekten ziehen vor ihr her. Schrei des Grauens. Sie stürmt, sie rennt los, durch Wiesen, Sümpfe, Wassergräben und Wälder. Fort sein wollen. Sie steht in den Ruinen ihrer Vergangenheit. Keine Ahnung mehr vom Feenbaum. Das soll Ruhm sein? Das ist nicht möglich. Graue Anker aus Schatten, die Menschen sehen aus wie Tiere, fahl ist ihre Haut. Sie wollte doch Welt und Gott miteinander versöhnen! Jetzt hat sie es: ihr Leben! Es spult sich vor ihrem inneren Auge ab. Nichts als Blut. Leichen von Soldaten, die sie ansehen. Aber das Feuer in den Augen der Toten flammt nicht mehr. Der Bannfluch der Vergangenheit: ein verwischter Schatten. Da schweben unzählige Dämonen und Geister, kleine, größere, unter den Menschen umher, gallertartig, haften sich fest an ihrer Seele. Weder sterben sie noch wachen sie. Die Untoten: Sie sind Monde auf verödeten Bahnen, die auf ewig ihr Herzen umkreisen wie Umlaufbahnen. Sie stirbt vor Schmerz bei ihrem Anblick, aber ihr Leib ist nicht tot. Die Bewegung der Augäpfel unter den Lidern – alles verloren gegangen. Verzweiflung ergreift Johanna. Das Leben: Wie es hätte sein können!

Eine Kindheit wäre gewesen. Und wieder ein Sommer nach dem Winter. Und schnell wäre die Liebe gesegelt. Und niemals zerschlagen die Seele. Und das Leid nichts als eine Kuppel über sich selbst gestülpt, die stark macht. Johannas Ahnungen dämmern. Das wollte sie nicht. Aber wohin, wohin?

Die Schönheit des Lebens: sie zu binden, sie zu lösen, denkt Johanna, und: zu spät! Sie sinkt in sich zusammen.

Massiv wie Leiber von Engeln sind die Säulen der Stimmen, die jetzt brausend und groß um sie herum schweigen, als Feuer und Vergehen, schön und schrecklich. Sie entsagt jetzt dem Ruhm und der kupfernen Rüstung. Gott öffnet ihr die Augen für die Geburt der Erde. Das Drama. Es tut weh, denn verbrannt ist der Boden geworden von der Schöpfung, und heiser die Sonne, ihre Trockenheit schmerzt. Hell wie Asche, fahl. Gewellt ist die Farbe der Ebene in der Erinnerung, sanft gewellt sind die Hügel, von denen aus sich die Welt überblicken lässt. Es ist die Welt ihrer Kindheit, innen. Und weit hinten vielleicht, denkt Johanna, weit hinten dann das Meer. Das ist sie: Diese brennende Landschaft, die sie in sich trägt. Und Johanna sieht noch einmal ihr Leben vor sich: Die Ausdünstungen der toten Leiber, die Erde werden, sie betäuben. Zerfetzte Ränder haben die Fahnen und in den Gesichtern der Männer die fahle Farbe wilder Tiere, animalisch. Früher war das Braun klangvoll, denkt Johanna, in all dem abblätternden Gestein. Jetzt aber lässt sich nichts beschreiben, nur Scheußlichkeit des Krieges in der Erinnerung. Der einzige Lichtschimmer ist die Stimme der Großmutter, die in den alten Bildern klingt.

»Bergmütter waren sie alle«, sagt sie, »weiß waren sie. Frau Holle nannte man auch die Urmutter. Gerade so wie den Hollerbusch, der weiß, rot und schwarz ist. Die drei Lebensalter.«

Johanna begreift: »Du wirst das dritte Alter nicht erleben«, sagt sie sich jetzt, »wenn ich noch einmal geboren werde, so möchte ich blind sein, um das Brennen dieses Feuers nicht zu sehen!«

So zieht das Leben an ihr vorbei. Eine Reihe rasender Bilder.

Sie merkt, wie sie zu sterben anfängt. Jetzt muss Gott die Arbeit weitermachen, oder? Iss mein Fleisch, denkt sie, schlaf auf meiner Haut! Verlass mich, dass ich weise werde!

All ihre Stunden ziehen vor Johannas innerem Auge vorüber: Kranke Stimmen, Eltern, Erinnerungen, Großmutter, befleckt ihre Hände bei der Ernte, die Fingernägel krumm gehalten, alles nur noch fremde Bilder von damals, Menschen und Ideen schneiden sich aus den Sehnen ihres lodernden Leibes ein Stück Fleisch heraus, steigen auf und werden wie Wunder gesund. So geht Johanna zugrunde.

Epilog

Wir sind am Ende, ganz am Ende: Vor Hitze weiß wird Johannas Antlitz. So reitet sie, reitet weiter in ihren Gedanken, Erinnerungen, während sie schon nicht mehr ist. Sieht den toten Leibern ihrer Vergangenheit ins Gesicht. Das ist deine Ernte, denkt sie. Korn um Korn, Entsetzen um Entsetzen. Gott dreht sein Schweigen um das Wort. Leere. Sie ist gefesselt vom Grauen. Ergraut innerlich. Alles um sie herum scheint in verdünnte Milch gegossen zu sein. Entsetzlich dröhnt die Erde. Der Himmel gießt sich aus, die Flüsse heben sich schäumend in ihr. Die Erinnerungen sind purpurne Wogen – und so stockt es in Johanna. Die Zeit wird uns alle zum Skelett drehen, denkt Johanna noch. Sie nagt als Zahn an uns. Wenn es bloß Gift gäbe. Hier. Für sie. Da erdrückt Gott ihr Auge. Erschüttert ist die Seele. Gott ist die Sonne, die in ihre Tränen leuchtet, trocknet den traurigen Blick aus, einfach so. Im gewölbten Haus des Geistes ist Johanna jetzt daheim und der Kopf wird eine Kuppel nach oben hin. Der Himmel in ihr sieht zerschlitzt aus. Als würde es die Welt fortregnen, denkt sie noch. Die Gesichter in der Erinnerung brennen, es zucken die Fußsohlen auf.

»Jesus!«, schreit sie da.

Es ist der letzte Schrei. So wird Johanna von den Flammen erfasst.

Der Bettelmönch Isambard bringt Johanna ein Kreuz, er zeigt es ihr. Es wird das Letzte sein, was sie sieht, weiß Loyseleur: ein Kreuz aus zwei Holzstücken gebastelt.

Das Feuer über ihr. Tod durch Ersticken. Das Kleid ganz verbrannt, danach hält man das Feuer niedrig. Die Frau wird dem Volk gezeigt, nackt.

»Seht her! Und das nennt ihr etwa Geheimnis? Genug gesehen?«, wettert Warwick.

Dann Stille. Loyseleur betrachtet den toten Leib. Jeder Blick wird ihm schwer. Er sucht sie, die Jungfrau und ihre Augen, sie, die keine Wände hat. Doch er findet sie nicht wieder in diesem Körperrest. Dabei wird er sich selbst fremd.

Als Isambard Johannas Herz in der Asche findet, soll er, so erzählt man sich später, versucht haben, es zu verbrennen. Vergebens.

»Märtyrerin war sie«, sagt er da tief ergriffen, »eine Märtyrerin.«

Loyseleur schweigt.

Das ist alles.